Vanish

in an

Instant

Margaret Millar

論創海外ミステリ
Ronso Kaigai MYSTERY
155

雪の墓標

マーガレット・ミラー

中川美帆子 訳

論創社

Vanish in an Instant
1952
by Margaret Millar

目次

主要登場人物

エリック・ミーチャム……………弁護士
クロード・マーゴリス……………建設業者
ヴァージニア・バークレー………主婦
ポール・バークレー………………ヴァージニアの夫。医師
ミセス・ハミルトン………………ヴァージニアの母
アリス・ドワイヤー………………ミセス・ハミルトンの付き添い
カーニー・カルノヴァ……………看護婦。ミセス・ハミルトンの友人
アール・ロフタス…………………元会計士
エミー・ハースト…………………アールのアパートの大家
ジム・ハースト……………………エミーの夫。セールスマン
ミセス・ロフタス…………………アールの母

雪の墓標

第一章

コンクリートの滑走路に点在する雪と煤《すす》とが、まるで塩や胡椒のように見える。東に二十マイル行けば、そこは煙と光の都市、デトロイトだ。一方、西に二十マイルのアルバナの町は夜の闇に沈んでいた。しかしミセス・ハミルトンが最初に目を向けたのはその西の方角で、無駄と知りつつ、ひと目だけでも見ておきたいという風情だった。

次にミセス・ハミルトンの視界に入ったのは、空港の展望デッキで待つ人々の顔だった。これから飛行機に搭乗する者、誰かを出迎えに来た者。なかにはただじっと見ているだけの者もいる。自分がどこにも行けないなら、せめて他の誰かが出かけるのを見物しようというわけだ。眩しい照明のもとで、彼らの顔は故郷の食料品店の陳列棚に並ぶ蠟細工の野菜の列そっくりに見えた。ミセス・ハミルトンはそれらの顔にさっと目を走らせた。そのうちのどれかが義理の息子、ポールのものかもしれないと思いながら。とはいえ、彼を見分ける自信があったわけではない。夫人の頭の中でポールが人として完全な形を取ったことは一度もなかった。彼は単にヴァージニアの夫というだけの存在だった。あるいはポールのほうでも夫人のことがわかるかどうか。

「わたくしは変わっていないはずよ」ミセス・ハミルトンは声に出して言い放った。

ミセス・ハミルトンの連れが驚いた様子で顔を向けた。二十代初めのほっそりした娘で、なかなかの器量だが、金髪と色の薄い眉がひ弱で精彩のない印象を与える。つぶらな深いブルーの瞳のせいか、常に物問いたげな表情に見えた。すべてが初めての体験である子供のように。「何かおっしゃいまして、ミセス・ハミルトン？」

「人は一年でそう変わったりしないものよ。それがよほどひどい年でない限りは。わたくしにとってこの一年はまずまずの年だったわ。こんな――こんなことになるまでは」

娘がいたわりの声を上げたが、それに対するミセス・ハミルトンの反応は頑なだった。夫人は露骨に同情を嫌い、腹を立てる。小柄でふくよかな体型とは反対に、活発で精力的な気性の持ち主なのだ。大ぶりな黒のバッグをしっかり脇に抱えると、夫人は舗装されたエプロンを横切り、ターミナルビルの入り口に向かった。展望デッキの下を通り過ぎるとき、もう一度、野菜を思わせる多くの顔を見上げた。

「ポールの姿は見当たらないわ。あなたはどう、アリス？」

「建物の中でお待ちなのかもしれませんわ」娘は答えた。「なにしろ、この寒さですから」

「あれほど暖かいコートを買うように言ったのに」

「コートはこれで問題ありません。ただ風が冷たくて」

「だらしなくなったわね、カリフォルニア育ちは。冬にしてはのどか過ぎるぐらいじゃないの」だが、そう言うミセス・ハミルトンの唇も血の気を失い、白い羊革の手袋をはめた指は添え木を当てたように強張っていた。「電報では迎えを頼まなかったのよ。アルバナまでタクシーで行きましょう。今、何時なの？」

「そろそろ九時になります」

「そんなに遅いの。今夜はヴァージニアに会わせてもらえないでしょうね」

「ええ、おそらく」

「多分、あ――あそこでも病院のように面会時間を設けているんじゃないかしら」ミセス・ハミルトンはあそこという言葉を、慎重に扱わなければならない爆発物であるかのような調子で口にした。

手荷物カウンターには行列ができていて、二人はその最後尾についた。ミセス・ハミルトンが機敏に感じ取ったところでは、この巨大な空間からすでに興奮は失せ、期待は現実に直面して萎んでいた。

旅路の果てね。ミセス・ハミルトンは自分自身も気が抜けて不機嫌になるのを感じ、自然にヴァージニアのことを思い出した。季節はクリスマス、ヴァージニアは八歳だった。彼女は何週間もの間クリスマスを待ち焦がれていた。そして目覚めた当日の朝、クリスマスがなんの変哲もない日であることを知った。もちろんプレゼントは用意されていた。しかしそのプレゼントは、中身が入っていた包みとは大きさも刺激も謎もまるで比較にならない、なりようのないものだった。その午後、ヴァージニアは悲嘆のあまり手放しで泣きじゃくった。

「あたしのクリスマスを返して！　あたしのクリスマスがほしいの！」今ならミセス・ハミルトンにもわかる。ヴァージニアが取り戻したがっていたものは、燃えるような希望、未開封の箱、結ばれたままのリボンだったと。

間もなく、二週間後には次のクリスマスがやってくる。ミセス・ハミルトンの心は重かった。クリスマスが過ぎたら、やはりヴァージニアは返してと泣くのだろうか。

「さぞお疲れになったでしょう」アリスが言った。「どうぞ座っていらしてください。わたしが列に並んでいますから」

すぐに手厳しい答えが返った。「いいえ、けっこうよ。この齢で老人扱いされるのはまっぴらだわ」

「でも、息子さんから、よくよく気をつけてお世話をするように言われているんです」

「ヴィレットは口やかましく生まれついているのよ。わたくしは我が子に過度な期待は持ちません。いっさいね。ヴァージニアが神経質でかっとしやすい性格だということも承知しているわ。でも、それだけのことよ。あの子に悪気はないの」ミセス・ハミルトンは青ざめて汗ばんだ額をハンカチでぬぐった。不意に空気が暑くなった気がして、耐え難い疲労を感じた。しかし話し続けずにはいられなかった。「無実の罪よ、言いがかりだわ。アルバナのような小さな町では、警察は無能で腐敗しているのよ。彼らはとんでもない間違いを犯したのです」

ミセス・ハミルトンは同じ台詞をこの半日の間に十回は口にしていた。それは繰り返されるにつれ、強さと勢いを増していた。まるで破壊へ向かい、下り坂をひた走る暴走車のように。

「自分の目で確かめてちょうだい、アリス。あの子に会えばわかるから」

「ええ、きっと」アリスはそう答えたが、ミセス・ハミルトンが語れば語るほど、ヴァージニアの姿はぼやけ、未知の動物のごとく言葉の茂みに隠れてしまうのだった。

「身びいきで言っているわけではないのよ」年嵩の女は繰り返した。「あの子には確かに感情的なところがあるわ。ときには癇癪を起すことさえある。でも、だからといって、故意に人を傷つけられるような子じゃないのよ、絶対に」

アリスは曖昧にではあるが相槌を打った。そして突然、誰かに注目されていることに気づいた。彼女は振り返り、ミセス・ハミルトンの肩越しに出口のドアを見やった。ドアのそばにひとりの男が立ってこちらを見つめていた。齢は三十代半ばといったところだろうか。長身で猫背気味の、やや強面な男だった。新品らしいツイードのコートを着て、グレーのソフト帽をかぶり、英国製の重厚な茶色の短靴をはいている。

「義理の息子さんがいらしたようですよ」

ミセス・ハミルトンも振り返り、男の姿に目を走らせた。「あれはポールじゃないわ。身なりが良すぎるもの。ポールはいつだってスープの列に並んでいる連中のような恰好をしているのよ」

「あの表情からすると、あちらはあなたをご存知のようですが」

「ばかばかしい。謙遜はおやめなさい。彼はあなたを見ているのよ。あなたは美人だから」

「わたし、美人なんかじゃありません」

「そう思うのはあなたが奥手だからよ。わたくしだって昔は自分を美人だと感じたものです。もちろん、絶対にそんなことはなかったけど」

ミセス・ハミルトンの言葉は事実だった。夫人は娘時分でさえ、美とは無縁だった。体に比べて頭が大きいうえに、厚みのある茶色の髪がそれを強調していた。その髪は今や燃え上がる野火のように逆立ち、所々に灰色の筋を見せている。「もっと融通をきかせなさい、アリス。あなたはもう学校の先生じゃないのよ。適齢期の女性で、こうして旅もしている。どんな刺激的な出来事が起こっても不思議じゃないわ。そんなふうに感じない？」

「いいえ」アリスはそっけなく答えた。

「とにかく、やってみることね」

ドアのそばに立っていた男は心を決めたようだ。帽子を取りながら、きびきびした足取りでこちらに向かってくる。

「ミセス・ハミルトンでいらっしゃいますか？」

ミセス・ハミルトンは男と向き合った。その眉間にかすかに皺が寄っている。男の目的がなんであれ、夫人には計算外の出来事だったからだ。今はよそ者に精力を浪費したり、時間を無駄にしている場合ではない。彼女はこの見知らぬ男が物盗りでもあるかのように、バッグを握る手に力をこめた。

「ええ、そうですが」

「わたしはエリック・ミーチャムと申します。ドクター・バークレーの指示でお迎えにきました」

「まあ。それはどうも。はじめまして」

「どうぞよろしく」男の低音の声にはかすかな苛立ちがまじっていた。

「あなたはポールのご友人ですの？」

「いいえ」

「それでは？」

「弁護士です。娘さんの弁護人として雇われています」

「誰があなたを雇ったの？」

「ドクター・バークレーです」

「彼には電報で、わたくしが到着するのを待つように伝えたのに」

ミーチャムは夫人の渋い顔に向き直った。「そうですか。こちらへの要望は、とにかくすぐに娘さんを拘置所から出してほしいということでした」

「で、そうしてくださったの？」

「いいえ」

「なぜ？　お金なら、わたくしが……」

「金銭の問題ではありません。彼らは四十八時間までは起訴なしで娘さんの身柄を拘束できるのです。どうやら、そうなる模様ですが」

「でも、どうして無実の娘を拘束したりできますの？」

ミセス・ハミルトンの問いに、ミーチャムは罠でも避けるように慎重に応じた。「実を言いますと、娘さんは無実を主張してはいないのです」

「では何を――あの子はなんと言っているのですか？」

「何も。何も否定せず、何も認めようとしません。ただそれだけです。娘さんは――」ミーチャムは言葉を探し、思い浮かんだ中から、最も穏当なものを選んだ。「少し気むずかしいところがありますね」

「娘は怯えているのです、かわいそうに。怯えると、いつも気むずかしくなるのよ」

「それはわかります」列はしだいに短くなり、今では三人だけになっていた。ミーチャムは怪訝そうにアリスを見て、ミセス・ハミルトンに視線を戻した。「おひとりでいらしたのですか？」

「いいえ。あら、ごめんなさい。ご紹介するのを忘れていましたわ。アリス、こちらはミスター・ミーチャム。こちらはミス・ドワイヤーです」

ミーチャムは会釈した。「どうぞよろしく」

「アリスはわたくしのお友だちですの」ミセス・ハミルトンが説明した。

「正確には職業コンパニオンなんです」アリスは言った。

「なるほど。手荷物は札を預けてくだされば、わたしが取ってきて、外の車まで運びましょう」

ミセス・ハミルトンはミーチャムに札を渡した。「どうもありがとう。ご厄介をかけます」

「お気になさらないでください」言葉は丁寧だが、口調は事務的だった。

ミーチャムはスーツケース四つを外に停めてあった車に運び、トランクに積み込んだ。車は新しいが、泥が飛び跳ねているうえ、左側のフェンダーがへこんでいた。

女二人が後部座席に収まり、ミーチャムは運転席に着いた。最初の数マイルは誰も口を開かなかった。幹線道路は渋滞で、舗道は半解けの雪で滑りがちだった。

アリスはヘッドライトの眩しい光に浮かぶ田舎の風景を眺めた。荒涼として平坦で、所々灰色の雪に覆われている。ホームシックの波が彼女を襲った。それとまじり合っているのが、ホームシックよりはるかに強く、殺伐とした感情だった。アリスはこの土地に激しい嫌悪を抱いた。そこの住人だというだけの理由で、弁護士にも敵意を持った。彼はこの風景と同じぐらい粗野で不愛想で、天候と同じぐらい不愉快だった。

ミセス・ハミルトンも同じ気持ちだったらしい。不意に手をのばしてきて、アリスの手を軽くたたいた。それから背筋をぴんと張ると、明瞭な、落ち着いた声でミーチャムに問いかけた。「あなたはこの仕事でどんな経歴をお持ちですの、ミスター・ミーチャム?」

「地元の大学で法律の学位を取ったあと、〈ポスト・クランストン法律事務所〉で使い走りや雑用係をやり、そのあと彼らに認められて、共同経営者になりました。お知りになりたいのはこういうことでしょうか?」

「わたくしが知りたいのは、あなたがこれまで犯罪事件でどんな経験を積んでこられたかということです」

「殺人事件を扱うのは初めてです。もしそれがご質問の意味でしたら」ミーチャムは率直に答えた。

「この町ではざらにあることではないのです。アルバナをご存知ですか?」

「来たことはあります。一度」

「それなら、アルバナが学生街で、デトロイトのような犯罪率の高い土地でないことはおわかりでしょう。警察が取り締まる最大の問題が、フットボールの試合のあとの交通渋滞なのです。もちろん、自動車泥棒や窃盗、風俗犯罪だのは、ある程度存在します。しかし、この二年というもの、殺人は発生しませんでした。これまでは」

「そして、彼らは娘を逮捕した」

「ええ」

「なんてこと、わたくしにはとうてい信じられませんわ。ヴァージニアをひと目見れば、あの子が――育ちのよい、善良な娘だとわかるでしょうに」

「善良な娘さんが厄介事に関わった例はこれが初めてではありません」

短い沈黙が落ちた。「まるで娘を有罪と考えていらっしゃるような口ぶりね」

「私見は持たないようにしています」

「そんなことあるものですか。断言してもいいことよ」ミセス・ハミルトンは身を乗り出し、ミーチャムのシートの背もたれに手をかけた。「無作法に聞こえたら、ごめんなさい」彼女は口調を和らげた。「でも、わたくしにはあなたにこの件を扱う資格があるようには思えませんの」

「わたしも同じです。しかし努力はするつもりです」

「そうでしょうとも。あなたがおっしゃるほどこの町で殺人事件がまれなら、うまく弁護をやり遂げた暁には、さぞかし箔がつくでしょうからね。違いますか?」

「そうかもしれません」

「娘をだしにしてあなたが評判を取るところなど、これっぽちも見たくありません」

「あなたはわたしにどうしろとおっしゃるのです、ミセス・ハミルトン」

「手を引いてください、潔く」

「わたしは潔い人間ではないので」

「わかりました。けっこうよ、この件は今夜、ポールと話をつけます」

車は町に近づいていた。空には赤いネオンが光り、ガソリンスタンドやハンバーガースタンドが幹線道路沿いに、より短い間隔で現れるようになった。

ミセス・ハミルトンが再び口を開いた。「あなたに個人的な恨みがあるわけじゃないんですよ、ミスター・ミーチャム」

「ええ」

「ただ、娘はわたくしの人生で最も大切な存在なのです。危ない橋は渡れません」

ミーチャムは十指に余る反論を思いついたが、言葉にはしなかった。ただ、この婦人や、他の誰であれ、人生でヴァージニア・バークレーを最も大切な存在とするような者に、心から同情せずにいられなかった。

第二章

屋敷の片翼は闇に包まれていたが、もう一方の翼棟ではすべての窓から金色のリボンのように明かりがもれていた。

バークレー邸はミーチャムが予想していたよりはるかに大きく、平らな屋根と巨大な窓が冬景色の中で妙に浮いていた。アメリカ杉と自然石でできた、南カリフォルニア様式の邸宅。ヴァージニアが自ら熟考して決めたのだろうか。故郷を思い出すよすがとして。あるいは、無意識ながら、新しい環境に順応することへの拒絶の象徴として。

玄関に続く道は屋敷の両翼を隔てる中庭《パティオ》を突っ切っていた。この中庭にもやはり煌々と明かりが灯り、中身の枯れたハンギングバスケットや、雪の積もった植木鉢、小さな氷柱《つらら》に縁どられたバーベキューピットなどを照らし出している。

ミセス・ハミルトンはぎゅっと目を細めた。太陽と夏を意識して造られたヴァージニアの中庭が、今はこうして冬の夜に荒れた姿を晒しているのを見て、泣きたくなったとでもいうように。彼女は無言で車を降り、屋敷に向かった。

ミーチャムはほっとした態で帽子を後ろにずらした。「やれやれ、ずいぶんと個性的なご婦人だ」

「わたしは好きです。わたしにはとてもよくしてくださいますから」

「ほう?」ミーチャムはアリスが車から降りる間に、脇に回ってきた。「きみは職業コンパニオンにしては、少しばかり若いようだ。ミセス・ハミルトンのもとで働いてどのぐらいに?」

「一か月ほどになります」

「どういった理由で?」

「理由って。それは……」アリスは頬をそめた。「それは愚問というものだわ。わたしだって暮らしを立てなければなりませんもの」

「いや、ぼくが言いたかったのは、若い女性の職業にしては、いささか変わっているということだ」

「以前は学校の教師をしていました。ただ、そこではなかなか機会が……」

〝望ましい男性と出会う〟という言葉が頭に浮かんだが、かわりにこう言った。「ちょっと生活に変化がほしくなって、それで一年かそこら、職を変える決心をしたんです」

ミーチャムは妙な顔をしてアリスを見ると、車の後部に回り込み、トランクの鍵をあけた。ミセス・ハミルトンは玄関のドアを開け放したまま、すでに邸内に入っていた。

雪かきのされた私車道にスーツケースを四つ下ろし、ミーチャムは再びトランクに鍵をかけた。

「きみが関わりかけている問題については知っていると思うが」

「それは――もちろん。当然ですわ」

「当然ね」ミーチャムはなんとなく愉快そうな顔をした。「ヴァージニアとはまだ顔を合わせていないんだね」

「ええ。でも、お話はよく聞いています。お兄さまのウィレットや、それにミセス・ハミルトンから。どうやら――そう、とても不幸な方のようだわ」

「むろん、とびきり不幸ででもなければ」ミーチャムは言った。「大の男の首を五回近くも刺したりはしない。それとも、その件については聞いていなかったかな？」

「存じていますわ」ミセス・ハミルトンのように毅然とした口調で答えたつもりだが、その声は強張ったささやきへとすぼんでいった。「もちろん、知っています」

「当然、ね」

「あなたって、つくづく癇に障る方ね」

「それはそっちがぼくに反感を持っているからだ」ミーチャムは言った。「ところで、きみの名前を忘れてしまった。なんというんだったかな？」

アリスは答えず、スーツケース二つを手に取って、邸内へ向かった。

ミセス・ハミルトンが気配を聞きつけて、声を張り上げた。「アリス？　わたくしはここよ、居間にいるわ。ミスター・ミーチャムもお連れして。コーヒーでもお飲みになりたいでしょうから」

アリスはすでに後ろについて入ってきていたミーチャムに冷ややかな目を向けた。「コーヒーをいかがですか」

「いや、遠慮しておくよ、アリス」

「赤の他人から名前で呼ばれたくありません」

「わかったよ、お嬢さん」ミーチャムは今にも笑い出すかに見えたが、そうはしなかった。「ぼくたちは出だしからつまずいてしまったようだ」

「一緒にどこかに行くわけじゃないもの、いっこうにかまわないわ」

「おっしゃるとおりだ」ミーチャムは帽子をかぶった。「ミセス・ハミルトンに、明朝九時半、郡拘置所でお目にかかりますと伝えてくれ。そのときヴァージニアにも会わせてもらえるだろう」

「今夜中に電話で話すなりなんなりできませんの？」

「拘置所に入れられているんだ。ウォルドルフ・ホテルに泊っているのとはわけが違う」ミーチャムは玄関を出ながら、肩越しに言った。「おやすみ、お嬢さん」

「アリス？」ミセス・ハミルトンが繰り返し呼んだ。「ああ、そこにいたの。ミスター・ミーチャムは？」

「お帰りになりました」

「どうやら、わたくしは彼に少し厳しすぎたようね。能力にけちをつけたりして」ミセス・ハミルトンは帽子とコートを身に着けたまま、暖炉の前に立っていた。暖を取るように両手をこすり合わせているが、火はついていない。「彼の反感を買ってしまったらしいわ。でも、どうにもとめられなかったの。ヴァージニアに対して間違った見方をしているような気がして」

二人がいる部屋はかなり広く、色彩に富んでいた。南国のホテルのベランダのように、籐と竹とガラスでできた家具が備わり、至るところに観葉植物が生い茂っている。壁の銅製プランターからは緑のフィロデンドロンやアイビーがつり下がり、平鉢にはアザレアが、炉棚を始めとするあらゆる棚やテーブルに置かれた明るい色のサンゴ石の鉢では、シクラメン、コリウス、セントポーリアが咲き乱れていた。空気は湿り気を帯び、春の雨のあとの野原を思わせる、湿潤な大地の匂いがした。

ここかしこに過剰なまでの美があふれているため、部屋の住人は夢の世界に生きているのではないかという印象を受ける。

「娘は草花が大好きなの」ミセス・ハミルトンは言った。「息子とはまるで違うわ。ウィレットはいつだってお金以外のものには目もくれない。でも、ヴァージニアは正反対。ほんの子供の時分から、草花にそれはやさしくしていたわ。鳥や動物に対するのと同じようにね。心からやさしくて、思いやりがあって……」

「ミセス・ハミルトン」

「……まるで、人間と同じように草花にも物事を感じる心があると信じているみたいだった」

「ミセス・ハミルトン、」アリスが繰り返し呼びかけると、夫人はたった今夢から覚めた人のように瞬きをした。「なぜ、ヴァージニアが牢屋に入れられているの？　あの子が何をしたというの？」

完全に目覚めた夫人の無防備な体を、数々の謎が矢継ぎ早に襲った。収穫間近の小麦畑に打ちつける雹《ひょう》のように。「ヴァージニアは無実よ。誤認逮捕されたのよ」

「でも、どうしてそんなことに？」

「言ったでしょう、ポールから来た電報はとても短くて、細かいことは何もわからないのよ」

「ミスター・ミーチャムにお訊きになればよろしかったのに」

「詳しい情報は、わたくしたち母娘に近しい人の口から聞きたいの」

この人は真実なんて何ひとつ知りたくないんだわ。アリスは思った。この人の望みはヴァージニアを、動物と花を愛したやさしい子供を取り戻すことだけ。

そのとき、角縁眼鏡をかけ、白い制服を着た中年の女がコーヒーのカップを持って部屋に入ってきた。カップの中身の半分はソーサーにこぼれている。片足が不自由らしいが、動作は目に見えてすばやい。ぎこちなさをスピードで補えるとでも考えているようだ。両方の頬骨にコインのように丸く小さな赤みが浮いていた。

「さあ、どうぞ。体が温まりますよ」女はやや大きすぎる声で言った。足の不自由さをスピードで補っているように、決まり悪さを声の大きさでごまかしている。

ミセス・ハミルトンは感謝のしるしにうなずいた。「カーニー、こちらはアリス・ドワイヤー。アリス、ミセス・カルノヴァよ」

女はアリスの手を握り、勢いよく振った。「カーニーと呼んでくださいな。みなさん、そう呼びますから」

「カーニーは」ミセス・ハミルトンが説明した。「ポールの診療所で看護婦をしているの。わたくしの古くからのお友だちでもあるのよ」

「先生からは、ほんの少し前に、病院からお電話がありました。今頃こちらに向かっておいででしょう」

「わたくしたちは昔からのお友だちどうしなのよね、カーニー?」

女の両頰のコインが大きくなった。「ええ。そうですとも」

「だったら、何をそんなにぴりぴりしているのかしら」

「ぴりぴり?　誰だってたまには神経質になることがあるでしょう?　今日は一日忙しく働いたあと、ずっとこちらに詰めて、あなた方をお迎えしてくつろいでもらう準備をしていたものだから。あれやこれやで疲れたんです。それだけですよ」

「そうかしら」

二人の女はすっかりアリスの存在を忘れていた。カーニーは床に目を落としている。赤みは今や顔全体に広がり、大きな青白い耳先まで火照らせていた。「なぜ、いらしたんですか?　どうせ何もできやしないのに」

「できますとも。やってみせるわ」

「事の成り行きだってご存知ないじゃありませんか」

「だったら、教えてちょうだい」

「よくないです。それどころか、最悪です。あたしはヴァージニアがマーゴリスと会っているのを知っていました。やめるように諭しもしました。あなたに手紙を書いて事情を話す、そうなればあなたがこちらに来て彼女をこっぴどく叱るだろうと言ったんです」

「でも、あなたは教えてくれなかったじゃない」

カーニーは両手を広げてみせた。「どうしてそんな真似ができます？　ヴァージニアはもう二十六なんです。ママに告げ口するという脅しが効く齢じゃありません」

「ポールはその――その男のことを知っていたの？」

「さあ。おそらくご存知だったんでしょう。何もおっしゃいませんけど」カーニーは炉棚から垂れ下がっている蔓植物の乾いた葉をむしり取った。「ヴァージニアはもうあたしの言葉に耳を傾けたりしません。あたしを嫌っているんです」

「ばかなことを。あの子はいつだってあなたのことが大好きだったじゃないの」

「それは昔の話です。先週、ヴァージニアはあたしのことを、覗き好きの老いぼれと呼んだんですよ。あたしが今の職を希望したのも、カルノヴァにデトロイトで捨てられたからではなく、あなたが彼女をスパイさせるためにここへ送り込んだのだと言うんです」

「ばかばかしい」ミセス・ハミルトンはぴしゃりと言った。「明日、わたくしからヴァージニアによく言い聞かせて、あやまらせるわ」

「あやまらせるですって？　あなたはこの件をなんだと思っているんですか？　ちょっとしたゲームか何かだと？　ああ、神様」カーニーは感情を爆発させた。両手で顔を覆い、泣き笑いの状態になったかと思うと、次には盛大にしゃっくりを始めた。「ああ――もう――ああ――いやだ」

ミセス・ハミルトンはアリスに向き直った。「わたくしたち全員、休養が必要だわ。いらっしゃい、部屋に案内するから」

「あたしが――あたしがご案内します」

「わかったわ。カーニーに連れていってもらってちょうだい、アリス。わたくしはポールに挨拶をしたいので、ここで待っていますから」

アリスは気まずそうな顔をした。「こんなふうに耳にしてしまって、すみません。ヴァージニアのことですけど」

「気にしなくていいのよ。あなたのせいじゃないんだから」車が私車道を近づいてきて、ブレーキの音とともに停まった。「ポールが帰ってきたわ。カーニー、もしかまわなければ、彼と二人きりで話をしたいのだけど」

「もちろん――か、かまうわけがないでしょう」

「それと、お願いだから、紙袋を口にあてて呼吸するか何かして、しゃっくりをとめてちょうだい。おやすみ」

二人が去ると、ミセス・ハミルトンは一瞬、居間の中央に立ち、指先で両のこめかみを押さえ、目を閉じた。彼女は疲れ果てていた。それは眠れない夜を過ごしたせいでも飛行機に揺られたせいでもなかった。疑念ゆえの不安と、それ以上に、すべてうまくいく、間違いが起きたものの、すぐに訂正されるはずだと信じるふりをしてきた、極度の重圧によるものだった。

ミセス・ハミルトンはポールを出迎えるために玄関に向かった。

ポールは足踏みをして長靴の雪を払い落としながら入ってきた。がっしりした、筋骨たくましい体格の持ち主で、皺の寄ったトレンチコートに、湿って型崩れしたグレーの帽子をかぶっている。その姿は夕刻の作業から戻ってきた赤ら顔の農夫のようだった。携えているのは手提げランプでなく、治療鞄だが。

ミセス・ハミルトンはポールが小脇に挟んでいる折りたたんだ新聞に目をとめ、すぐにそらした。

「お帰りなさい、ポール」二人はそっけなく握手を交わした。

「ご無事に到着されてなによりです」深みのある暖かな声だった。話し方もどちらかといえばゆっくりで、ひとつひとつの言葉を慎重に選んでいる。まるで処方箋でも書くように。「お迎えにうかがえず、申し訳ありませんでした──お義母さん」

「無理にお義母さんと呼ばなくてもいいのよ。もし落ち着かない気分になるなら」

「では、そうさせていただきます」ポールは椅子の上に帽子とトレンチコートを重ね、一番上に診療鞄を置いた。しかし新聞は手に持ったまま、ハエ叩きか、聞き分けのない子犬をしつける道具のように固く丸めていた。

ミセス・ハミルトンは新聞が自分に対して使われたかのように、いきなりどさりと腰を下ろした。籐製のランプの光が、叩きつけるような強さで顔にあたった。「あなたが持っている新聞だけど、それはなんなの？」

「デトロイトのタブロイド紙ですよ」

「つまり……?」

「ええ、つまり、これに一部始終、載っているんです。第一面ではありませんが」

「写真は載っているの?」

「ええ」

「ヴァージニアの?」

「一枚だけ」

「見せてちょうだい」

「あまり良い写りではないんです。多分、ご覧にならないほうがいいでしょう」

「どうしても見なければならないわ」

「わかりました」

写真は二ページ目全体を占めていた。全部で三枚ある。そのうちの一枚には〝死の丸太小屋〟という見出しがつけられ、こぢんまりしたコテージが写っていた。屋根には新雪が厚く積もり、窓は霜でぼやけている。二枚目の写真では、黒髪の伊達男がカメラに向かって微笑みかけていた。記事によれば、男の名はクロード・ロス・マーゴリス、四十二歳、著名な建設業者で、この刺殺事件の被害者であるとのことだ。

三枚目がヴァージニアの写真だった。だが、誰も彼女だとは気づくまい。ベンチのようなものに腰掛け、前かがみになって、両手で顔を覆っている。黒髪が手首にもつれ、垂れ下がっていた。服装を見ると、瀟洒な靴をはいているが、片方の踵が取れている。ひらひらした長いドレスの上に、明るい色のコートを着ていた。コートとドレスと片方の靴には、泥のような濃い染みがついている。写真の上には〝尋問のため拘束中〟の文字が躍り、その下には、ヴァージニアの身元が、ポール・バークレー夫人、二十六歳、アルバナの開業医の妻と明記され、クロード・マーゴリスの死に関与の可能性ありと記されていた。

ミセス・ハミルトンはやっとのことで蚊の鳴くような声を上げた。

「こういう殺伐とした写真をこれまで数えきれないほど目にしてきたけれど、そのうちの一枚が他のものとこれほど違う意味を持つ日が来ようとは、夢にも思わなかったわ」

ミセス・ハミルトンは娘婿を見上げた。彼の顔に表情の変化は見られない。写真の若い女が自分の妻であることを意識している様子もなかった。夫人の心の奥でかすかな怒りが脈打ち始めた。〝この男は気にかけていない――もっとヴァージニアに気を配るべきだったのよ――そうすれば、決してこんなことは起きなかったのに。なぜあの子のそばにいなかったの？　なぜ家にいさせなかったの？〟

夫人は憤りを隠そうともせずに言った。「事件が起きたとき、あなたはどこにいたの、ポール？」

「この家にいました。寝ていたんです」

「娘が外出しているのを知っていたはずよ」

「最近はかなり頻繁に出歩いていましたから」

「気にとめなかったの？」

「もちろん心配はしましたよ。しかし、あいにく、ぼくにも仕事があります。いちいちヴァージニアの粗探しをしながら、あとをつけ回す余裕はありません」ポールは部屋の南角に設えたホームバーに足を向けた。「寝酒に付き合ってください」

「いいえ、わたくしはけっこうよ。あの――ヴァージニアの服についていた染みは、あれは血なの？」

「ええ」

「誰の血？」

「彼、マーゴリスのです」

「根拠は？」

「血が人間のものであるかを調べ、さらに血液型を判定する検査が行われたのです」

「そう。まあ、ともかくあの子の血でなくてなによりだったわ」ミセス・ハミルトンはためらいながら新聞に目をやり、またそらした。自ら記事を読みたいが、怖くてとてもできないというように。

「娘は怪我をしていたの？」

「いいえ。酔っぱらっていたんです」

「酔っぱらっていたですって？」

「ええ」ポールはグラスにバーボンをそそいで水を足し、まるで試験管の中の病原菌でも調べるように、明かりにかざした。「パトカーに拾われたんですよ。マーゴリスのコテージから四分の一マイルほど離れた場所をさまよっているところを発見されたのです。かなり吹雪いていましたからね。道に迷ったに違いありません」

「雪の中を、あんな薄いコートと軽い靴だけでさまよっていたというの――ああ、神様、耐えられないわ」

「耐えていただかねばなりません」ポールが冷静な口調で言った。「ヴァージニアはあなたを頼りにしているのです」

「わかっています。わかっていますとも。話してちょうだい――その他のことを」

「お話しすることはもうたいしてありません。その時点ですでにマーゴリスの死体は発見されていました。コテージの暖炉に異常があり、ひどく煙が出ていたのを誰かが通報したのです。ハイウェイ・パトロールが屋内に踏み込み、自分のナイフで刺されて死んでいるマーゴリスを見つけました。彼は町境のすぐ先にあるコテージで借り暮らし中でした。自宅のほうは閉めていたからです。彼の妻がペルーに旅行中でしてね」

「妻。すると妻帯者だったのね」

「ええ」

「子どもは？」

「二人」

「泥酔に」ミセス・ハミルトンはつぶやいた。「妻のいる男との浮気。何かの間違いよ。絶対、間違いに決まっているわ」

「間違いではありません。ぼくが直接ヴァージニアと面会してきましたから。夜中の三時に保安官から電話があり、彼女が捕まったことと、その理由を告げられました。ぼくはただちにあなたに電報を打ち、ヴァージニアが拘留されている郡拘置所に出向きました。彼女はまだ酔いが抜けておらず、ぼくのこともわからないほどでした。あるいは、わからないふりをしていたのかもしれません。ことヴァージニアに関しては、何が本当で何がそうでないのか、誰にもわかりませんから」

「わたくしにはわかるわ」

「そうでしょうか」ポールはバーボンを啜った。「あちらでは保安官と二人の助手がヴァージニアから供述を引き出そうとしていました。もちろん、ひと言も聞き出せませんでしたがね。ぼくは彼らに、こんな状態の者に尋問を続けるのはむちゃだと言ってやりました。そこでようやく彼女を寝床に戻してくれたのです」

「独房に？　泥棒だの売春婦だのと一緒にされるのは……」

「ひとりです。独房は——部屋はむしろ清潔でした。この目で確認しました。それに婦人看守は、いや、保安官代理と呼ばれていたと思いますが、若く良識的な女性に見えました。環境はヴァージニアが慣れ親しんできたような満足のいくものではありませんが、虐待はされていません。その点に関しては心配なさらないでください」

「あなたはいっこうに心配していないみたいね」

「長い間、彼女のことを気にかけないときはありませんでした」ポールは部屋の向こうからミセス・ハミルトンを見つめながら、ためらった。夫人がどこまで真実を知りたがっているのか、量りかねているようだった。「あなたも今お知りになったほうがいい——ぼくが話さなくても、ヴァージニアが話すでしょうから。ぼくらのこの一年の新婚生活はひどいものでした。ぼくの人生最悪の年でした。多分、ヴァージニアにとっても同じことだったと思います」

ミセス・ハミルトンの顔が紙を握りつぶしたようにくしゃくしゃになった。「どうして誰も教えてくれなかったの？　ヴァージニアからもカーニーからも手紙が来たけれど、誰も何も言わなかったわ。わたくしは万事うまくいっているとばかり思っていた。ヴァージニアはあなたとよい家庭を築いて幸せに暮らしていると。やっと幸福をつかんだのだと。今になって、騙されていたとわかるなんて。あの子は身を落ち着けてなどいなかった。既婚者と浮気をして、酔っぱらって、安っぽい売春婦のように振る舞っていた。ついにはこの体たらくよ。どうすればよいのか、どう考えればよいのか、わたくしにはもうわからないわ」

ポールはミセス・ハミルトンの目に浮かぶ問いかけを見て、視線をそらし、再びグラスを明かりにかざした。

「ぼくはできる限りのことをしました。弁護士も雇いましたし」

「そうね、でもどんな類の？　あの男は経験がないじゃないの」

「推薦されたのが彼なのです」

「彼では不十分よ。ヴァージニアには最高の弁護士をつけるべきだわ」

「確かにそうすべきだったでしょうが」ポールは苦い口調で言った。「残念なことに、ぼくにはその経済的余裕がなかったのです」

「わたくしなら雇えるわ。お金ならいくらでも出します」

「お言葉ですが、金に糸目をつけないという発想は、いささか時代遅れだと思います」ポールはからになったグラスを置いた。「もうひとつ申し上げると、ヴァージニアが無実なら、最高の弁護士をつけるまでもないでしょう。ところで、差し支えなければ、失礼して休ませていただきたいのですが。朝が早いものですから。部屋はカーニーがご案内したと思いますが？」

「ええ」

「どうぞゆっくりなさってください。この家はあなたのものですから」ポールは皮肉っぽい微笑を浮かべて付け加えた。「ローンも含めて。おやすみなさい、ミセス・ハミルトン」

「お疲れさま」夫人は一瞬ためらったあと、言葉を続けた。「おやすみ《マイ・ボーイ》」

　ポールは部屋を出ていった。ミセス・ハミルトンは彼の姿を目で追った。その目は今は完全に乾き、岩のように頑なで暗い光を帯びていた。

　この、赤ら顔の農夫が。夫人は心の中で毒づいた。

第三章

郡庁舎の赤レンガは、夏は汚い蔦、冬は汚い雪で覆われている。庁舎が建てられた大広場は、かつては町の中心にあった。しかし、その後、町は西方に移動し、非情にも庁舎を東端に置き去りにした。今では家具の倉庫やガソリンスタンド、軽食堂などに囲まれながら、なんとか生き延びている。

正面玄関から道路を隔てた真向かいにスーパーマーケットがある。ミーチャムはその店先に車を停めた。スーパーはまだ閉まっているが、店内にはすでに人の気配があった。各通路で作業をしている店員の顔はどれも表情に乏しく、眠気に加え、夜とさして変わらない冬の朝の気怠さのせいか、動きも鈍い。街灯はまだ煌々と灯っている。空は暗く、空気は重く湿っていた。

ミーチャムは道路を渡った。憂鬱な気分で、本音を言えば、明るくなるまでベッドで寝ていたかった。

郡庁舎の正面には三十フィートのクリスマス・ツリーが立てられ、四人の囚人が保安官助手の指揮のもと、色とりどりの電球をつるしていた。保安官助手のハギンズは毛羽立ったオレンジ色の耳当てをつけ、規則的に足踏みをしている。暖を保つためだが、他にすることがないせいでもあった。

ミーチャムが近づいていくと、囚人たちはいっせいに作業の手をとめて彼を見た。彼らは通りすがりの者ほぼ全員に、こうして目を向ける。自分たちにはたっぷり時間があり、作業が遅れたからといってどうということはないのを承知しているのだ。

「少しペースを上げたらどうなんだ、おまえたち」ハギンズが勢いよく両手を叩いた。「どうした、ジョー、酔っぱらってるのか?」

ジョーは梯子のてっぺんから下を見ながら、金歯をむき出しにして笑った。「あんたこそ、中でトディでもひっかけたいんじゃないか、ハギンズ、え?」

「おれは酒にはいっさい手をつけないんだよ」ハギンズは言った。「やあ、ミーチャム」

ミーチャムはうなずいた。「おはよう」

「早起きは三文の徳ってわけか?」

「まあね」

ハギンズは梯子に向かって親指を突きつけた。「こっちはこのろくでなしどもにクリスマス気分を満喫させてやってるところさ」

男たちのうち三人は笑い、四人目は雪に唾を吐いた。

ミーチャムは建物の中に入った。スチームは最強にセットされ、旧式のラジエーターが、幽霊が鎖をかき鳴らすような金属音を立てている。廊下を半分も行かないうちに汗が吹き出てきた。鼻から喉にかけての気道が炎でも吸い込んでいるように熱く乾いてくる。

中央の廊下は木とかけたてのワックスの匂いがしたが、左手の階段を降りると、別の匂いが他を圧倒する勢いで押し寄せて来た。消毒剤の匂いだった。

郡保安官事務所と表示されたドアは開いていた。ミーチャムは待合室に入った。背の真っ直ぐな椅子が、こちら向きに整列させられた囚人のように壁際にずらりと並んでいる。そのひとつに腰を下ろした。他に人はいないが、隅のラックに男物のコートと帽子が掛けてあり、傷だらけの木製カウンターに置かれた灰皿には、短くなった煙草の燃えさしがくすぶっていた。ミーチャムは煙草に気づいたが、わざわざ消すまではしなかった。

突然、保安官の専用オフィスのドアが乱暴に開き、コードウィンク本人が姿を現した。背が高く、かなりの痩せぎすで、縮れをごまかすために白髪を短く刈り込んでいる。まつげもカールしていて、彼の冷たい目を上辺だけ素朴に見せていた。五十年も険しい人生を送ってきた男だが、疲れたときや、金や子供の件で妻と喧嘩するとき以外、それを表に出すことはない。

「朝っぱらからこんなとこをうろついて、何をしているんだ?」コードウィンクは咎めた。

「誰よりも先にあんたにクリスマスのお祝いを言いたくてね」

「おおいに笑わせられるぜ、おまえさんがた優秀な若手弁護士には。おい」コードウィンクは灰皿の中でくすぶっている煙草を見て顔をしかめた。「いったい、どういう了見だ、この建物を焼き落とすつもりか?」

「それはおれじゃ……」

「おまえが依頼人をここから出してやるには、それしか方法がないからな」

「へえ?」ミーチャムは自分の煙草に火をつけると、マッチで灰皿の煙草の燃えさしを押しつぶした。

「何か新しい情報は掘り出せたのかい?」

「話す義務があるのか?」コードウィンクは鼻で笑った。「きみらのような凄腕弁護士なら、独自の捜査ができるだろうが」

「今朝はやけにご機嫌斜めなんだな、保安官」

「不愉快な任務にあたっているんだ、むかつく連中に会えば、不機嫌にもなる。違うか？」

「するとミセス・バークレーからは供述を引き出せなかったんだな？」

「供述なら、間違いなく取ったさ」

「どんな？」

「おれは生まれの悪い、無教養の大ばか者なんだと」

ミーチャムはにやりとした。

「おまえには受けたようだな、え、ミーチャム」

「まあね」

「それがさ、おれはこう見えてもウィスコンシン大学、二十二年度卒業生なのさ」

「そいつは妙だな。あんたはハーバード出だとばかり思っていた。あんたの振る舞いや喋り方はまるで……」

「おまえらのような小賢しい弁護士どもには虫唾が走る」コードウィンクは鼻を鳴らした。「まあ、いいさ。彼女が供述しようがしまいが、痛くもかゆくもないね。どうせ彼女の負けだ」

「おそらくね」

「おまえもせいぜい頭を使って、状況を見極めろ。資料をしらみつぶしに当たるとかして、架空の正当防衛のヒントでも探したらどうだ。どうせ最後はぼんくらぞろいの陪審団をたぶらかして、警官を嘲り、空涙を流して、聖書の文句を唱え――ちっ！　胸が悪くなる。食うための手段が正義を曲げることとはな」

「そのおはこは前にも聞いたよ、保安官。一番は飛ばしてくれ」

「おまえ、おれが音痴だって言うのか?」

「間違いなくそうだね」

コードウィンクはカウンターの上のブザーを押した。「正当防衛で逃げ切ろうったって、そうはいかんぞ。女の体にはそんな跡、どこにもないんだ。切り傷もなければ、痣もない、ひっかき傷のひとつもな」

「こちらとしては、彼女の身に降りかかった危険の客観性や緊急性を証明する必要はない。あくまで本人が、それが現実であり差し迫ったものだと考えたこと、そう考えるだけの理由があったことさえ証明すればいいいのさ」

「ここはまだ法廷じゃない、ややこしい物言いはやめろ。まったく吐き気がするぜ」

保安官が再びブザーを押すと、ほどなくグリーンの服を着た若い女が、鍵束の輪を軽快に揺らしながら入ってきた。

「また、あなたなの、ミスター・ミーチャム」女はきれいな白い歯を見せて言った。

「ああ」

「いっそ、ここへ引っ越していらしたらいいのに」今度はコードウィンクに笑顔を振り向けた。「そう思われません、保安官?」

「思うどころじゃないね」コードウィンクは答えた。「もしまともな処罰が下されるなら、ここには弁護士がうようよすることになるだろうさ」彼は自分のオフィスに足を向けた。「こちらの紳士をミセス・バークレーの個室にご案内してくれ、ミス・ジェニングス」

「了解」コードウィンクが叩きつけるようにドアを閉めると、ジェニングスは聞こえよがしにささやいた。「あらあら、今朝はみんな、少し気が立っているんじゃないかしら」

「天候のせいに違いない」

「そうかもしれないわね、ミスター・ミーチャム。でも、わたし自身は決して天候に煩わされたりしないわ。超越してしまうのよ。冬来たりなば春遠からじ、というでしょう？」

「その言い分にも一理ある」

「シェイクスピアよ（実際はイギリスの詩人シェリーの「西風に寄せる歌」の一節）。わたし、詩が大好きなの」

「いい趣味だ」ミーチャムはジェニングスのあとについて廊下を歩いた。「ミセス・バークレーの様子は？」

「ぐっすり眠ったし、朝食もたっぷりとったわ。わたしの見たところでは、ようやく二日酔いは抜けたようね。まあ、たいした見ものだったわよ」ジェニングスは廊下の突き当りのドアを解錠すると、手で押さえてミーチャムを先に通した。「彼女はわたしから口紅を借りたのよ。いい兆候だわ」

「まあね。しかし実際のところはどうだろうか」

「あなたって本当にひねくれ者ね。ひねくれている人ってすごく多いけど。母によくこう言われるの。モリーや、おまえは笑いながら生まれてきたけれど、きっと笑いながら死んでいくんだろうねって」

ミーチャムは身震いした。「幸せなお嬢さんだ」

「ええ、わたしは運がいいの。物事の明るい面を見ずにはいられないのよ」

「いいことだ」

独房棟の女性区域に収容されているのはヴァージニアだけだった。ジェニングスが独房の扉の鍵をあけた。「また例の方が見えましたよ、ミセス・バークレー」

ヴァージニアは狭い簡易ベッドに座り、雑誌を読んでいた。あるいは読むふりをしていた。前日の午後ミーチャムが持ってきた黄色いウールの服と茶色のサンダルを身に着け、広い額が出るように、黒髪を念入りに後ろに梳かしつけている。ジェニングスの口紅も効果的に使われていた。実際の唇より広めにたっぷりと塗ってある。頭上に下がるたった一個の電球の光のもとで、ヴァージニアの肌は大理石のように冷たくなめらかに見えた。彼女が今どんな気持ちでいるのか、その美しくよそよそしい目の奥で何が起きているのか、想像するのさえ不可能だとミーチャムは悟った。

ヴァージニアは顔を上げると、冷ややかな目でしげしげとミーチャムを見つめた。それは彼にミセス・ハミルトンを思い出させた。もっとも、母娘の間に外見上の相似はなかったが。

「おはようございます、ミセス・バークレー」

「どうしてここから出してくれないの?」ヴァージニアはぴしゃりと言った。

「努力しているところです」

ミーチャムが格子のはまった独房内に入ると、ジェニングスは外から扉を閉めたが、鍵はかけなかった。それから女性区域の端まで行き、出口近くに置かれたベンチに腰を下ろすと、極めてさりげない調子で鼻歌を歌い出した。ミーチャムとヴァージニアに、自分は盗み聞きをするつもりなどないことを示すために。「わたしは正しい道を往き……」

「あの人ったら、歌なんか歌うのよ」ヴァージニアが言った。「それに口笛を吹くの。詩を引用したりね。あまり能天気なものだから、こっちは気が狂いそうになるわ。何がなんでもここから出してちょうだい」

「努力しています」

「それはもう聞きました」

「なら、繰り返すまでです。座ってもいいですか？」

「どうぞ」

ミーチャムは簡易ベッドの足元に腰を下ろした。「二日酔いはどうです？」

「治りました。でも、ここには蚤か何かがいるのよ。くるぶし全体に赤いみみず腫れができてしまったわ。ＤＤＴを持ってきてくださるの、覚えていて？」

「もちろん」ミーチャムはコートのポケットからＤＤＴの小瓶を取り出して、ヴァージニアに手渡した。

ヴァージニアはラベルを読むと、眉をひそめた。「たったの二パーセントじゃない」

「それより強力なのは手に入らなかったんです」

「そんなことはないはずよ」

「まあ、そうですが、やめておきました」

「何を恐れているの？　良心が咎めるか何かして、わたしがそれを飲むとでも？」

「考えなくもなかったのですが」ミーチャムは言った。「まあ、興奮しないで。母上が間もなくここにいらっしゃるんですよ」

「いつ？」

「九時半です」

「わたし――わたし、ちゃんとしている？」

「ええ。それどころか、とてもきれいです」

「お世辞はやめて。きれいじゃないのはわかっていますから」

ミーチャムは苦笑した。「われわれはずいぶん多くのことで意見が合わないが、その件については議論の余地がないでしょう。あなたが美人じゃないなんて、どこでそんなばかげた考えを吹き込まれたんです?」

「ただ違うと知っているだけです。この話題はもうけっこうよ」

「わかりました」ミーチャムはヴァージニアに煙草を勧めたが、彼女は首を振って断った。「ではコードウィンクの話をしましょう。今日にも彼に供述すれば、あなたはすぐにここから……」

「彼に協力する気はさらさらないわ」

「どうしてです?」

ヴァージニアは唇をかんだ。「わたしだって考えているのよ。いっさい供述しなければ、あとになってコードウィンクがわたしを引っかける材料は何もないということになるわ」

「その主張は筋が通っているように聞こえるが、やはり短慮《たんりょ》だ」

「何より、母がこちらに来た以上、万事うまく処理してくれるもの」

「ほう?」

「まあ、見ているといいわ」

「あなたの母上は」ミーチャムは辛辣な口調で言った。「確かに辛抱強く意志の固いご婦人だが、保安官事務所のすべてを勝手にできるわけではない」

ヴァージニアは強情な顔でミーチャムを見た。「母はわたしを信じてくれているのよ」

「母上があなたを五月の女王《メイ・クイーン》だと考えようが、いっこうにかまいませんがね、母親の信頼は裁判に持ち込む材料としては弱いのです」

「わたしは出廷などしません」

「と言うと？」

「だってわたしは無実なのよ。あの人を殺してなんかいないもの」ヴァージニアは声を張り上げた。

「聞いているかしら、大耳《ミス・ビッグイヤーズ》さん？　わたしはマーゴリスを殺していないのよ」

ジェニングスは再び鼻歌を始めた。「そしておまえは恥ずべき道を往く……」

「なるほど、そいつはすばらしい」ミーチャムは言った。否認するんですね。裏付けは？」

「たった今話したことで全部よ」

「なぜ？」

「なぜでもよ」

「なぜなら、記憶にないからだ。鑑識の報告によれば、あなたの血中アルコール濃度は二・二三だったそうですね」

「それがなんだというの？」

「へべれけだったわけだ」

ヴァージニアの頬にかすかに血がのぼった。「母はその件を知っているの？」

「今頃は、とうに耳に入っているはずです」

「さぞ腹を立てるでしょうね。絶対禁酒主義者だから」ヴァージニアの口ぶりはひどく深刻で、まるで自分が逮捕されたのは、殺人ではなく飲酒が原因だと考えているかのようだった。

「それでは、コードウィンクに供述する意志はないんですね」

「できないのよ。わからない？　彼に何ひとつ覚えてないなんて言えないわ。重罪にされてしまうもの」

「今のままでもそうなりますよ」

ヴァージニアは下唇をかんだ。「土曜の夜、少しばかり酔っていたのは認めるわ」

「あなたはぐでんぐでんに酔っぱらっていたんだ、ミセス・バークレー。少しなんてものじゃない」

「もう蒸し返さないで！」ヴァージニアは叫んだ。「そもそも、あなたはなぜここに来たの？　あなたの指図を受ける必要なんてないわ」

「そうでしょうか？」

沈黙が流れた。ジェニングスは好奇心で目を丸くしながらも、左足で拍子を取りつつ、しらじらしく鼻歌を続けている。

「土曜の夜といっても、夜通し飲んでいたわけじゃないでしょう。もっと早い時刻、マーゴリスが殺される前に、何があったのですか？」

「二人でダンスをして、軽く食事をとったわ」

「十一時前後には喧嘩もした」

「クロードとわたしはそれは仲のよい友人どうしだったのよ」ヴァージニアは頑なに言い張った。

「証言があるんですよ、ミセス・バークレー。〈トップハット〉のウェイトレスがあなた方二人を覚えていて、写真で同一人物だと確認している。口論の真っただ中で、あなたは席を蹴って立ち去り、数分後、マーゴリスもあとを追った。どこへ行ったんです？　それとも、ぼくの口から言いましょうか？」

「あなたは話すのがたいそうお好きなようだから、言ってみて」言葉は尊大だが、口調はそれほどでもなかった。声も震えている。ミーチャムは、ヴァージニアが母親に会うのを恐れているのではと思った。怯えた様子を示すのは初めてだったからだ。

「あなたはレストランから数件先の酒場《バー》へ入った。店内は土曜の夜を過ごす大学生でごった返していた。マーゴリスはそこであなたに追いついた。マーゴリスが着いた時、あなたはカウンターでひとりの男に話しかけていた。それから立ち上がり、マーゴリスとともに店を出た。もうひとりの男も席を立ち、店を出た。バーテンダーの証言によるとね。しかし彼には、男があなた方と去ったのか、たんに閉店時刻が近かったので家に帰ろうとしていただけなのかはわからない。どちらだったんです？」

「いい加減にして」ヴァージニアは簡易ベッドの端を拳で叩いた。「そんな立ち入った話までしなければならないの？」

「誰かがやらないと。全員が手をこまねいていたら、健忘症の看護はできません」

「あなたってつくづく無礼な人ね、雇われ弁護士のくせに」

「あなたこそ非協力的なんじゃありませんか。若い身空でこれからの二十年間、刑務所の洗濯所で汚れた服の整理をして過ごすかもしれないにしては」

「よくもそんな酷いことが言えるわね」女の顔からさっと血の気が引き、頬骨の辺りが透明に見えるほど肌が引き攣った。「忘れないわよ」

「そう願います」ミーチャムは言った。「マーゴリスの死体発見時の状況について、ひとつ、非常に興味深い点があるのです。財布がなくなっているんですよ」

「それがなんだというの？」

「友人たちの話では、彼はいつもかなりの大金を持ち歩いていたそうです」

「そのとおりよ」

「そうなると、酒場であなたと一緒だったという、名前のわからないよそ者が気にかかる。あなたがマーゴリスの財布を盗ったということはないですね？」

「なぜ、わたしがそんなことをするの？」

「あなたが破産者だからです」

「すっかり調べ上げたというわけね。報酬を取りはぐれるとでも思っているの？」

「確かに調べました。あなたの車は支払いがすんでいない。家はローンで、ご主人は……」

「ポールはこの件には無関係よ」ヴァージニアは鋭い口調で言った。「ひとつだけ、はっきりさせておくわ——わたしの場合、お金が欲しければ、他人の財布を漁り回る必要なんてないのよ」

「母上に頼めますからね」

「ええ、そのとおりよ」

「では、その機会が来たようだ」ミーチャムは腕時計に目をやった。「今にも到着されるでしょうから」

突然、頭上の電気が消え、朝の弱々しい光が、格子窓からかすかな希望のように差し込んだ。

ヴァージニアは立ち上がり、窓の向こうの小さな四角い空を見つめた。「ここで母に会うわけにはいかないわ。どこか別の場所でなければ」

「できるだけのことをしましょう」ミーチャムは独房の扉を開け、一歩出た。「ミス・ジェニングス？」

ジェニングスが鍵束を揺らしながら近づいてきた。「話はついたの？」

「ミセス・バークレーの母上が面会に来ることになっている。一年ぶりの再会なんだ。少しの間、どこか別の部屋を借りられないかな」

「そうね。都合してみるわ。なんといっても、相手は母親だものね」ジェニングスはためらうようにちらりとヴァージニアを見た。「ただし、わたしはそばを離れるわけにはいかないわ。ミスター・ミーチャムはあなたの弁護士だから二人きりで話せたけれど。でも他には誰も……。母親といえども、規則ですからね」

「母が何をするとおっしゃるの？」ヴァージニアは言った。「こっそり、鑿《のみ》を仕込んだパンを差し入れるとでも？」

ジェニングスはそらぞらしい笑い声を立てた。「彼女、本当に冗談がうまいわね、ミスター・ミーチャム」

「たいしたものだ」ミーチャムが目顔で諌《いさ》めると、ヴァージニアは簡易ベッドに引き返して再び腰を下ろした。しかし二人には背を向けていた。

ジェニングスが独房の扉に鍵をかけた。「保安官に彼のオフィスを使わせてもらえるか、訊いてくるわ。でも保証はできないわよ。今朝は彼、あまり機嫌がよくないから」

「どっちにしろ、骨折りに感謝するよ」ジェニングスが立ち去ると、ミーチャムは格子越しにヴァージニアに語りかけた。「いい加減、味方を得て、人を動かすことを覚えるべきだ」

「あら、そう？」

「ひと芝居打ちなさい。あなたは潔白の身なのに、ひどい扱いを受けている。そして今、やさしいお母さんがはるばる遠くの山から訪ねてきたところだ」

「陳腐ね。三文芝居もいいところだわ」

「陳腐だろうがなんだろうが、やってみるんです。ところで、マーゴリスの奥さんを知っていますか?」

「会ったことはあるわ。性格の悪い人よ」

「どういういきさつで会ったんです?」

「あなたには関係ないでしょ」

「あなたが無事にここを出るまでは、あなたに関することはすべてぼくの責任だ。マーゴリスとはどういうふうに知り合ったんですか?」

「わたしの家を建ててもらったのよ。つまり、わたしとポールの家っていう意味だけど」

ジェニングスが戻ってきて、再び独房の扉を開けた。「お母さんが保安官のオフィスでお待ちよ、ミセス・バークレー。あなたとは少しも似ていらっしゃらないのね。目の辺りは別だけど。家族の似方って、本当に面白いわ。ほら、あなたがどんなふうに見えるか、わたしのコンパクトを貸してあげる」

「自分がどう見えるかぐらいわかっているわ」

「じゃあ、そのままでいいのかしら」ジェニングスは愉快そうな笑顔を浮かべ、コンパクトをポケットに戻した。「本当は、ものすごいふくれっ面だけど」

ヴァージニアは言い返そうと口を開いたが、またもミーチャムに目配せされ、踏みとどまった。そして無言でジェニングスについて廊下を歩いた。その顔は冷静で、石のように無表情だったが、歩き方はまるで平衡感覚を欠いた人間のようにぎこちなかった。

「ぼくの付き添いが必要ですか？」ミーチャムは尋ねた。

ヴァージニアは半身を返して肩越しに言った。「なんのために？」

「それが答えというわけですか」

「ええ」

ミーチャムは二人の女性から遅れて歩いた。保安官のオフィスまで行くと、ヴァージニアは真っ先に小走りで駆け込んだ。「ママ！　ママ！」

ミーチャムは思わず不快になった。果たしてこれは本音の行動なのだろうか。それとも三文芝居だろうか。

ミーチャムはドアの開いた部屋の前をゆっくり通り過ぎた。ミセス・ハミルトンが嘆きと喜びにひたりながら、ヴァージニアを両腕でかき抱き、あやすように揺すっている。夫人は泣いていた。ヴァージニアも泣いていた。ジェニングスまで今にも泣き出しそうなほど激しく顔をゆがめている。三人のあまりに現実離れした光景に、ミーチャムは一瞬、声を立てて笑いそうになった。

その一瞬はすぐに過ぎ去った。

「ジニーや、かわいい娘《こ》」

やれやれ。ミーチャムは心の中でそうつぶやくと、女たちの声の届かない所まで逃れるため、できるだけ足早に立ち去った。

一階に上がる階段まで来ると、その下のベンチに、ひとりの男が背中を壁にもたれかけて座っていた。

ミーチャムは通り過ぎる際、好奇の目で男を見つめた。男は自然な感じで視線を返してきた。注目されるのに慣れた様子だった。冬らしい天気だというのに、コートも帽子も身に着けていない。肌は真っ白で、まるで長い間太陽の光の届かない地下で暮らしてきたかのようだ。齢はまだ若い。顔はミーチャムより若く見える。しかし体の線は身を持ち崩した老人のようだった。骨ばった背中と、か細い手首、そして大きく垂れ下がった腹。それを隠そうと、ずっと正面で腕を組んでいる。

男がミーチャムを見据えた。ほっそりした繊細な顔立ちのなかで、目だけがやたらと大きく見えた。それから男は臨月の女のようなぎこちない仕草で、大儀そうに立ち上がり、廊下を遠ざかっていった。

ミーチャムは階段を上がった。外ではクリスマス・ツリーの飾りつけがすみ、電球の明かりがついていた。しかし太陽が輝いているせいで、あまり見映えはしなかった。

第四章

ミーチャムがバークレー邸に着いたのは暗闇が迫る頃で、再び雪が降っていた。さらさらした雪で、砕けたダイヤモンドのように虹色にきらめいている。

応対に出たのはアリスだった。会ったのは前夜の一度だけだが、ミーチャムには彼女が齢の離れた妹のように身近に思えた。彼は口やかましい兄の眼差しになってアリスを見下ろした。サクランボ色のドレスを着ているが、彼女には合っていなかった。形が直線的だし、色も鮮やかすぎる。

「お邪魔してもいいかな？」ミーチャムは言った。

「ええ、まあ」

「何か問題でも？　都合が悪いのかい？」

「いいえ。ただ、ここにはわたししかいないものだから。ドクター・バークレーもミセス・ハミルトンも外出中なんです」

「ご心配なく。きっとぼくが来るのが早かったんだ」

「どういう意味？」

「お茶に招待されたのさ」ミーチャムは腕時計に目をやった。「五時にね。ちょうど今、五時になったところだ」

「その件は初耳だわ。ミセス・ハミルトンは朝からずっとお留守だし」

ミーチャムはコートを脱ぎ、椅子に置いた。アリスはそれを見ていたが、まだ戸惑っているらしく、よそよそしい雰囲気だった。

「なぜあの方はあなたをお茶に招いたりなさったのかしら」

「茶葉占いでもやろうっていうんだろう。面白そうじゃないか」ミーチャムはそう言うと、皮肉な笑顔で付け加えた。「ひと儲けできると出るかもしれない。あるいは、無愛想で疑り深いブロンド娘に巡り会うとか」

「受けない冗談だわ」

「なら、いい加減、怪しむのはやめてくれ」

「怪しんでなんかいません」

「ではご自由に」

ミーチャムは部屋の奥に進むと、炉棚に背を向け、左腕で体重を支えながら立った。彼の体は決して垂直にならない。歩くときは猫背だし、立つときは必ず何かに寄り掛かっていた。車の中か机の前で過ごす時間があまりに長すぎてそうなった人のように。

「ミセス・ハミルトンはどこに?」ミーチャムは尋ねた。

「映画館でしょう。お昼に電話があって、このまま街に残って昼食をとり、買い物をすませてから、二本立て映画を見るつもりだとおっしゃっていたから。若い娘のようにはしゃいだ声だったわ。思いっきり浮かれて騒ごうという感じの」

「おそらく、そうだったんだろう」

「まさか。あの方はお酒は飲まないもの」

「ぼくが考えているのはその種の浮かれ騒ぎじゃない」

「だったら、その考えというのをおっしゃったらいかが？」

「言うさ、いずれは」

「待ちきれないわ」

「今度は何に腹を立てているんだ？」

「あなたって、やっぱり人を見くだしているのね」

「それは誤解だ」ミーチャムは真顔で言った。「むしろ、ぼくは今、混乱しているんだ。たとえば、これが五番街なら、家という家の窓を覗き込み、そこに住んでいる人々のことをいくらでもきみに話すことができる。しかし、ここみたいな家や、ヴァージニアのような若い女性だの、ミセス・ハミルトンのようなご婦人には慣れていないんだ」

「あるいは、わたしみたいな？」気づいたときにはそう口にしていた。ほんの一瞬、無防備に放置した釣竿から飛び出した糸のように。

「きみのことならかなりよく知っているつもりだよ、アリス」

「あら。つまり、わたし程度の人間ならいくらでもご存知ということね」

「二、三人だよ」

アリスが背を向けたので、ミーチャムには彼女が怒りで顔を赤く染めたのが見えなかった。見なくとも、アリスがその状態にあるのは想像できた。「どうしてそのことがそんなにきみを怒らせるんだ？」

「怒ってなんかいないわ」

「きみは常識からかけ離れた存在になりたいわけじゃないだろう？　三つ頭の仔牛か何かのような」

「もちろん、そんなものにはなりたくないわ」ええ、なりたいですとも。アリスの心は荒れていた。誰とも違う、唯一無二の存在になりたいのよ。

「気に障ったのならあやまる」ミーチャムはかすかな笑みを浮かべて言った。「ただ、ぼくがかつて知っていた三つ頭の仔牛の唯一の願いというのが、普通になることだったものでね」

「なんてばかばかしい話をしているのかしら」アリスは言った。「五番街の窓にはりついて覗き見でもしているほうがましだと思いますけど、ミスター・ミーチャム」

「ぼくは覗き見などして……」

「したと言ったじゃないの」

「できると言ったんだ」

「誰だってできるわよね。覗き屋に特別な道具は必要ないもの」

「ぼくは覗き屋じゃない」

「あら、そうだと言ったじゃない」

「そうは言って……」

「確かにこの耳で聞いたわ」

ミーチャムはうんざりして首を振った。「わかった、わかった。ぼくは覗き屋だ」

「やっぱりね」

「きみに対する見方が変わったよ、アリス。きみは本当に変わっている。途方もなく突飛で、手に負えない人だ」

アリスは冷淡な目でミーチャムを見た。「月並みでいるよりは、手に負えないほうがましよ。ミセス・ハミルトンは、わたしさえその気になれば、何者にでもなれるとおっしゃっているわ」

「そんなにミセス・ハミルトンの言葉は絶対なのか？」

「たいていのことではね」

「ぼくはそこまで確信できないね。年寄りの言葉に惑わされないことだ。がっかりさせられるかもしれないよ」

家の外から中庭を慌ただしく横切る足音が聞こえてきた。次の瞬間、玄関のドアが勢いよく開き、ミセス・ハミルトンが部屋に駆け込んできた。コートの前は開いてひらひらと翻り、帽子は後ろにずり下がっている。その姿はだらしなく、年老いて、かなり怯えているように見えた。

ミセス・ハミルトンは振り返ると、入ってきたドアを閉めた。そのはずみで抱えていた包みが腕から飛び出し、床に落ちた。包みの中でガラスが粉々に割れる音がして、ほぼ同時に、春を思わせるようなライラックの香りがつんと部屋に広がった。

「電気を消して、アリス」ミセス・ハミルトンは言った。「何も訊かないで。電気を消すのよ」

アリスは言われたとおりにした。明かりが消えると、ライラックの香りがより強まったように感じられた。ミセス・ハミルトンは暗闇の中で荒い呼吸を繰り返している。

「外に誰かいるわ。男よ。ずっとわたくしをつけてきたのよ」

ミーチャムが軽く咳払いをした。ミセス・ハミルトンはそれを疑念のしるしと受け取った。

「これは妄想などではありませんよ、ミスター・ミーチャム」夫人はきつい口調で言った。「彼はバス停からわたくしをつけてきたのです。わたくし、街でタクシーを拾えなかったので、バスで帰ってきましたの。その男はわたくしが降りたのと同じ角で降りて、尾行してきたのです。きっと物盗りよ」

「この辺りに住んでいる人かもしれませんよ」ミーチャムは言った。

「いいえ。彼はわたくしのあとをあからさまにつけてきたのよ。こちらが早足になると早足になり、立ち止まると自分も立ち止まったりして。まるでサディストの仕業みたいだったわ」

「おそらく、ご婦人を怖がらせて快感を得る、近所の痴れ者でしょう」ミーチャムは言った。あるいは警官かもしれない。多分、コードウィンクの部下のひとりだ。「その男は今、どこにいます?」

「最後に見たときは、ヒマラヤ杉の生け垣の後ろにいたわ」ミセス・ハミルトンは窓辺に近寄り、指をさした。「ちょうどあそこよ、うちの車道が始まる辺り。まだいるんじゃないかしら」

「ちょっと行って見てきます」

「凶暴な男だったらどうするの? すぐに警察を呼ぶべきだわ」

「ともかく、まだあそこにいるかどうか確かめてみましょう」ミーチャムは言った。

外はまだ雪が降っていたが、屋内が暑かったので、むしろ爽快に感じられた。ミーチャムは中庭を抜け、車道を歩いた。歩き方がぎこちなくなったのは、二人の女性が窓から見ているのに気づいたからだ。辺りはまだ真の暗闇にはなっていないので、意外に遠くまで見通せるかもしれない。

カーブした車道の端にたどり着く頃には、雪はそう楽しく感じるものではなくなっていた。それは静かな主張とともに、靴の先やコートの袖口、襟元からしみ込んでくる。冷たいうえにじめじめして、なんだかばからしくなってきた。

ミーチャムは声を上げたが、その声は意図していたほど大きくもなければ毅然としてもいなかった。

「おい。生け垣の後ろにいるやつ。何をしているんだ?」

返事はなかった。ミーチャムも期待はしていなかった。おそらく、すべては老婦人の空想だ。暗闇、疲労、ひと気のない通り、背後の足音――それらがないまぜになって、妄想を産み出したのだろう。

雪が入らないようにコートの襟をかき合わせ、ミーチャムが屋敷に戻ろうと踵を返したそのとき、ひとりの男が生け垣の陰から足を引きずって現れた。男の動きは年寄りめいていて、髪も眉も白かった。もっとも、白いのは雪のせいだった。街灯を背にして立っているので、顔は深まりゆく黄昏の中でぼんやりとしか見えない。明るい色のぶかぶかのコートが、体からテントのように垂れ下がっていた。

「ここで何をしているかって?」男は言った。「ぼくはドクターを待っているんです」

「生け垣の後ろでか?」

「違います」どちらかといえば高くて真面目そうな、少年のような声だった。「彼の診療所に行くつもりです。でもその前に、少しばかりここに立って、夜を楽しもうと思いましてね。冬の夜が好きなんですよ」

「寒いだろう」

「平気です。ぼくはヒマラヤ杉の匂いも好きなんです。クリスマスを思い出すから。今年のクリスマスは来ないだろうけど」男は素手の甲でまつ毛の雪を払った。「もちろん、本当はドクターを待っているわけじゃありません」

ミーチャムの目が鋭く光った。「違うのか?」

「いや、もちろん、ドクターに会うことにはなるでしょう。でも、ぼくが本当に待っているのは――あなたもですけどね、知らないだけで――目的地、終局、なにものかの終わりなんです。ぼくの場合はかなり特殊でしてね。ぼくは恐怖の終わりを待っているんです」

やっぱり読みが当たったな。ミーチャムは考えた。こいつはよくいるキ印だ。彼は大声で言った。「待つならもっと快適な場所を選んだほうがいい。すぐに立ち去るんだ。こっちも揉め事は起こしたくない」

男はミーチャムの言葉を聞こうともしなかった。「ぼくは恐怖で千回は死んできた。千回の死。一度で十分なはずなのに。皮肉もいいところだ」

「もう行ったほうがいい。家へ帰ってひと眠りするんだ。家族はいるのか？」

「家族？」男は笑い声を立てた。「それはそれはすごい家族がいますよ」

「きみを待っているだろう？」

「今夜は家に帰るつもりはありません」

「いつまでもここにいるわけにはいかないんだぞ」ミーチャムはちらりと男の靴を見た。コート同様、新品に見えた。とりあえず彼は言った。「二、三ドルなら手持ちがある」

「あんたはぼくのことを物乞いか浮浪者だと思っているのか？　ぼくはそんな役立たずじゃない」

一台の車が角を曲がり、ヘッドライトの眩しい光が男の顔にあたった。ミーチャムはたちまち思い出した。この男にはその朝、郡拘置所で会っていた。繊細な顔立ちと、膨れた自堕落な体をした、老いた若者だ。今、体のほうはテントの様なコートの下に隠れている。顔は穏やかで皺ひとつない。降りしきる雪がまつ毛を覆い、その目を清純で無垢なものに見せていた。齢は二十八ぐらいだろうか。

ミーチャムは声を張り上げた。「前に会ったことがあるな」

「ええ。ぼくはあなたが誰かも知っています」

「ほう?」

「ミスター・ミーチャム。あの女性の弁護士だ」

ミーチャムは突如、説明のつかない不安に駆られた。これでは闇夜に振り返ったとたん、足元に物言わぬ獰猛な犬がいるのを見つけたようなものだ。何も言われず、何もされない。歩き続けると、犬は後からついてくる。そして犬の後ろからは恐怖が、自分と犬の両方についてくる。

「きみの名前は?」ミーチャムは尋ねた。

「ロフタスです。アール・デュアン・ロフタス」若者は瞬きをした。その拍子に雪がミニチュアの雪崩《なだれ》のようにまつ毛から頬に転がり落ちた。「家に入って警察に電話をしてください。彼らが到着するまで家の中で待たせてもらえませんか。寒いんじゃなくて——寒いのはまったく平気なんだ——でも座りたいんです。すぐ疲れてしまうもので」

「どうして警察を呼ぶんだ?」

「彼らに供述したいんです」

「どんなことを?」

「人を殺しました」

「ほう」

「信じていませんね」

「いやいや、信じているとも」

「いや、お見通しですよ。あなたはまず、ぼくを浮浪者だと思い、今では精神異常者《サイコ》だと考えている」

「そんなことはない」ミーチャムは漠然と嘘をついた。

「まあ、正直、仕方ありません。罰と世間の注目と罪滅ぼしを求めるサイコにとって、殺人というのは多くの情報と自白を披露する絶好の機会ですからね。でも、ぼくはどの部類にもあてはまりませんよ、ミスター・ミーチャム」

「むろん、そうだろう」ミーチャムは再び嘘をついた。パトカーが巡回してくるか、あるいは若者が静かに、揉め事を起こさず立ち去ってくれることを願いながら。

「まだぼくを疑っているようですね。あなたはぼくが誰を殺したか、尋ねようともしない」

ミーチャムは寒さと疲労を感じ、苛々してきた。「またどうして、誰かを殺したなんて思うようになったんだ?」

「死体ですよ、死体」ロフタスは長く骨ばった指で神経質にコートの襟をいじった。「ぼくはあの老婦人が帰るのをつけてここへ来たわけじゃありません。たまたま行き先が一緒だっただけです。まずドクターに会って、話がしたかった。彼の奥さんはマーゴリスを殺していない。やったのはぼくです」

ミーチャムの苛立ちは不快さとともに膨れ上がった。「どうやって殺した。彼が手紙を出しに郵便局に入るところを散弾銃《ショットガン》で撃ったのか?」

ロフタスは真顔で首を振った。「いいえ、そうじゃありません。首を刺したんです。四、五回は刺したはずだ」

「動機は?」

「理由なら山ほどありますよ」ロフタスは親密ともいえる態度でミーチャムに身を寄せてきた。「あなたの目にぼくは奇異に映るでしょうね。あなたは他の多くの人同様、見かけの異様な人間は頭も変に違いないと考えている。外見はとても重要です。同時にまったくあてにならないものでもある。ぼくは極めて正気です。極めて知的ですらある。ただひとつだけ、問題があるのです。ぼくは死ぬんですよ」

「なぜそれをわたしに？」

「どうしてマーゴリスを殺したのか尋ねたじゃありませんか。ええ、それがぼくの数ある理由のひとつです。一年前、自分の運命を知って以来、ぼくはずっとその状況について思いを巡らせてきました。そして、どうせ死ぬからには、誰かを道連れにしてやろうと考えたんです。世の中からいなくなったほうがいい人間を取り除くんですよ。矯正の見込みのない犯罪者とか、危険な政治家とか。ただ、時期と機会がやってきてみると、それはマーゴリスだった。もっと重要な人物だったらよかったのに。マーゴリスなんて、三流もいいところだ」

「彼には妻と二人の子供がいたんだぞ」

ロフタスはいささかも動じなかった。「三人とも悲しんだりしませんよ。礼を言われてもいいぐらいだ」

「それじゃ」ミーチャムは低い声で言った。「中に入って、腰掛けるといい」

「恩に着ます」

二人は屋敷に向かい、肩を並べて歩いた。ミーチャムにとっては、これまで経験したなかで最も長く、奇妙な道のりだった。

第五章

ロフタスは炉棚に置かれた時計に目を向けた。六時十分。つまり針は進んでいるわけだ。よし、時間は経っている。ゆっくりと音もなく。時を刻む音が聞こえないのを彼は物足りなく思った。彼の部屋の時計は針の音がとても大きいので、眠りを妨げられることがしばしばあった。ときおり、真夜中に起き出して、雑貨屋で買ってきたガラスのボウルをかぶせることもあった。そうすると、音が少し抑えられ、文字盤も見えるのだ。

部屋は静かだった。ミセス・ハミルトンとブロンド娘は家の別棟に引っこみ、ドクター・バークレーはいったん帰ってきたものの、廊下で長いことひそひそと立ち話をしたあと、再び外出してしまった。残ったのは、警官二人とミーチャム、そしてロフタスの四人だけだった。

「ロフタス」

ロフタスは振り向いた。「なんでしょう、サー」保安官に対する敬称がこれでよいのか、彼にはわからなかった。話しかけた経験がないからだ。

「きみがこれを書いたのはいつだね?」コードウィンクが尋ねた。

「今日の午後です」

「理由は?」

「自分の手で書き記しておいたほうがいいと思ったんです。経緯《いきさつ》をはっきりさせるために。どうでしょう、明快ですか？」

コードウィンクは不満げに喉の奥を鳴らした。「このうえなく明快だよ。すみずみまでよく考えたな、ロフタス」

「そう努めました」

「誰かにちょっと手伝ってもらったんじゃないかと思うほどだ」

「誰がそんなことをしたというんですか？」

「そうだな。まあ、ここにいるミーチャムなら、いつでも喜んで手を貸すだろう、特に、もしそれが……」

「どうかしているぞ、コードウィンク」ミーチャムは一蹴した。「この男に会うのはこれが初めてなんだ」

「そうなのか？」

「そうだ。第一、〝手伝う〟とはどういう意味だ？ あんたの口ぶりだと、われわれが小学生の小僧かなんかで、おれが彼の宿題を手伝いでもしたみたいじゃないか」

コードウィンクは手に握った用紙をかさかさと鳴らした。全部で八枚あり、びっしりと文字で埋まっている。ロフタスは目立たないように首をのばし、一枚目の用紙を見た。それを書くのが一番難しかった。あまり何度も書いたので、最後は暗記してしまった。〝私の名前はアール・デュアン・ロフタスです。私はこれを誰からの強制も助言も受けることなく書いています。法廷で証拠として扱われることも十分承知しています……〟

コードウィンクがかみついている。「おまえにとっちゃ、ずいぶんとタイミングよく持ち上がった話だな、ミーチャム。依頼人が拘置所に入っていて、その彼女には不利な証拠が山ほどあり……」

「すべて状況証拠だ」

「……そこへだしぬけに、万事解決するおあつらえむきの答えが飛び出した」

「だしぬけじゃありませんよ」ロフタスは神経質に瞬きをしながら言った。「全然違うんです、サー。ぼくは最初からすべてを認めるつもりでした。ただ、少し時間が必要だったのです。先に個人的なことを二、三、片づけなければならなかった。ミセス・バークレーが捕まって拘置されるという可能性は考えなかったので、その点は悪かったと思っています。しかし、彼女はたいして徹《こた》えていないんじゃないですか？　甘やかされて少しだめになっている」

「彼女が？」

「ぼくはそう思います」

　コードウィンクの口元がきつくしまった。「きみがここに書いてきたものには、きみが先週の土曜以前から彼女を見知っていたことを示す記述はない」

「実際、知り合いではありませんでした。一度だけ見かけたことはあります、一年ちょっと前にね。ぼくはドクター・バークレーに診察してもらいに行ったんです。あまりに疲れがひどく体がつらかったもので。熱が出るのもずいぶん気がかりでした。それに……」ロフタスは言葉を切り、両腕を組んで腹部を隠した。ぼくを悩ませたのは、この腹だ。その頃には膨れ出して、どんどん大きくなっていた。ぼくは自分がおぞましい怪物、この世で唯一子供を孕む男になった悪夢を見た。子供ではなかったが、ぼくはやっぱり怪物だった。そのときのぼくにはそれがわからなかった。ぼくは言った、神経のせいです、ドクター、多分、ぼくには休養が、気候の変化が必要なんです。あなたには病院での治療が必要です、医者はそう答えた。ぼくは彼のもとに三回通った。そして三度目に、彼はぼくが抱えているものがなんなのかを告げた。そのときはただの単語にしか聞こえなかった。女の子の名前のようなきれいな言葉だった。ルーキーミア、ルーキーミア・スミス、ルーキーミア・アン・ジョンソン。慢性脊髄性白血病《ルーキーミア》。医者はそう告げた。彼はぼくが死ぬとは言わなかった。でもぼくにはわかった。わかったんだ。彼はとうとうぼくに請求書を送ってこなかった。

「ロフタス」コードウィンクが呼んだ。

ロフタスはびくっと顔を上げた。「なんでしょう」

「続けたまえ。話の途中じゃないか」

「ぼくは――ああ、そうだ。そうでした。ドクターの診療所に行ったとき、一度ミセス・バークレーを見かけました。彼女は庭で落ち葉を掃いていた」

「話しかけたかね?」

「とんでもない。脇を通り過ぎただけです」

「向こうはきみに気づいたか?」

「そうは思いません」

「これまで彼女と話をしたことは?」

「土曜日の夜、その一度きりです」

コードウィンクは帯同してきた保安官助手を振り返った。ツイードのスーツを着た、緊張した面持ちの若者だ。「ダンロップ、漏らさず書き留めているだろうな?」

「もちろんです、サー」ダンロップは答えた。「土曜日の夜、その一度きり」

「ミセス・バークレーが酒場《バー》に入ってきたときだがな、ロフタス、すぐに彼女とわかったのか？」

「ええ。かなりの美人ですから」

「バーの名前は？」

「そこに書いてあります。ぼくの供述書に」

「ともかく言ってみたまえ」

「〈サムのカフェ〉です」

「確かかね？〈ジョーのカフェ〉じゃないか？」

ロフタスは首を振った。「〈サム〉ですよ。引っかけようとしても無駄です。ぼくは何もかも極めて正確に覚えているんです。飲んだのはビール一杯だけでしたから。ちょうど飲み終わりかけたときに、ミセス・バークレーが店に入ってきて、ぼくの隣の席に腰掛けたんです。これも全部書き記してありますが、あなたはぼくの口から改めて言わせたいんですよね。ぼくを試すために、そうでしょう？」

「いいから続けたまえ」

「彼女はぼくに微笑みかけ、こんにちはと言いました。ぼくは彼女がぼくを覚えていたんだと思い、すっかり舞い上がってしまいました。しかしたちまち、彼女がかなり酔っぱらっていることに気づきました。目はどんよりして焦点が合っていないし、笑顔も、まるで人形の笑顔のような作り物でしたから」

「彼女は他に何か言ったか？」

「彼女が言ったとおりに言うんですか？」

「そうだ」

ロフタスは一瞬、考え込んだ。「彼女はこう言いました。『いやになっちゃう、ここは臭いわね』」

ミーチャムは危うく吹き出しそうになり、咳でごまかした。コードウィンクが振り返って、ミーチャムをにらみつけた。「何か愉快なことでもあったのか、ミーチャム？」

「いや」ミーチャムはもう一度空咳をした。「ちょっと風邪をひいてね」

「なるほどな。おい、ダンロップ」

「はい、サー」

「今のを読み上げてみろ、ミスター・ミーチャムを思う存分笑わせてやれ」

ダンロップはノートに顔を寄せた。

「さて。おまえさんが考えていたほどおかしいかね、ミーチャム？」

ミーチャムは毒舌で応酬しそうな顔つきになったが、自制した。「いや」

「よろしい。ミセス・バークレーは他にはきみになんと言った、ロフタス？」

「一杯飲みたいが、車に財布を置いてきてしまったと。ぼくは彼女にビールをおごりました。彼女がちょうどそれを飲み始めたとき、マーゴリスが店に入ってきたんです。彼は目立つ男でした。以前、X線療法のために通っていた郡立病院で見かけたことがあります。彼の会社が新しい結核病棟の建設を請け負っていた関係で、頻繁に病院に出入りし、よく看護婦たちと話をしていました。マーゴリスもぼくを覚えていました。ぼくはとても――異様だから」ロフタスは床に目を落とした。「マーゴリスはミセス・バークレーに店を出るように言いました。彼女は家には帰りたくない、これから三人で別の店に行って飲み直さないかと言いました。マーゴリスは彼女のご機嫌を取っていました。彼女がようやく出口に足を向けると、彼はぼくに一緒に来るように言いました。家まで送ってやると。ぼくは承知しました。車で送ってほしかったせいもありますが、実は高校生のように興奮して、わくわくしていたんです。突然、きらびやか、というのかな、そういう世界に仲間入りすることについてね。店を出て、車まで歩いて初めて、マーゴリスが家まで送ると言ってくれたのは、親切心からではなかったことがわかりました。ミセス・バークレーを運ぶのに、ぼくの手助けが必要だったんです。彼女は後ろの座席で酔いつぶれていました。マーゴリスは彼女を揺さぶり、罵り声を上げましたが、彼女はぼろ布のようにぐんにゃりとしていました」

ロフタスを言葉を切り、ハンカチで顔を流れる汗をぬぐった。

「……**罵り声を上げましたが**」ダンロップは早口で一本調子に繰り返した。「**彼女はぼろ布のようにぐんにゃりとしていました**」

ロフタスはコードウィンクに訴えた。「ぼくはすべてを認めているのです。どうして彼はこれをいちいち書き留めなければならないんですか?」

「ひとつには、それがお決まりの手順だからだ。もうひとつには、今きみが申し立てていることが、きみが書いた供述書と矛盾していないか、確認する必要がある」

「しかし、ぼくは有罪なんです、なにしろ……」

「たとえきみが五百回、供述書を書こうと、罪の度合いを決定するためには、法廷で裁きを受けねばならんのだ」

「なるほど。ええ、そういえばそうですね。気づきませんでした」ずいぶんと従順だな。ロフタスは考えた。こんな言い方じゃ、とても殺人者には聞こえない。もっと喧嘩腰な態度なら説得力が出るのかもしれないが、ぼくにはそんな芸当は無理だ。

「続ける気になったか、ロフタス？」

「ええと――はい、もちろん。マーゴリスはミセス・バークレーをこんな状態で家に帰すことはできないと言いました。そしてぼくに、彼女を自分のコテージに運ぶのを手伝ってくれないかと頼みました。彼のコテージのことを耳にしたのはそれが初めてではありませんでした。病院とかではすでに噂になっていて……ぼくは頻繁に通院していたので、看護婦たちとも話ぐらいはするようになっていました。それでマーゴリスと彼の浮気の件を知ったのです」

「コテージは町境のすぐ先の、川沿いにありました。外見はたいしたことないですが、内部は贅沢に設えてありました。革製の家具と、石造りの暖炉、壁には上等な複製画が掛かっていましたが、そのうちの一枚はゴッホじゃなかったかな」

「暖炉についてもっと詳しく」コードウィンクが言った。

「ええとですね、壁の上部には釣竿が二本、交差して掛けてあり、炉棚には大きなドイツ製ジョッキがいくつかと、革の鞘に収まった狩猟用ナイフが二本置いてありました」

「ダンロップ……」コードウィンクは半身を返した。「どこかの新聞が、マーゴリスのコテージの内部の様子を伝えていないか？」

ダンロップは鉛筆を置いた。「デトロイトの新聞が何紙か、外観の写真を載せています。それと、確か〈トリビューン〉だったと思いますが、マーゴリスが発見された、血痕やらなんやらのついた床の写真が載っていました」

「暖炉を写した写真はないんだな？」

「暖炉はありませんでした」

ロフタスは不安げに微笑んだ。「どっちにしても、ぼくは〈トリビューン〉は読んでいませんよ、サー」

「よろしい、続けろ」

「ぼくはマーゴリスが彼女をコテージの中に運び入れ、大型のソファに寝かせるのを手伝いました。彼女は完全に意識を失っていました。マーゴリスはその頃にはすっかり腹を立てていました。二人はもっと早い時分から口論していたに違いありません。それでついに堪忍袋の緒が切れたのでしょう。マーゴリスは再び彼女の名を呼んでは、体を揺さぶり始めました。まったく見るに堪えない光景でした。ぼくは病院周辺で耳にした、マーゴリスに関するありとあらゆる事柄を思い出しました。そして考えたのは——いや、ぼくが何を考えたかなんて、問題じゃありませんね。ぼくは暖炉のほうに歩いていきました。火が燃えていて、部屋はすごく暑くなりかけていました。ぼくは狩猟用ナイフの一本を手に取って、鞘から抜きました。マーゴリスはまったく注意を払っていませんでした。ぼくがそこにいることすら忘れていたんです。しょせん、ぼくは能無しの、取るに足りない人間で、そのうえ——ともかく、そのあとですよ、やったのは。彼の首を刺したんです。ぼくは非力なので、狙うなら首が一番だと思ったんです。でも思ったほど容易ではなく、四、五回は刺さなければなりませんでした。彼は最初のひと刺しで倒れたものの、すぐには死なず、それこそ床を転げ回っていました。ものすごい血でした。ぼくは全身に返り血を浴びました。手袋やコート、ズボンにも。それにあの匂いときたら——吐き気がこみあげてきました。ぼくはドアめがけて突進し、そのまま走り続けました。すっかり取り乱し、女のことは忘れていた。何もかも忘れていました。ただもう、あの血から、あの匂いから逃れたい一心でした。ぼくは脇道を通って家に帰りました。どのぐらい歩いたかはわかりません。二マイルか三マイルか。誰もぼくに気を留めませんでした。時刻も遅かったし、雪が降っていましたから。大きなふわふわした雪が服にはりつき、血痕を隠してくれたんです。家にたどり着いたとき、明かりはついていませんでした。ぼくはやっとのことで自分の部屋に入り、血のついた服を脱いで、たんすの奥に押し込みました。今もそこにあります」

「たんすの中か」コードウィンクが言った。

「ええ。ディヴィジョン街六一一番地、正面左側の部屋です。部屋には専用の玄関がついていて、だから女家主はアパートメントと呼んでいます」

「日曜日には何をしていた？」

「ひどく体調が悪かったので、一日ベッドから出られませんでした」

「新聞は読まなかったのかね？」

「月曜の早朝、つまり、今朝までは。ミセス・バークレーが捕まったと知ってすぐ、ぼくは拘置所へあなたを訪ねました。あなたは多忙で、ぼくは廊下で待っていました。ミスター・ミーチャムがぼくの姿を見たのはそこです」

ミーチャムはうなずいた。「そうだ、確かに彼に会った」

「ところが、おれは会っていない」コードウィンクは言った。「何が起きたんだ、ロフタス。臆病風に吹かれたか」

「いいえ。あそこに座っているうちに、いきなり気づいたんです。まだ片づけていないことがたくさんあり、一度自首したら最後、二度とその機会はないということに。それで再び出かけたんです」

「片づけていないことがたくさんあったというと、たとえばどんなことだ?」

「個人的なことです。銀行口座を解約したり、車を売ったり、そんなようなことです」

「よく聞くんだ、ロフタス」コードウィンクは供述書のページをめくり、探していた部分で手をとめた。「『私は殺害の意志を持って、故意にマーゴリスを刺しました。ミセス・バークレーや自分自身の身を守るためではありません』。今でもこの主張に変わりはないか?」

「答える前によく考えたほうがいい」ミーチャムは言った。「その故意だの意志だのといった問題はのちのち……」

「口をはさむな、ミーチャム」コードウィンクが渋い顔で遮った。「おまえは彼の弁護人じゃないんだ」

「彼には弁護士が必要だ」

「それはわかっている」コードウィンクは再びロフタスに顔を向けた。「金はあるのか?」

「ええ、多少は。この数か月はぼくも働くことができたので。ぼくは会計士なんです。ぼくが治療を受けていたのは、延命のためではなく、仕事を続け、不自由なく暮らすためでした」

「いくら持っている? 二千か、千か?」

「いやいや、そんなに多くはありません」

「弁護士ってのは値の張る連中だぞ。悪徳弁護士ほど吹っかけてくるんだ。罪の意識を感じないのはドル札で良心の傷をこすっているからさ」

ロフタスの顔に戸惑いの色が浮かんだ。「あの、どうしても弁護士を頼まなければならないのなら、ぼくにはミスター・ミーチャム以上の人はいません。彼はとても親切にしてくれましたから」

「親切だと？」コードウィンクは大げさに両眉をつり上げた。「ぜひ聞かせてもらおうじゃないか」

「彼はぼくをただの浮浪者だと思い、二ドルくれると言ったんです」

「これは驚いた。どこで二ドル手に入れたんだ、ミーチャム。戦争未亡人に偽の石油株でも売りつけたのか？」

ミーチャムの笑顔がやや硬くなった。「威嚇的かつ推論に過ぎないという理由により、質問に異議を申し立てる」

ダンロップが鉛筆を置いて訴えるような声で言った。「こんな調子でいっせいに喋られては、どれを書き留めればよいのかわからなくなります。なんとかしてください」

「何も書かなくていい」コードウィンクは言った。「パトカーを呼び、ロフタスを連行して調書を取れ」

ぼくは刑務所へ行くんだ。ロフタスは考えた。しかし彼にはまだ、それが本当だとは信じられなかった。刑務所というのは犯罪者が行くところだ。泥棒だの強盗だの、残酷で荒っぽい無法者が。彼は驚きと疑念のにじんだ声で言った。「ぼくは――ぼくは刑務所に行くのですか？」

「さしあたりはな」

「どういう意味ですか、さしあたりというのは？」

「刑務所には死にかけ――病人の世話をする施設はないんだ。郡立病院に囚人病棟がある。きみは追ってそこに移される」

「郡立病院」ロフタスは両手で腹を抱えながら笑った。笑うのは体に障ったが、とめることはできなかった。「おかしな話だ。こんなに皮肉なことってありませんよ。あれだけいろいろあって、結局、この始末だ。スタートした場所で最期を迎えるなんて――郡立病院の病棟で」

ロフタスの笑い声は次第に小さくなっていったが、口元の笑みはそのままだった。彼はコードウィンクとミーチャムがぎこちなく視線を交わすのを見た。「あなた方は落ち着かないんでしょう？　それとも、戸惑っているのかな。ぼくに会わなければよかったと思っているんだ。そう、ぼくはどこに行っても、人々を気まずくさせてしまうんです。ぼくにはひとりも友達がいません。誰もぼくに近寄りたがらない。人は一歩ずつ死に近づいている人間のそばにいるのを恐れるものなんだ。ぼくは彼らに自分自身の運命まで強烈に意識させてしまう。だから彼らはぼくを憎むんです。ぼくは彼らを責めているのではありません。むしろ、彼らの気持ちを理解しています。ぼくは誰がぼくを忌み嫌うよりも激しく自分自身を忌み嫌う。ぼくが閉じ込められている――一縷の希望もなく閉じ込められている、このぼろぼろの体を憎悪する。こんなのはぼくじゃない、こんなグロテスクな体は。これはぼくの監獄だ。この半分でも恐ろしい監獄がありますか？」

ロフタスは唇に塩辛いものを感じるまで、自分が泣いていることに気づかなかった。彼は夜ひとりのときに、泣くことがあった。その時間は皮肉なまでに果てしなく思えた。だが決して人前で泣いたことはない。妻に去られたときでさえ、彼女の前では泣かなかった。三人の男たちの面前で取り乱したことを恥じ、彼はコートの袖で目をぬぐった。

コードウィンクは身じろぎもせず窓の外を見つめていた。その顔は花崗岩のようだった。内心では、鉄の爪に似た何かが動き始めるのを感じていた。それはぐいとのび、彼の胃を鷲摑みにして、きつくねじった。これはおれだったかもしれない。あるいはアルマと子供たちだったかも。そんなことはさせない。おれや、アルマと子供たちには。

一組のヘッドライトが車道を曲がって近づいてきた。コードウィンクは部屋の向こうにいるロフタスを見た。ロフタスはがっくりと椅子に腰を下ろし、前かがみになって両手で目を覆っていた。そのうなじがとても幼く見えた。少年のうなじのように薄く、繊細で、蠟のように白かった。

「ロフタス」

返事はなく、名前に反応する気配もない。

「ロフタス」コードウィンクは繰り返し呼んだ。「車が来た」

ロフタスはゆっくりと顔を上げた。彼は茫然としていた。まるで監獄から逃げ出し、長い間遠くへ行っていたのが、たった今戻ってきたというような顔つきだった。

「用意はできています」ロフタスは答えた。

第六章

ディヴィジョン街六一一番地は、大学地区のはずれにある三階建ての赤レンガ造りの家だった。ほとんどの窓に明かりが灯り、さまざまな音がもれてくる。二階では二人の若者が顕微鏡を覗き込んでいた。隣りの部屋では、一人の少年が窓際のテーブルに座って開いた本に頭をのせ、傍らのラジオから鳴り響く音に夢中になっている。最上階の部屋となると中の様子は見えないが、音から察するに、パーティーが開かれているようだった。絶え間ない喋り声の合間に、突如それをつんざくようなけたたましい笑い声が起こる。

一階の左部分は暗く、日除けが下りていた。コードウィンクのあとについて歩道を歩きながら、ミーチャムは考えた。ロフタスのような男が暮らすにしては違和感のある場所だ――喧騒と若さのただなかに、死にかけている男がひとり。

道が左に分かれた。雪かきをしてやっと人ひとり通れる幅の小道を作ったところに、炭の燃え殻がまき散らしてある。その先にロフタス専用の玄関があった。

コードウィンクはロフタスから受け取った鍵束を取り出した。「まだまとわりついてくるつもりか、ミーチャム」

「もちろん」

「おれがここで何を発見すると思う?」

「ロフタスが土曜の夜に着ていた、血痕のついた服だ」

「ずいぶんとあの自白を信用しているようだな。希望的観測か?」

「あるいはね」

「おまえとロフタスは、初対面のわりにはやけに親しげだったじゃないか」

「おれは誰にでも親切なのさ」

「そうだろうとも。おまえの魂は金でできているからな。金は金でも金メッキだが」

「あんたも手に負えないひねくれ親父になってきたな」

コードウィンクは鍵のひとつを鍵穴に差し込んだ。一つ目の鍵は合わなかったが、二つ目は合った。上部にカーテンの掛かった、薄っぺらいドアが内側に開いた。「ところで、依頼人がまだ拘置所に入っているってときに、次のを引き受けるってのは、職業倫理に反するんじゃないか」

「彼女が拘置所に入っているのもそう長いことじゃない。あんたの四十八時間はもうすぐ時間切れだからな、コードウィンク。明日の朝までには彼女を告発するか、釈放するかしなければならないわけだ」

「もしあの女が釈放されたら、今度はロフタスのような負け犬の弁護を引き受けるのか?」

「彼の供述書を偽物扱いしたかと思えば、次の瞬間には負け犬呼ばわりか。態度を決めろよ」

「どのみち、おまえにとっては無駄骨だよ。やつはたいして金を持っていないんだから」

「そうなのか?」

「少なくとも彼はそう主張している」コードウィンクはドアの内側にある電気のスイッチを押した。

しかし、室内に目を向けようとはしなかった。彼はミーチャムを見据えていた。「ロフタスになったつもりで金がいると考えてみろ」

「金はたいして役に立たないんじゃないか、彼の行く先では」

「自分のためじゃない、身内とか、親しい友人のためだ。おれの目から見ると、ロフタスにはえらい切り札があった――どのみち死んじまうという絶対確実な事実だよ。これから何をしようと問題じゃない、失うものは何もないんだ」

「だから？」

「だから彼は殺人を犯した。金のために」

「誰の金だ？」

「ヴァージニア・バークレーさ」

「筋は通っているようだな」ミーチャムは冷静な口調で言った。「ただし、いくつか矛盾する点がある。第一に、ミセス・バークレーがロフタスに会ったのは一度きり、それも酒場で五分かそこらだ。殺人のようなでかい問題を取り決めるには、少し時間が足りないんじゃないか」

「彼女が以前からロフタスを知っていた可能性はあり得る。もし取り引きをしたのなら、二人とも当然、その点は否定するだろう」

「第二に、もしミセス・バークレーがロフタスに金でマーゴリスを殺させたのなら、あんなふうに自分が犯人として捕まるような筋書にはしないだろう」

「そこが彼女の頭の切れるところなのさ」

「第三に、彼女はまったく金を持っていないし、亭主も同様だ。そこは調べてある。二人とも収支はとんとんで、家はローン払い、家具の代金も未払いだ」

「工面する方法があったんだ」

「そして第四に、あんたはロフタスが金を持っているかどうかも知らないじゃないか」

「見つけてやるさ」

「あんたの厄介なのは頑固なところだ、コードウィンク。あんたはミセス・バークレーを有罪と決め込んでいて、ロフタスの供述書を目の前に突きつけられてもなお、自分の間違いを認められない」

「おれの目の前に突きつけられているのは、やたらと多い奇妙な偶然の一致さ。そしてそのど真ん中にいるのが、ミーチャムという名の弁護士だ」

「そいつは驚いた」

「疑問はそれだけじゃない。今、思いついたが、ひと仕事した見返りにロフタスに金が支払われたとして、彼はその金をどうしたんだろう？」

ミーチャムは辟易して答えた。「裏庭に穴でも掘って埋めたんだろう」

「おれは誰かに渡したと思う。彼が金を欲しがる動機になった人間か、あるいは仲介者に」

「おれか？」

「おまえだ」

「おれが誰の仲立ちをするっていうんだ？　やってられないぜ。あんたも知ってるだろう、おれがロフタスに会ったのは今日が初めてなんだ」

「おまえの話ではな」

「彼もそう言った」

「そりゃあ当然だろう、二人がぐるだとなれば」

ミーチャムは煙草に火をつけた。部屋には灰皿が見当たらなかったので、マッチの燃えかすはポケットに突っ込んだ。「今度はありもしない金のためにありもしない行き先をでっち上げたか。おれの財布を見たいか？　それとも小切手帳を調べるか？　ひょっとしたらマネーベルトをつけているかもな。調べてみたらどうだ？」

「心配しなくてもそうするさ。時が来たらな」

「幻の蝶を追いかけて、多くの時間を無駄にするかもしれないんだぞ、コードウィンク」

「体を動かすのは嫌いじゃないんでね」

ミーチャムは顔を上げた。彼は保安官がすっかり悦に入っていることに気づいた。そしてコードウィンクが本当に自らの仮説を信じているのか、あるいはミーチャムを愚弄しているだけなのか、わからなくなった。コードウィンクはあらゆる弁護士を憎んでいるが、その憎悪は私怨からくるものではなかった。それは信条の問題だった。彼が弁護士を憎むのは、その連中の目的は法の網をかいくぐることだけだと信じているからだ。

コードウィンクは部屋をひと回りし始めた。視線は抜け目なく物から物へと動いている。

部屋は意外に広く、簡単な炊事ができる程度の設備は備わっていた。色を塗った厚紙で半分目隠しした一隅には、小さな流しと、コンロが二口ついたガスプレート、それにテーブルがあった。ベッドは寝台兼用の長椅子で、青と黄のシュニール織のベッドカバーが丁寧に掛けられている。その上の壁の高いところに三枚のペナントが釘でとめられていた。

イリノイ。アルバナ。エール。

ペナントはかなりの年代物で、埃にまみれていた。これは多分ロフタスのものではないだろうとミーチャムは思った。ロフタスが引っ越してきたときにはすでに壁にあり、高すぎて手が届かないので、そのままにしておいたのだ。いずれにしても、それらはこの部屋のいかにも仮の住処という雰囲気を強調すると同時に、もはや少年ではないカレッジ・ボーイたち、忘れ去られたフットボールチーム、ページの間に紙魚《しみ》をはびこらせ、カビがはえるにまかせた教科書などを象徴する存在となっていた。

仮の住処、その住人達のなかで最も場違いな、最も短期の借り手がロフタスだった。本人もそれを自覚して、骨折って自分の痕跡をぬぐい去ったように見える。ペナントは別として、部屋全体が入念に整理整頓されていた。置きっぱなしの服や靴は見当たらないし、書き物机の上に置かれているのはガラスのボウルを逆さにかぶせた目覚まし時計だけで、机の脇のごみ箱はからだった。ごみ箱に入っていたものがなんであれ——手紙、請求書、小切手帳の控え、あるいは日記帳から破り取ったページなど——それらはすべてなくなっていた。部屋にはロフタスの精神状態や性格を知る手がかりとなるものは何ひとつなかった。縦長の本棚に詰まった数々の書籍以外には。

奇妙な取り合わせだった。小説が数冊、詩集が二冊、『カナスタ必勝法』、パスツールの伝記、聖書——しかし、ほとんどは心理学と医学に関するものだった。『セシル内科学』、『がんとその原因』、『現代の神経症的人格』、『平常心《ピース・オブ・マインド》』、『恐怖からの解放』、『アルコール依存症とその原因』、『アルコール依存とアレルギー』、『アルコール依存症の新見解』、『アルコール依存症患者の治療法』、『飲酒問題』、『アルコール依存症における先天的欠陥』。

コードウィンクもまた、本を凝視していた。「やつは大酒飲みには見えないがな」ようやく口を開くとそう言った。

「ああ」

「だが、必ずしもそうとは言い切れんぞ。俺が知ってるなかで一番たちの悪い飲んだくれは、メソジスト教会の献金係だったんだ。誰ひとりとして、そいつが酒を飲むのを知らなかった。ある晩、魚を避けようとして家中をぴょんぴょん跳び回り出すまでは。床一面に小さな魚が跳ねているのが見えたそうだ。蝙蝠や蛇や昆虫っていうんなら、おれも聞いたことがある。しかし小魚ってのは初耳だった。身の毛がよだって、足の裏がむずむずしたぜ。妙な話だろう?」

「その男はどうなったんだ?」

「すっかり身を持ち崩しちまったよ。その年のうちに扶養義務不履行、治安妨害、軽窃盗で、四、五回刑務所にぶち込まれてな。やつはいつも、山ほど言い訳を用意していた。アル中ってのは、この世で一番厄介な嘘つきさ」

「ロフタスはアル中じゃない」

「まあな」

　部屋には納戸はないが、ガスプレートを隠す仕切りと長椅子の間の壁際に、七フィートのクルミ材の衣類だんすが置かれていた。どっしりした家具で、一応、大きな旧式の錠がついている。ロフタスから渡された鍵束のなかに合うものがなかったので、コードウィンクは自分のジャックナイフの小さな刃で錠を抉じあけた。扉が開くと、防虫剤の鼻をつく匂いが部屋に充満した。コードウィンクは立て続けにくしゃみをした。

　たんすの中には大量の防虫剤に見合うほどの衣類は見当たらなかった。スーツ二着、どちらも着古しだが、清潔でアイロンもかかっている。セーター一着、短靴数足、ゴム長靴一足、カーキ色の野球帽、パジャマ。底にはスーツケースが三個あり、そのうちの二つはからだった。コードウィンクは三個目を取り出して、長椅子の上に置いた。

スーツケースの表面には色あせた鉄道小荷物の送り状が貼り付けてあった。〝依頼主、ミシガン州キンケイド、オーク街二三一番地、ミセス・チャールズ・E・ロフタス 届け先・ミシガン州アルバナ、ディヴィジョン街六一一番地、ミスター・アール・ロフタス 内容品、五十ドル相当〟。

「やつの母親か」コードウィンクは言った。「あるいは義理の姉妹かもな。そこはたいして重要じゃないだろう」

もともとの中身には五十ドルの価値があったかもしれないが、現在の中身には金銭的な価値はほとんどなかった。古びたトレンチコート、青いサージのスーツ、茶色の短靴。そのすべてに血の染みがついていた。

コードウィンクはスーツケースの蓋を押し戻した。「ここの家主と話がしたい。ロフタスはミセス・ハーストという名だと言っていた。彼女をここへ連れてきてくれないか」

「自分で行けばいいだろう。権限はあんたにあるんだから」

「ここにある代物は証拠品だ。そこへおまえを残していくわけにはいかん」

ミーチャムは気色ばんだ。「いったい、おれが何をすると言うんだ? こいつを失敬して南米に逃げ出すとでも?」

「知らないし、知るつもりもないね。さあ、聞き分けろよ、ミーチャム、そして協力しろ。おまえだっていつかは地区検事になる日が来るかもしれない。そしたら、おれの歯に一発、蹴りを入れさせてやるから。その頃まで一本でも残っていればの話だがな」

「ふざけるな。今だって一本も残っちゃいないじゃないか」

コードウィンクの眉間に皺が寄った。しかし彼は何も言い返さなかった。そして建物内の廊下へ通じるドアまで歩いていくと、鍵をあけ、そっけなくうなずいてミーチャムを促した。

ミーチャムは神妙に部屋を出た。彼は歯の件でコードウィンクをからかったことを少しばかり恥じていた。町のほぼすべての住民が、かつてコードウィンクが二人の獰猛な水夫と争って、メリケンサックをはめた拳に前歯を叩き折られたことを知っていた。水夫らは軍事刑務所に送られ、コードウィンクは歯医者へ行き、メリケンサックは銃身を切り詰めた散弾銃から果物ナイフまでのすべてを含む彼の押収武器の一部となった。

ミーチャムは廊下を進み、やたらと広く天井の高い食堂の前を通り過ぎて、台所に入った。そこは昔ながらの大きな台所で、単に調理や食事のためだけでなく、あらゆる家庭生活の営みに合うように整えられていた。プラスティック製のカナスタ・セットのあるトランプ専用テーブル、揺り椅子、レコードプレーヤー、本箱、足元に毛布がきちんと畳んで置いてある長椅子。ひとりの女が流しの前に立ち、ハミングをしながら皿を拭いていた。

女は声も姿も若々しく、明るい色の髪を少女っぽい短さに刈ってカールさせていた。しかし彼の足音を聞きつけて振り向いた顔を見て、ミーチャムは女の年齢が四十前後だとわかった。髪は最初の印象のようなブロンドではなくグレーで、青く鋭い瞳の周りの皮膚はちりめん紙のように皺が寄り、乾いていた。

女はたくし上げていた両袖をおろし、手首でボタンをとめながら、ミーチャムに微笑みかけた。その笑顔は人工的とまでは言わないが、いかにもうわべだけのもので、あらゆる種類の状況において、あらゆる種類の人々に笑顔を向けるのに慣れているという感じがした。「誰かをお探しですか？」

「ええ、この家の持ち主を」

「所有者は銀行さんですよ」女はきびきびと答えた。「アルバナ信託貯蓄銀行。そこから借りているんです」

「ミセス・ハーストですね？」

「そうですけど」

「ぼくはエリック・ミーチャムといいます。ミスター・ロフタスの友人です」

「アールの友人ですって？　それはすてきだわ、ええ、本当に」癖なのか、ミセス・ハーストは少し大げさな言い方をした。そのせいで心底から感激しているようには聞こえなかった。「わたし、一瞬、あなたのことを何か売りつけに来た人だと思いましたの。物を買うのが嫌いというわけではないけれど、学生さん相手の商売ではお金は貯まりませんからね。もちろん、みんないい子ばかりですよ、きちんとした家庭の息子さんで。それにしても税金の上がり方といったら……」彼女は不意に眉をひそめ、口を閉ざした。「あなたはどこかよそからいらしたの？」

「いえ、この町の住人です」

「おかしなこともあるものね。アールからは一度もあなたの話を聞いていないわ。彼にはそう多くの友人はいないし、いつもならわたしに話すのに。わたし——何か問題でもあったの？　アールはどこ？　今、どこにいるの？」

「それはぼくには答えられません」

「何か起きたのはわかっていたわ。彼は月曜の夜は必ずわたしと夕食をとるんです。それが今夜は来ないし、電話も寄越さなかった。一時間も待ったのに。全部だいなしだわ。彼はどこなの？」

「拘置所です」

「拘置所？　まさか。そんなこと、ありえないわ。アールほど温厚で礼儀正しい人は他に――」

「保安官が今、彼の部屋にいます。あなたと話をしたいと言っています」

「わたしと？　保安官が？　どうして――わたし、なんと答えればよいのかわからないわ。これは学生たちのいつものいたずらで、あなたも組んでいるんじゃない？　彼らはときどきわたしにいたずらを仕掛けるのよ。悪気はないのだけれど」

「これはいたずらなどではありません」ミーチャムは言った。「ぼくはとうに学生ではありませんから」

「保安官とおっしゃいましたね」ミセス・ハーストは緊張した声で言った。「お話はしますよ、必要とあれば。でも、何も申し上げることはないんです。アールは申し分のない紳士です。そればかりじゃありません。今の病んだ姿をご覧になりさえすれば」彼女は口ごもった。まるでロフタスについてもっと語りたいが、今はその時でも場所でもないと判断したかのように。「わかりました、保安官とお話しします。どこかで何かの間違いがあったに決まっていますから」

ミセス・ハーストはミーチャムの先に立って廊下を歩いた。エプロンでそわそわと両手を拭きながら、左手の階段をちらりと不安げに見上げている。明らかに、〝まともな家庭の息子たち〟が降りてきて、彼女が警官と話す姿を目撃するのを恐れているのだ。

ミーチャムは女のあとからロフタスの部屋に入り、ドアを閉めた。「ミセス・ハースト、こちらが保安官のミスター・コードウィンクです」

コードウィンクは軽くうなずいて紹介に応えた。「お座りください、ミセス・ハースト。アール・ロフタスについていくつか確認したいことがあります」

女は座らなかった。部屋の中に進み出ようとすらしなかった。壁を背にして堅苦しく立ち、エプロンのポケットの中で両手をきつく握りしめている。「わたしにはあなたがなんの用でここにおられるのかわかりません。アールは何も――何もしていないんでしょう？」

「こちらが知りたいのもそこなんですよ」コードウィンクは言った。「ロフタスがあなたのところに来てどのぐらいになるんですか？」

「引っ越してきてからですか？　一年、かれこれ一年になります」

「では彼についてはよくご存知なんでしょうね」

「わたしは――そうです。わたしたちは友人ですから」

「彼から打ち明け話をされたりしますか？」

「ええ。と言いましても、彼に対しては、ここの男子学生に対するような親代わりという気持ちはありません。とんでもない、アールはまったく違うんです。ずっと大人ですわ。彼と話していると、とても刺激を受けるんです。彼はわたしの――わたしぐらいの齢の男性と同じぐらい、会話に長けていますから」

「彼は自分専用の電話と郵便受けを持っていますね」

「ええ、このアパートメントは建物の他の部分から完全に独立しているんです」

「ということは当然、他の下宿生に対するほど密に行動を把握することはできないというわけですね」

ミセス・ハーストは口元をゆがめた。「わたしには誰も監視する必要はありません」

「わたしが言いたかったのは……」

「あなたがおっしゃりたかったことはわかります。つまり、わたしが他人の電話を盗み聞きしたり、手紙を盗み見するかということでしょう。そんなことはしません。第一、彼の場合は、その必要さえありません。アールはなんでもわたしに話してくれますから」

短い沈黙のあと、コードウィンクは再び落ち着いた、愛想のよい声で言った。「彼は表面だけ見ると、極めて例外的な若者のようですな」

「表面だけではありません。すべてにおいて例外的なのです。とても知的なんです、アールという人は。そのうえとても礼儀正しくて思慮深く、お酒を飲んだり煙草を吸ったり、女性と遊び回ったりすることもありません」

「結婚はしているんですよね？」

「結婚？　もちろん、していませんよ。それなら必ずわたしに話しているはずですけど、奥さんの話なんか一度もしたことありませんもの。母親の話だけです。それはお母さん思いなんですよ。お母さんはよその町に住んでいらっしゃるのですが、今年の夏、彼に会いにみえました。とても洗練されたご婦人です。長いことご病気で、それで彼にしょっちゅうは会いに来られないのです。アール自身、あまり――あまり具合がよくないので」

「ええ、その件は知っています」コードウィンクは長椅子に歩み寄り、スーツケースの蓋を開けた。「ロフタスの服は見慣れていますね？」

「彼の服ですか？　おかしな質問ね。意味がわからないわ」

コードウィンクは皺だらけの、血の染みのついたトレンチコートをつまみ上げた。その仕草は極めて自然でさりげなく、まるで普通の服を扱っているようだった。コードウィンクの動作や表情には、血を見ることに対する嫌悪や、それが彼に与える感情、すなわち喪失感やむなしさ、脆さを示唆するものは何もなかった。しかし、この着古した汚いコートの血は、ひとりの男の最期を示すものであり、また、もうひとりの男の最期を意味するものかもしれないのだ。

コードウィンクは冷静な口調で言った。「たとえば、このコートに見覚えはありますか、ミセス・ハースト?」

「わたし――わかりません。とても皺だらけですもの。わたしには……。そこについているのはなんですか?」

「血です」

突然、ミセス・ハーストは力尽きた水泳選手のように喘ぎながら息を吸い込んだ。「こんなのひどいわ。あんまりです。アールはどこ? どこにいるんですか? あなた方にはこんなふうに彼の持ち物を詮索する権利はないわ! そもそも、どうしたらあなた方が警官だとわかるんです? もしかしたら二人組の……」

「ここにわたしの身分証明証があります」コードウィンクがポケットからバッジを取り出して見せた。「ミスター・ミーチャムは警官ではなく、弁護士です。ロフタスの私物を調べるにあたっては、本人の承諾を得ています。ここにある鍵も、彼から直接渡されたものです」

女は不意に腰が抜けたように座り込んだ。「アールは何を――何をしたのですか?」

「自分では人を殺したと言っています」

ミセス・ハーストは部屋の片隅を見つめた。見開いた目はガラスのように虚ろだった。「ここで？この家のこの場所で？」

「いいえ」

「アールがそんなことをする――できるわけがありません――不可能です」

「本人がやったと言っているのです」

「彼の言葉なんてあてにならないわ。わたし、これまで数えきれないほど何度も考えては、ずっと恐れてきました。いつかあの恐ろしい病気のせいで彼の頭がおかしくなり、きっと……」

「彼の頭はいたって正常に見えますが」コードウィンクは言った。

「だけどあなたはアールのことをご存知ないじゃありませんか。彼には誰かを傷つけるなんてこと絶対にできません。虫も殺せない人なんです。だって――あの、一度なんて、彼の部屋にネズミが出たんですが――秋頃だったかしら――わたしは鼠取りを仕掛けたかったんですけど、彼にとめられたんです。ネズミはとても小さくて、害のない生き物だからって……」

「ミセス・ハースト」

「言ってるじゃありませんか、アールじゃないって」

「これは彼のコートなんですよね？」

ミセス・ハーストは顔をそむけて壁を見つめた。「ええ」

「そしてこのスーツは？　靴は？　お願いですから見てください、ミセス・ハースト。さもないと、何も確認できないでしょう」

ミセス・ハーストはスーツと靴を一瞥して、再び目をそらした。「アールのものです」

「間違いありませんね?」

「アールのものだと言ったはずですよ。それじゃ、もう行ってもいいですか? わたしは大きなショックを受けているんです。恐ろしいショックを」

「もう少しだけ」コードウィンクは食い下がった。「トレンチコートとサージのスーツですが――これらはロフタスが夜出かけるときにいつも着ていた服ですか?」

「なぜです?」ミセス・ハーストは刺々しく言った。「外出にはふさわしくないとでも? ええ、多分おっしゃるとおりでしょう! でもあの人にとっては一張羅だったんです。他のを買う余裕なんてないんだから」

「わたしがほんの一時間前に会ったとき、彼はコートもスーツも靴も新品を身に着けていましたよ。どれも高価そうなものばかりだった」

「知ったことですか! わたしにはあなたが何を言いたいのかさっぱりわかりませんし、そもそも関係のないことです」

「ロフタスに金を貸したことはありますか、ミセス・ハースト」

「わたしは――いいえ、とんでもない! アールに限ってそんなこと! 女性から借金するような人じゃないんです、絶対に!」

「わかりました」コードウィンクは言った。内心では、それはいつ頃の話で金額はいくらぐらいだったのだろうと考えていた。「それでは、あなたはロフタスにはいっさい金を貸さなかった。つまり、今朝のことですが」

「貸してません!」

「今朝、彼に会いましたか？」

「ええ」

「いつです？」

「七時半頃、歩道の雪かきをしていたときです」

「彼になんと言ったか、正確に教えてください」

「わたし――こう言いました。『アール、そんな恰好で出かけちゃだめよ、セーターとズボンだけなんて。今は冬なのよ、風邪をひいてしまうわ』」

「彼はなんと答えましたか？」

「コートはクリーニング屋に出してしまったし、どっちみち、寒くないと。わたしはこんなに早くどこへ行くのかと尋ねました。するとアールは、車を売りたいので街へ交渉に行くつもりだと答えました。故障がちだし、冬場はお荷物でしかない、だから売ろうと思う、そのうち春になって、彼が――彼の気分がよくなって、もっと働けるようになったら――新しい車を買うつもりだと。わたしは言ったんです、ほんの冗談のつもりで。キャデラックはどうかしら、そしたら、あなたそれでわたしをドライブに連れていけるわって。するとアールはこう答えました。キャデラックでドライブに連れていきたい相手なんていないよ――きみのほかにはは」

ミセス・ハーストは窓に目を向けた。冬の夜の暗闇ではなく、春の朝、病気が回復して新車を運転しているアールの姿を見ようとするかのように。

「ご覧のとおり」コードウィンクは言った。「ロフタスはコートをクリーニング屋には出していませんでした。ここにずっとあったのです、鍵をかけたたんすの中に。彼にはこれを処分する余裕が四十時間近くもあった。しかし明らかにその努力をしていない。奇妙な話だ。そう思いませんか、ミセス・ハースト？」

「奇妙」ミセス・ハーストはぼんやりと繰り返した。「そうね、妙だわ。何もかも不思議なことばかり」

「あなたはロフタスの部屋――アパートメントの掃除をしますか？」

「かまいませんよ、部屋とお呼びになっても。実際、アパートメントなんかじゃなくて、ただの部屋だもの。ただの部屋だということは承知しています。アールも知っているし、誰もが……」ミセス・ハーストは言葉を切り、手の甲を口に押し当てた。「ここの掃除は一週間に二度します。火曜日と土曜日に。その義務はないんですよ、家賃には含まれていませんから。わたしが掃除しているのは――好きだから」彼女は喧嘩腰で付け加えた。「掃除をするのが好きだからです」

「もう一度、部屋の中をよく見てください、ミセス・ハースト。いつもと変わりありませんか？」

「いいえ」

「どこが違っているんです？」

「なくなっているものがたくさんあります」

「服ですか？」

「服じゃありません。ちょっとした身の回りの品です。たとえば、卓上文具セットのような。アールはそれはすてきな卓上セットを持っていました。オニキス製で、とても高価なものです。彼のお母さんがあげたんです。お母さんの写真もなくなっています。銀のフレームに入っていたんですけど。それからラジオ――いつもあそこのテーブルの上に置いてあったのに」

「なくなった品々はどうなったと思われますか?」

「多分――ぬ、盗まれたんじゃないかしら」ミセス・ハーストは答えながら口ごもった。言った本人がそれを信じていないことは、ミーチャムの耳にもコードウィンクの耳にも明らかだった。

「あるいは質に入れたのかもしれない」コードウィンクは言った。「質屋通いはしていましたか?」

「――必要に迫られたときには。いよいよどうしようもなくなったときなどに。とにかく恐ろしくお金がかかりましたから。それにお母さんのこともあります。アールはお母さんに送金しているんですよ。今年の秋、爪に火を点して貯めたお金を送ったんですが、お母さんはたちまちそれを使い果たしてしまって――つまり、さっきお話しした卓上セットを買い、アールに送ってよこしたんです。もちろん、よい話には違いないけれど、あんまりばかげているじゃありませんか。でも、とにかく浮世離れした人なので、このご時世にお金を工面する大変さがわからないのです」

「するとあなたは、なくなった品はロフタスが質に入れたと考えるのですね?」

「ええ」

「店の心当たりはありますか?」

「東のはずれのボーリング場のすぐ隣に小さな質屋があるんです。〈ディヴァイン〉という店です」

「ロフタスからそこが彼の行きつけの質屋だと聞いたのですか?」

「それは――違います。アールから聞いたんじゃありません」ミセス・ハーストの顔に赤みが射したように見えた。「彼の書き物机の埃を払っていたときに、質札を見つけたんです。腕時計の質札でした。それきり彼は時計を買い戻しませんでした。わたしにはなくしたのだと言っていました。でも、それはたちの悪い嘘ではありません。アールはそういう嘘をついたことは一度もないんです。あれはプライドを守るための、些細な、罪のない嘘でした。貧しいということや、持ち物を質に入れなければならないということは、決して恥ずべきことではありません。でもアールはそうしたことに対して、一部の人たちのようには慣れていないんです。彼の父親は裕福でした――亡くなる前はデトロイトの株式仲買人だったんです。そしてもちろん、アール自身も安定して働いていた時はかなりよいお給料をもらっていました。貧乏は彼にとっては未知の経験なんです。アールの足を引っぱったのは彼の病気です、病気と、彼のおか――。いいえ。いいえ、そうは言いません。彼の母親は自分ではどうにもならないんです。とても純粋な人なんです」

コードウィンクは煙草に火をつけた。彼はめったに煙草を吸わない。だから彼が煙草を引き抜いた箱は、数か月はポケットの中にあったと思われる。「ロフタスがこのトレンチコートを着ていたのを最後に見たのはいつですか？」

「土曜日の夜です。わたしはホッケーの試合を見に行くところでした。うちに下宿している学生がチームに入っているものですから。アールに会ったのは、家の前の歩道のところです。足をとめて、いつものように少しだけお喋りをしました。アールは、町で夕食をすませてきたが、疲れたので早めにベッドに入るつもりだと言っていました」

「試合のあと、あなたが帰宅したのは……」

「十一時です。ちょうど十一時になるところでした。その時間にはもうアールは寝ていました」

「それは確かですか？」

「少なくとも、わたしはそう考えました。彼が寝ていないとは夢にも思いませんでした。部屋の明かりも消えていましたし」

「日曜日には顔を合わせましたか？」

「いいえ、日曜日は休みの日と決めていますので。いつもチェルシーに妹とその子供たちを訪ねるんです。そこで妹とちょっとした口喧嘩をしまして、他愛ないものだったんですが、いつもより早めに引き上げました。帰宅したのは八時半前後です。アールの部屋の電気はついていました。玄関ホールに入った時、ドアの下から明かりがもれているのが見えましたから。わたしはほんの少しだけ立ち寄ろうかと思いました。わたしがくよくよしていると、アールは必ず元気づけてくれますので。でも、ドアの前で立ち止まると、彼が電話で話をしているのが聞こえたものですから、上の階にある自室へ戻りました」

「どのぐらいそこにいましたか、玄関ホールに」

「せいぜい三十秒といったところです」

「そしてロフタスの話し声を聞いたのですね？」

「はい」

「しかし必ずしも電話をしていたとは限らない」

「それは――ええ、限りません、でも……」

「実際のところは、誰かが一緒にいたのかもしれない」

「でもね、もちろん誓ってとまでは言えませんが、ここに誰もいなかったのは確かだと思いますよ。アールには友人はひとりもいませんから」

「恋人はいないのですか？」

ミセス・ハーストは眉をひそめた。「いません、ただのひとりも。それは確かです。アールは女性の、若い女性のことで頭を悩ませたりはしませんから」

「それはお金の事情から?」

「いいえ。アールは自分のことを――その、奇形だと考えていました。一度だったか、わたしに、自分のような怪物と付き合ってくれる女はいないだろうと言ったことがあります」ミセス・ハーストはエプロンの角で目をこすった。「アールは怪物なんかじゃありません。彼がそう言うのを聞いて、とても胸が痛みました。怪物だなんて、とんでもない。多くの女が喜んで――喜んでアールの世話を焼くことでしょう、彼が十分な休養と食べ物をとるように気を配り、寒い中、コートも長靴もなしで外をほっつき歩かないように注意して。多くの女たちがきっと――きっと……」

ミセス・ハーストはエプロンで顔を隠し、無言の悲しみにひたった。その姿を見ているうちに、ミーチャムは彼女の嘆きがロフタスのためなのか、それとも彼女自身のような、世話を焼く男を必要とするすべての女たちのためなのか、わからなくなった。

ミーチャムはコードウィンクに視線を移した。コードウィンクの表情は険しく、吸っていた煙草は葉巻のように端が噛みつぶされていた。彼が口を開くのをみて、ミーチャムは女に何か言うつもりだと思った。しかしコードウィンクは何も言わなかった。かわりに、ミセス・ハーストに歩み寄って、椅子から立たせてやり、まるで彼女が盲目であるかのように、外の廊下に導いた。

コードウィンクは戻ってくると荒々しくドアを閉め、部屋の奥にいるミーチャムを皮肉っぽい目で見た。「どうだ、何か気の利いた冗談は浮かんだか、ミーチャム?」

「いや」

「そいつはよかった。おれはいま、何も聞く気分じゃないからな」コードウィンクは音を立ててスーツケースの蓋を閉めると、それを手にし、部屋の明かりを消した。「バークレーの家に寄って降ろしてやる。あそこに車を置いてきたんだろう?」

「どうも」

コードウィンクはそれきり車に乗り込んで発進させるまで口をきかなかった。

「実のところ」ようやくコードウィンクは言った。「おれは女が絡むと、とことん感情的な人間になっちまうんだ」

第七章

鉄格子のはまった窓から射し込む朝の光はくすんで薄暗く、冷たく湿った風が廊下に沿って不規則に、あちらこちらから吹いてくる。

ジェニングスは茶色い服の上に厚ぼったいカーディガンを着ていた。いつもは高く結ってまとめる髪も今朝は後ろにたらし、隙間風から首を守っている。本人が普段から相手かまわず言うように、彼女は決して天候に気分を左右されない。常に超然としていた。床をかつかつと叩く靴音はあくまで快活で、ハミングはかなり調子外れだが元気いっぱいだった。

ヴァージニアは足音もハミングも聞こえないふりをした。まさに最後の瞬間までジェニングスを無視した。しかし、これ以上無視するのは不可能だった。ジェニングスが手にした鍵環を騒々しく独房の鉄格子にすべらせたからだ。まるで鉄のフェンスに沿って棒を走らせる子供のように。

「おはよう！」ジェニングスは常に自分の受け持ちの収監者に大声で呼びかけた。牢に入っていると老人のように聴力が落ちると確信しているらしい。「あら、今日はもう、すっかりおめかししているのね。けっこうなことだわ。今すぐあなたに会いたいって人がいるから」

「あのお調子者のちびの精神科医だったら、与太話はよそでやれと言ってやって」

「あら、ひどい。ドクター・マクガイアーみたいな善良な人に、そんな言い方はないでしょう。第一、彼じゃないわ。ミスター・ミーチャムよ。あなたに大ニュースを持ってきたのよ」

「さあ、どうだか」

「なんだか当ててごらんなさい」

「謎々は嫌いなの」

「もう、そんなしらけることを言わないで。ほら、当ててみて」

「わたしは家に帰るんだから」

「あたり！　さあ、どんな気持ち？　うれしくない？　びっくりじゃない？」

「昨日の夜、母から伝言があったわ。ミーチャムからも」

「そう。でも、二人とも確信があってのことじゃないはずよ。鑑識の報告はまだだったんだもの。血だのなんだのの」

「血ってなんのこと？」

「あら、彼は服の至るところに返り血を浴びていたのよ。あなたと同じようにね。調べでは、好青年だという話だけど。前科もないし。驚いたのは血の量よ、まったく信じられないわ」

「その話はしたくないんだけど」

「まあ、いいでしょう」ジェニングスは笑みを浮かべ、天気の話でも打ち切るようにあっさり血の話を終えた。

ジェニングスが独房の扉の鍵をあけると、ヴァージニアは廊下に一歩踏み出した。顔に血の気はなく、目の周りの皮膚はまるで親指を押し付けられてできた痣のように青ずんでいた。

「あらあら」ジェニングスは言った。「あなたったら、ちっともうれしそうに見えないわ。さあ、白状しちゃいなさいよ。わたしたちと別れるのが残念だって」

「ええ、確かにね」

「ここではよくしてあげたでしょ？」

「それはもう、たいしたものよ。友だち全員に推薦するわ」

ジェニングスの顔には相変わらず笑みがはりついていたが、それは着古したドレスのように所々綻びていた。「あなたって、本当に嫌味で生意気な人ね」

「だから？」

「いつだって自分のことをとびきり頭がいいと考えている。気の利いた言葉を口にしていると。そう、昨日、ミーチャムにわたしの陰口を叩いているのを聞いたわよ」

「そんなことだろうと思ったわ」

ジェニングスは軽く口をすぼめた。「あなたみたいな連中、よく知っているわ。いつも人を嘲笑ってばかり。勤勉で礼儀正しい、まともな人々をばかにせずにいられないのよ。わたしはあなたが大嫌い。聞いてる？　鳥肌が立つわ！」

「いい加減にしてよ」ヴァージニアは言った。「いつまでもぐだぐだと」

「これでお別れとは残念だわ。戻ってくればいい、この次は永遠に」ジェニングスは中央の廊下に出るドアの鍵をあけた。大きな鍵環に通された鍵が一斉に派手な金属音を立てた。「ここから先はひとりで行っていいわ」

「どうも」

「わたしはね、ここに来た女性がまた出ていくとき、いつも餞の言葉を贈るようにしているの。でもあなたには別れの挨拶をするのも嫌よ。あなたみたいに冷淡で鼻持ちならない女、どうとでもなるがいいわ」

ジェニングスは二人を隔てるドアを荒々しく閉めた。ヴァージニアが廊下を歩く間ずっと、金属どうしのぶつかる騒々しい音が聞こえてきた。まるでジェニングスが心中の憤怒のリズムに合わせ、壁に鍵を叩きつけているように聞こえた。

あの人は間違っている。ヴァージニアは思った。わたしは絶対に、冷たくて鼻持ちならない女なんかじゃないもの。

保安官のオフィスのドアは開いていて、書類カバンを脇に抱えたミーチャムが中でヴァージニアを待っていた。コードウィンクもその場にいたが、こちらは書類の散らばったデスクに覆いかぶさるように身を乗り出している。壁際に置かれたベンチを見ると、灰色の囚人服を着た白い顔の若者が座っていた。若者は妙に熱心な眼差しでヴァージニアを見つめていた。その眼差しに込められた無言のメッセージが彼女を落ち着かない気持ちにさせた。彼はヴァージニアに何か話しかけようとしている。あるいは何か問いかけようとしている。

なんの紹介もなく、挨拶もいっさい交わされなかった。やがてコードウィンクが例の低く重々しい声で沈黙を破った。「この男に見覚えがありますか、ミセス・バークレー」

「名前は知りません。前に会ったような気はしますけど」

「どこでです?」

「覚えていません。どこか――どこかの通りか、ポールの診療所か、それとも酒場《バー》かもしれないわ。わたしはかなりいろいろなところに立ち寄りますから」

「バーでしたよ」ロフタスが間髪を入れずに言った。「〈サムのカフェ〉で――土曜日の夜に、あなたが話しかけてきて……」

「口をはさむな、ロフタス」

コードウィンクが平手で机を叩いて命じた。ロフタスはそわそわと瞬きをしたものの、かまわず話し続けた。「ぼくはただ手助けをしようとしただけですよ、ミスター・コードウィンク。この人がぼくを覚えているかどうかで、何が変わると言うんです？　ぼくがマーゴリスを殺したと、もう五十回も認めているじゃありませんか。尋問だの面接だの検査だの――こんなことをしたって何も変わりはしません」彼はヴァージニアのほうを向いた。「ミスター・ミーチャムにも伝えてほしいと頼みましたが、ぼくから今、直接言います。こんなふうに二、三日、あなたが拘置所に入れられる羽目になったこと、申し訳ありませんでした」

「それは――もういいわ」天井の眩しい照明のもとで、ヴァージニアの顔はロフタスに負けず劣らず白く見えた。両目の下の隈が彼女を老けて疲れて気むずかしく見せている。彼女は突然踵を返し、ミーチャムに向き合った。「わたし――ここを出られない？　ここから出たいのよ」

「わかった」ミーチャムは答えた。「異存はないな、コードウィンク」

「やむを得まい」コードウィンクは立ち上がった。「書類はすべて整っている。あなたをとめるものは何もない。ドアは開いている。行きなさい」

「きみのスーツケースはどうする、ヴァージニア？」ミーチャムが尋ねた。

「スーツケースなんてどうでもいいわ」ヴァージニアはきつい口調で答えた。「とにかくここから出たいのよ」

退場は登場と同じように無言で行われた。誰ひとり、さようならとも、また会いましょうとも、会えてよかったとも言わなかった。ヴァージニアはドアから出ると、そのまま廊下を歩いた。あまりに早足なので、彼女に追いつくため、ミーチャムまで歩を早めなければならなかった。正面玄関にたどり着いたときも、彼女はわざわざ立ちどまってコートを着ようとはしなかった。外に出ながら肩に羽織っただけだった。両袖が向かい風に煽られ、くねくねと滑稽な動きをしながら前後に揺らめいた。

歩道は解けかけた雪でぬかるみ、路上を車が泥飛沫を上げて疾走していた。風までが汚かった。カナダの北部辺りで生まれたときは新鮮だったはずだが、旅の途中で塵や煙、埃や細かい煤を吸い上げてきたのだ。

二人は交差点で肩を並べ、信号が青に変わるのを無言で待った。それから道路を渡り、ミーチャムが車を停めてある駐車場まで歩いた。

車には鍵がかかっていた。ほんのわずかためらったあと、ミーチャムは先に運転席のドアの鍵をあけ、車に乗り込んだ。それからシート越しに身を乗り出し、ヴァージニアのために助手席のドアの鍵をあけた。こうした些細な心遣いが、保安官のオフィスでするのと同じくらい場違いでむなしい行為に思われた。

ミーチャムは二人の間のシートに書類カバンを置くと、車を発進させ、ヒーターのスイッチを回した。一陣の冷気が騒々しい音とともに吐き出された。

ヴァージニアは手をのばし、再びヒーターのスイッチを切った。「音がうるさすぎるわ」

「お好きなように」

「ところで、わたしはあなたに言われたとおりにやったわよね、違う?」

「まあ、おおよそは」

「わたしはあの男に見覚えがあると言った。前に見かけたことがあると。昨夜寄越したメモであなたが言いたかったのはそういうことでしょう?」

ミーチャムはうなずいた。

「でも、それは事実じゃないわ。わたしはあの男に会ったことなんてただの一度もないもの。〈サムのカフェ〉でも、他の酒場でも、他のどの場所でも」

「きみの土曜の夜の記憶にはかなりの欠落部分がある」

「〈サムのカフェ〉で誰かと話をしたのは覚えているけれど、さっきの男ではなかったわ。顔を覚えているもの。太りだす前のウィレットによく似ていたから」

「ウィレット?」

「わたしの兄よ。自分の兄弟に似ている人に会ったら、その顔は忘れないものでしょう?」

「ぼくには兄弟はいないのでね」

「わたしの言っている意味、わかっているくせに。ばかみたいに苛々させないでよ、ミーチャム」

「苛々させられているのはこっちだ」ミーチャムは次の交差点で左折した。後続の車がけたたましくクラクションを鳴らした。

「あなた、合図を出さなかったのね」ヴァージニアが咎めた。「もしわたしの話が運転の邪魔になるのなら……」

「運転より頭がおかしくなりそうだ」ミーチャムは辛辣に言った。「きみはある事柄を忘れていて、別のある事柄を覚えている。覚えているべきことを忘れていて、忘れているべきことを覚えているんだ」

「仕方がないでしょ」

「いいか、きみはほんの十分前に拘置所から出てきたばかりなんだぞ。喋りすぎて逆戻りしたいのか?」

「あなたはわたしの弁護士だとばかり思っていたけど。自分の弁護士にすべてを語ってはいけないの?」

「理屈から言えば、きみが正しい。だが、ひとつだけ、はっきりさせておこう。きみはたった今——それも極めてきっぱりと——ロフタスにはただの一度も会ったことがないと言った。きみはそれを信じているかもしれないが、ぼくは違う。証拠がそれに反しているからだ。まず、きみがひと晩中泥酔状態だったという事実を考えると、きみの記憶は信頼できない。そのうえ、ロフタス本人の供述がある。彼はきみとの会話も覚えている。彼の主張によれば、きみは話の途中で、『いやになっちゃう、ここは臭いわね』と言ったそうだ。その言葉は〈サムのカフェ〉のバーテンダーが漏れ聞いている。バーテンダーは発言の主はきみに間違いないと言っている。あの店は半分彼のものなので、きみの言葉に感情を害されたのだろう。さあ、これでもまだ、きみは今朝までただの一度もロフタスに会ったことがないと確信しているかい?」

「ええ、断言できるわ」

「ぼくは断言という言葉の定義を知っている——声高に叫ぶときは違うんだ」

「いいでしょう。わたしが間違っているのかもしれないわ」ヴァージニアは覇気のない、投げやりな口調で言った。「どっちみち、たいした問題じゃないし。そうでしょう? クロードの埋葬はいつになるの？」

「今日の午後だ」ヴァージニアがマーゴリスをファーストネームで呼び、とにもかくにも関心を示すのを、ミーチャムは初めて耳にした。

「お葬式には行かないわよ、たとえ行けたとしてもね。死人は大嫌い」ヴァージニアは大きな格子縞のコートの下で体を丸め、身震いした。「学生時代、友だちのお母さんが亡くなって、彼女を励ますために家についていったことがあるの。葬儀屋はまだお母さんの支度をすませていなかった——埋葬のね。友だちはお母さんの髪を櫛で梳かし、眼鏡をかけてあげたわ。その眼鏡ときたら、何度も何度も死んだ人の顔の上を滑り落ちて、友だちはそのたびに元通りに直していたわ。ぞっとする光景で、わたしはもう少しで悲鳴を上げるところだった。煙草はお持ちかしら？」

「ここに」

「ありがとう。あなたの分も火をつけましょうか？」

「どうも」ヴァージニアは二本の煙草に火をつけると、そのうちの一本を返した。「教えて、ミーチャム。あなたは信頼できる人？」

「愚問には愚答で応じよう。いかにも、ぼくは信頼に値する男だ」

「わたしはそうくだらない質問だとは思わないわ。あなたには機会がたくさんあるから、さぞかし大勢、妙な人に出会うでしょうね」

「それは確かにそうだ」ミーチャムは皮肉をこめて言った。

「母親といえば、わたしの母はあなたにどのぐらい支払うことになっているの？」

「なんのために？」

「お金を払うんでしょう?」

「その申し出はあった。しかし請求書は送っていない」

「いくら請求するつもり?」

「考えていない」

「それじゃ、今、考えて。いくら?」

「どういうことだ?」ミーチャムはわずかに首を曲げ、ヴァージニアを見た。「何があったんだ?」

「母は地元にかなりの不動産を持っているのよ。パサデナにアパート二棟と、ウェストウッドに一棟。他にもいろいろ」

「なぜその話をぼくに?」

「母にはそれだけの——そう、かなりの金額を払う余裕があるということを知ってほしいからよ」

「お母さんに大金を請求しろということか?」

「母にはその余裕があると言っているのよ」

「そして、二週間後にクリスマスが来たとき、ぼくからきみにちょっとしたすてきなプレゼントを送る、そういうわけか」

「そんなところね」

「ひどい話だ」ミーチャムは言った。「そしてきみはろくでもないやつだ」

「ひどく聞こえるだけよ。わたしは母が好きよ。母から何かをだまし取ろうなんて考えたこともないわ。お金ならいつでももらえるもの。ただ、母に頼むのがどうしても嫌なだけ。どうしてだとか、なんに使うのかとか、必ず根掘り葉掘り訊くんだもの。今言った方法で得たお金は、実際には同じお金だわ。違いは、どんな質問にも答えなくてすむということよ」

「それでもやはり感心しないね。なんのために金が欲しいんだ?」

「質問、質問、質問。誰もわたしを信用しないのね」

「金を欲しがる理由は?」

「逃げるためよ」ヴァージニアは真剣な口調で答えた。

「どこへ?」

「それを言ったら逃げることにならないでしょう。第一、まだ決めていないもの。ずっと遠くで、気候のよいところなら、どこでもかまわないわ」

ミーチャムは再びヴァージニアに視線を投げた。彼女の顔から先ほどの投げやりな表情は消えていた。家出という自らの新計画について極めて真面目に考え、希望に満ちているように見える。しかし、それはいかにも子供じみた希望であり、その後ろにあるべき段取りもなければ、下にあるべき基礎もないのだった。〝遠く〟が楽しそうに見えるのは、それが〝ここ〟と違う場所だからに過ぎない。

「わたしにはプラスになるわ。せいせいすると思うの、家を出れば」ヴァージニアは言った。「カーニーはわたしを性悪だと考えているし、ポールはばかだと思っている。二人ともとても善良で立派な人よ。でも、こっちがとうてい及ばない基準を押し付けてくる人と一つ屋根の下に暮らすのはむずかしいわ」彼女は言葉を切り、煙草の煙を吸い込んだ。「その挙句がこのありさまよ。クロードのこの一件。この不名誉は決して晴らせないわ。わたしがクロードの愛人でなかったと信じる人はひとりもいないもの。あなたも信じやしないでしょう、ミーチャム。どう?」

「そうでもないさ」

「ともかく、わたしは愛人なんかじゃなかった。数回デートしたことはあるけれど、それは彼がすばらしくダンスがうまかったからよ」

二人が土曜の夜に口論していたという証言からすると、ヴァージニアの言葉はあまり説得力がなかった。しかしミーチャムは何も言わなかった。

踏切ではちょうど信号が赤に変わったところで、遮断機が既定の位置に降り始めていた。貨物列車が西に向かい、ゆっくりと線路を走っていく。ヴァージニアはシートから身を乗り出し、その光景を、それぞれの貨車が勢いよく通り過ぎていく様子を、食い入るように見つめた。まるでそのうちの一両に乗って、西のどこか気候のよい場所へ行くことを望むように。

ミーチャムはヴァージニアに同情を覚えた。そしてそんな気持ちをごまかそうと、貨車の側面の文字に意識を集中した。ミシガン・セントラル鉄道。ロック・アイランド鉄道。バーリントン鉄道。アッチソン・トピカ・アンド・サンタフェ鉄道。ユニオン・パシフィック鉄道。グランドラピッズ鉄道。カナディアン・パシフィック鉄道。突放禁止。タンク車の膨らんだ横腹にチョークで書かれた落書き、〝キルロイ参上〟、〝どこにだよ、ジョーとホーウィー〟。

百両もの貨車が、石油、材木、自動車、屑鉄、肥料、爆薬、人間といった、ありとあらゆるものを載せていく。そしてそこには必ずもうひとり分、ヴァージニアのための場所がある。

車掌車が通り過ぎ、遮断機が上がると、ヴァージニアは深々とシートにもたれた。その目は輝き、息は弾んでいた。列車は彼女の血を騒がせた——そのもの自体の可能性、行き先、動きによって。線路の彼方に車掌車の姿が消えると、彼女は突き動かされたように片手を上げて振った。

第八章

ミーチャムはバークレー邸の私道に車を停め、外に出た。コートの襟を立て、車の後ろを回って、ヴァージニアのために助手席のドアを開けてやった。「着いたぞ。あとはうまくやりたまえ」

ヴァージニアは驚いた様子でミーチャムを見上げた。「寄っていかないの？」

「ああ」

「でも母はあなたに会いたがるはずよ。お礼を言うために」

「その必要はない。なかなか楽しませてもらったよ」

「怒っているのね。わたしが請求書の件で、あんなことを言ったから」

「怒ってなんかいない」ミーチャムは言った。「拘置所に戻って、ロフタスに会わなければならないんだ」

「どうして？」

「彼に頼まれたから」

「でも、どうしてあの人が……？」

「知るもんか。どのみち、きみに話すつもりはない」

「ともかく、送ってくれてありがとう」ヴァージニアは車を降り、正面玄関へ向かった。半分も行かないうちにドアが開いてミセス・ハミルトンが出てきた。

ヴァージニアは母親の腕に飛び込み、母は娘をかき抱いて前後に揺すぶった。それはミーチャムが前日の朝、コードウィンクのオフィスで見た光景のほぼ完璧な再現だった。

「ママ！」

「かわいいジニー、いとしい娘《こ》」

「ああ、ママ！」

ミーチャムは二人の姿を見守った。しかし今回はまったく醒めた気分で、心を動かされることはなかった。ヴァージニアがどんな手段で、なんの目的で金をこしらえようとしているのか知ったら、ミセス・ハミルトンはどうするだろう。

ミーチャムはできるだけ目につかないように運転席に滑り込み、スターターボタンを押した。その音を聞きつけたミセス・ハミルトンの反応は素早く大げさで、出遅れた素人女優の演技を思わせた。

「ミスター・ミーチャム！　ああ、ミスター・ミーチャム、ちょっとお待ちになって」

ミーチャムは諦め半分でイグニッションのスイッチを切り、サイドブレーキをかけて、再び車を降りた。

ミセス・ハミルトンが挨拶のために右手をさしのべながら近づいてきた。「お帰りになるんじゃないわよね？」

「ええ、実は仕事が――」

「どうかお寄りになって、コーヒーでもお飲みになってちょうだい。それかお酒でも。お仕事はあとでもいいでしょう。こんな幸福なことはありませんわ。娘を無事に取り返せたのですもの」

無事に。ミーチャムは危うく顔をしかめるところだった。その言葉があまりにも的外れに聞こえたからだ。彼女の娘は決して安全でも健全でもないだろう。ミーチャムは、ミセス・ハミルトンがこの事実を知っていて、無意識のうちに皮肉が口をついて出たのではと疑った。

「では、コーヒーをいただきます」ミーチャムは言った。「お気遣いいただいて恐縮です」

ヴァージニアは二人に先立って家に入ろうとしていた。一方の肩からコートが滑り落ち、裾を汚れた雪に引きずっている。

「ひどいありさまだこと」ミセス・ハミルトンの声音が変わった。「まるで食べても眠ってもいないみたい」

「あなたはいかがです？」

「少しは。ともかく、ありがたいことにこれですべてが終わったわ。終わったんです。そうじゃなくて？」

「ええ」

「あの男は自分で有罪だと証明しましたの？」

「ぼくが知る限りではそうですが、ぼくは保安官から詳細を打ち明けられる間柄ではありませんので」

ミーチャムの答えはミセス・ハミルトンを満足させたようだった。「わたくしはあなたがわたくしどもに幸運を運んでくださったのだと考えているんですよ、ミスター・ミーチャム」

家に入ると、空気は潤い、香しく、まるで花屋にでもいるようだった。ミーチャムの見たところ、誰かがヴァージニアの到着を予想して、家中の植物という植物に水をやったものの、あまりにも大量にやりすぎたらしい。あたかも過去の放置ぶりを償うかのように。植木鉢の受け皿には縁まで水があふれているし、壁に取り付けたアイビーの鉢からは、水滴がワックスのかかったコンクリートの床に落ち、鋭い跳ね音を立てている。

ミセス・ハミルトンはその滴りを気にも留めなかった。彼女はヴァージニアのコートを取り、クロゼットにつるしているところだった。神経質ともいえるやさしい手つきで扱っている。まるでそれが途方もなく価値あるもので、どう扱えばよいのかわからないとでもいうように。ミーチャムは初めてそのコートを注意して見た。派手な黒白のデザインが目に眩しいが、素材は安物だった。

どちらの女もいっこうにミーチャムから帽子やコートを預かろうとしないので、彼は仕方なくそれらを椅子の上に置いた。心中、穏やかではなかった。女たちの態度が単なる無作法からくるものではないと確信していたからだ。それはミーチャムに対する彼女たちの本音の、無意識の表れにほかならなかった。彼は再び、ミセス・ハミルトンがなぜ自分をコーヒーに誘ったのか、自分はなぜ意志に反して応じてしまったのだろうかと考えた。

「何かお祝いをするべきね」ミセス・ハミルトンが言った。「今夜、ささやかなディナーパーティでも。どう思う、ジニー?」

ヴァージニアはその質問を無視した。あるいは耳に入らなかったのか。下唇をかみながら、考え込むようにミーチャムを見つめている。「ミーチャム、わたしに考えがあるんだけど」

「ミスター・ミーチャムでしょ、おまえ」ミセス・ハミルトンが叱った。「ミスターと言いなさい。がさつな物言いは……」

「ママ、お願い。わたしが喋っているのよ」

「それなら、きちんとした話し方をなさい」

「もう、いい加減にしてよ、ママ。これは大切なことなの！」ヴァージニアはミーチャムを振り返った。「わたしは誤認逮捕で警察を訴えるつもりよ。言語道断の侮辱を受けたんですもの。評判はガタ落ちだし、どれだけ不自由な思いをしたことか。どう思って、ミーチャム？」

「あまり賢明とは言えないな」ミーチャムは答えた。

「そんなことないわ。たいした名案じゃないの。もし勝てば、ひと財産作れるのよ」

「きみは勝てない。なぜならきみの言い分には理がないからだ。不当な虐待はなかったし、逮捕の際も、保安官には十分な根拠があっての――」

「おやめなさい」ミセス・ハミルトンが言った。口調は静かだが、あまりに強く冷たい怒りのこもった声音に、ミーチャムは言葉の途中で口をつぐみ、ヴァージニアは驚いた様子で母親を振り返った。

「わたくしはあなたが恥ずかしいわ、ヴァージニア。恥ずかしい」

「わかってよ、ママ、わたしには権利があるんだし、それに……」

「これ以上この件で話し合うことはないわ、何があろうと」ミセス・ハミルトンの顔色は白からピンクに変わっていたが、今また白に戻った。まるで循環系統に問題があり、それが感情の変化に急激すぎる反応を示しているかのようだった。「その話題は二度と持ち出さないで。わかったわね、ヴァージニア。あなたもよ、ミスター・ミーチャム」

「どのみち、すべては絵空事だったんですよ」ミーチャムは言った。

「そうですとも。むろん、そうですとも」夫人は冷静さを取り戻した。「聞いたわね、ヴァージニア？」

「聞いたわ」

「なら、いい子にして、カーニーにただいまと言ってきなさい。彼女は診療所を離れられないのよ」

ヴァージニアはおとなしく踵を返し、歩み去ったが、その前にミーチャムに露骨に投げた一瞥が、この件についてはあとで話し合いましょう、と語っていた。ミセス・ハミルトンは間違いなくその視線を見て意味を読み取ったはずだが、ミーチャムと暖炉の前に腰を落ち着けるまで何も言わなかった。

二人の間の、近すぎてミーチャムがろくに脚も動かせない位置に、巨大な三段式のガラステーブルがあった。それは一トン近くもあるように見えた。ミーチャムが座った椅子は深くて低く、やわらかく、行き場を塞ぐテーブルがなかったとしても、抜け出すのはむずかしそうだった。

ミーチャムは突如、空恐ろしくなった。恐怖が波のように押し寄せて心臓の鼓動を早め、額に玉の汗を、背中のくぼみに湿った冷たい興奮を残した。彼は目の前の巨大なテーブルを蹴飛ばして、銀製のコーヒーポットの中身をまき散らし、陶製のカップやガラスの天板を粉々に砕いてやりたいという衝動を抑え込まなければならなかった。暴力は恐怖に対する本能的な反応だ。しかし恐怖が名状しがたく非現実的なものである以上、暴力もまた曖昧で理屈に合わない行為だった。ミーチャムは灰皿を取り落とした。決して故意に落としたのではなく、灰皿が割れるのを見てもはっきりとした満足は得られなかった。それでも彼の汗はとまり、鼓動は正常に戻った。

ミセス・ハミルトンはミーチャムが詫びるのを手振りでいなした。苛立っているらしいが、それは灰皿がだめになったからではなく、思考を妨げられたからだった。

ミセス・ハミルトンは穏やかだがきっぱりとした調子で言った。「あなたは理解しておいでなのでしょう、ヴァージニアがときおり、途方もない考えを思いつくことを。それを真面目に受け取ってはいけませんわ」

「わかっています」

「誤認逮捕の件は決してうまくいきません。あなたにはおわかりのはずよ」

「よく承知しています」ミーチャム自身の口から同じことを二度は言ったはずだが、それを夫人に思い出させるのは控えた。

「ヴァージニアはあれでかなり弁が立ちますからね。わたくしは——どうか、娘にはいっさいかまわないでくださいい。浅はかな思いつきがどんな結果を招くか、あの子にはわかっていないのです——さらに世間の注目を浴び、取り調べを受けて、警官にあれこれ詮索されるだけですわ」

「どんなことを？」

「何もかもです」ミセス・ハミルトンはふっくらした両手を広げながら言った。「ポールは今でさえ十分に被害をこうむっています。嫌がらせの電話に手紙、道では記者連中につかまって」

「そのうちすべて収まりますよ」

「そうはいきませんよ、ヴァージニアが妙な気を起こしたら。この訴訟騒ぎのようにね」

「引き受ける弁護士はいないと思いますが」

ミーチャムが保証したのはこれで三度目か四度目だった。「それを聞いて安心したわ」ミセス・ハミルトンの言葉を聞き、ミーチャムはその話題はおしまいだと思った。夫人がこう付け加えるまでは。

「どうしてヴァージニアはあんなにお金を欲しがるのかしら」

「それは本人にお訊きになったほうがいいでしょう」

「どうせ本当のことは申しませんよ」

「おそらく」

「実際に嘘をつくという意味ではありませんよ。でも、たまに物事を隠し立てすることがあるのです。それというのも、あの子にとってわたくしがどれほど完璧な味方か、理解していないからですわ」ミセス・ハミルトンは完璧なという言葉を強調して繰り返した。まるで思いやりの欠如に対する無言の非難を否定するように。「わたくしはヴァージニアを理解しているわ。血を分けた娘ですもの。わたくしたちはずっと固い絆で結ばれてきたのです」

「よくわかります」

「率直におっしゃって、ミスター・ミーチャム。あなたはヴァージニアについての報告を調査なさいました？」

「どのような報告です？」

「娘があそこに入って――あそこにいた間、彼らは尋問をしたり、検査をしたり、そんなことをしたはずよ。普通はそうするものだわ、そうでしょう？」

「そうですね」

「ご存知ないかしら――結果がどうだったか」

「知りません」

「わたくしの考えではあなたは……。いいえ、けっこうよ。たいした問題じゃありませんわ。もちろん、ヴァージニアは正常ですもの。多少わがままなところはありますが、いたって正常ですから」

「そのとおりです」ミーチャムは言った。他に何を言っても無駄だからだ。

ミセス・ハミルトンは感謝の眼差しでミーチャムを見た。望む答えを手に入れたので、話題を変えるときだと判断したようだ。ミーチャムが答えを引っくり返したり、部分修正する前に。「ぞっとする事件でしたわ。片が付いて安心しました。きっとあなたもそうでしょう」

「ある意味では」

「できるだけ早く請求書を送ってくださいい。あとどのぐらいこちらに留まるかわかりませんから。それとも、お望みなら今すぐお支払いしましょうか、現金で」

「その必要はありません」

屋敷のどこかで電話の鳴る音が二回した。

「今夜、我が家のささやかな祝いの席にいらしてくださるでしょう、ミスター・ミーチャム」

「ありがたいお話ですが、残念ながら無理のようです」ミーチャムはもう二度とこの家に足を踏み入れたくなかった。やわらかな椅子とガラスのテーブルと、静かな狂気をはらむ女とに巧妙に囚われるのはもうごめんだった。「片づけなければならない仕事がありますので」

「そうでしょうとも。あなたには他にも依頼人がいるに違いないもの、数えきれないほどね」

「ともかく、数人は」

「例の男、ロフタスですけど。きっと優秀な弁護士がつくのでしょうね」

「金のあるなしにかかわらず、ロフタスにはいずれかの弁護士がつくでしょう」

「どういう意味かしら、お金のあるなしにかかわらずというのは」

「ロフタスに弁護料を支払う余裕がなくても、法廷は二人の弁護士を任命します。ここにはロサンゼルスのような公選弁護人はいませんが」

「ロサンゼルスにそんな制度があるとは知らなかったわ。今まで一度もこういった問題に興味を持つ機会がなかったから」

軽快な足音が廊下に響き、間もなく、アリスが戸口に姿を現した。これまで掃除をしていたらしい。耳の後ろで几帳面に束ねた髪に青いリボンを結び、足首に届きそうな丈のエプロンを掛けている。その顔は上気して温かみがあり、美しかった。

ミセス・ハミルトンはアリスのいる方向に視線を向けると、かすかに、しかしこれ見よがしに眉をひそめた。それは幼い娘を黙らせ、大人が話しているときに割り込んではいけないと諭す母親のようだった。もしくは、もし邪魔をしなければならないのなら、少なくとも先にエプロンをはずしてからにしなさいと。

「まあ、アリスったら」夫人は言った。「いったい、何をしていたの?」

「お掃除です」

「あなたは家事なんてしなくていいのよ。よくわかっているでしょうに」

「お気になさらないでください。それにお掃除が必要だったんです」

ミセス・ハミルトンは苦笑いを浮かべてミーチャムを振り返った。「こういう娘はどう扱ったらいいのかしら」

「どうでしょう」わけもなく、アリスの出現が部屋の中の何かを変え、緊張を破り、見えないワイヤーを断ち切ったような気がした。ミーチャムは椅子から立ち上がり、ガラスのテーブルを、その竹製の脚が抗って悲鳴を上げるまで押しやった。テーブルは思ったより軽かった。

アリスは戸口から生真面目な顔で彼を見ていた。「事務所からお電話がありました、ミスター・ミーチャム。ミスター・ロフタスとお話しになったあと、寄ってほしいそうです」

「ありがとう」

それに続く沈黙の中で、ミーチャムの耳に、いまだにアイビーの鉢から滴り落ちる水の音が聞こえた。ゆっくりと、静かに。まるで致命傷から滲む最後の血のしずくのように。

ミセス・ハミルトンも席を立ち、ミーチャムに向き合っていた。「あなたって、つくづく狡猾で抜け目のない方のようね、ミスター・ミーチャム」

「イタチもそうですよ。ですからお礼を申し上げるつもりはありません、ミセス・ハミルトン」

「わたくしをだましたのね」夫人は抑揚のない冷ややかな声で言った。「あなた、ロフタスの弁護をなさるんでしょう?」

「いいえ」

「せいぜい嘘をつくがいいわ。他のみんなもつくのだから」

「ぼくはついていません」

「どうして信じることができて?　もう誰も信用できないわ」ミセス・ハミルトンは戸口に向かった。その足取りは痛ましいほど鈍くて重く、想像もつかない高圧と闘いながら海底を横切る深海ダイバーを思わせた。「……アリス、わたくしは部屋にさがってしばらく休むことにするわ。ミスター・ミーチャムが——彼をお見送りしてちょうだい」

ミーチャムはミセス・ハミルトンの姿が廊下の角を曲がって消えるのを見送った。それから振り向いてアリスを見た。その瞬間、彼の心に、手段は違うが共通の目的を持つ二つの願いが芽生えた。アリスをこの家から引き離すための。彼の最初の願いは、自分に母か父か、あるいはなんらかの家族がいることだった。そうすればともに過ごすようにアリスを誘うことができる。しかしミーチャムにはひとりも身寄りがいないので、次なる願いはミセス・ハミルトンがアリスを一番早い飛行機に乗せて家に連れ帰ってくれることだった。いつの日か、遠い将来、彼に時間と金の余裕ができたとき、アリスに会いにいくかもしれない。その頃には彼女は結婚しているだろう。結婚して、子供も二人ぐらいいるかもしれない。落ち着いた、満ち足りた既婚婦人。買い物をして、映画を観にいき、陽だまりでくつろぐ。その青写真があまりに鮮明だったため、ミーチャムは強い喪失感に襲われた。全身に激情の潮が満ち、引いたあとにはからい味が残った。

ミーチャムは唐突に口を開いた。「きみはいつ帰るつもりだ?」

「ロサンゼルスへという意味?」

「そうだ」

「わからないわ。ミセス・ハミルトンは何もおっしゃってくださらないんですもの」

「きみから言えばいい。夫人にここを離れたいと言うんだ」

「わたしはそんなことは望んでいないわ」

「ヴァージニアに会ったことがあるかい?」

「ええ、数分前に、カーニーと」

「ヴァージニアは危険な存在だと思うと言ったら?」

「わたしを脅そうとしているの? おかしな人ね。もう万事解決したのでしょう? すべて片が付いたのでしょう?」アリスは一歩下がり、ミーチャムから離れた。「違うの? もしあなたがロフタスの弁護士でないのなら、なぜ彼に会おうとしているの?」

「本人にそう頼まれたからだ」

「古いお友だちとして?」

「まあね」

「昨夜会ったばかりの人なのに、古いお友だちと言えるの?」

「ロフタスはぼくが正直な顔をしていると考えた」ミーチャムは言った。「そこでぼくはたちまち彼の昔馴染みになったんだ。こういうことはときどき起こる。特に苦境に陥った孤独な男には。ぼく自身、孤独な男で、厄介事を抱えてきた。だから多少はこうしたことがわかるんだ」彼はコートを身に着けた。「ぼくがロフタスに会うという考えを誰もが気に入らないみたいだ。どうしてなんだろう」

「わたしはかまわないわよ、どちらでも。ただ不思議に思っただけ」アリスは大きすぎるエプロンのポケットに両手を深く突っ込んだ。「きっと誰に対しても疑り深くなっているんだと思うわ。なぜかはわからないけれど」

「それが疑惑の厄介なところさ。もっとも善良な人にさえ感染してしまう。さようなら、アリス」

「さよなら」

ミーチャムは身をかがめ、アリスの額に軽く口づけた。彼女はなんの反応も示さなかった。ただ驚き、心細げな様子で立ち尽くしている。

町の中心部まであと半分というところまで来て初めて、ミーチャムは自分が結局コーヒーを飲んでこなかったことに気づいた。彼はその場で車をUターンし、屋敷に引き返したくなった。飲み損ねたコーヒーのためではなく、不意に問題の解決法がひらめいたからだ。それはいたって単純なものだった。あの家は過剰積載により今にも沈もうとしている船のように、捨て去られるべきなのだ。アリスとミセス・ハミルトンは家に帰るべきだ。カーニーは別の職に就き、ポールは町の中心街のどこかに診療所を借りればいい。そしてヴァージニアは――ヴァージニアに関してはひとつだけ、やらなければならないことがある。どこか遠くの、気候の穏やかな場所へ逃げ去る資金を与えるのだ。

ミーチャムはヴァージニアが通り過ぎる列車を見つめ、赤い車掌車に手を振ったときの表情を思い浮かべた。移動、変化、スピード、それらはヴァージニアにとっては必要不可欠なものだった。彼女は常に、世界中を巡り巡って決してとまることのない、通過列車に乗っているべきなのだ。

第九章

ミーチャムは拘置所には直行しなかった。途中、立ち寄りたい場所があったのだ。車で二度ほど通り過ぎたあとようやく見つけたのは、ボーリング場と煙草屋に挟まれた小さな店だった。人目につかないように道から引っ込んだ造りになっていて、窓はひとつしかない。

ドアの上の看板を見ると、緑と白の文字で、〈ダグ・ディヴァイン商店〉と記されていた。他に内容を証明する表示はなく、またその必要もなかった。陳列窓には、がらくたの類に加え、人間の希望と徒労、欲望と恐怖と邪心の証がうずたかく積み上げられていたからだ。結婚指輪と自動拳銃、ロザリオと狩猟用ナイフ、履き古した靴とヴァイオリン。窓の奥には、古色蒼然とした大型振り子時計《グランドファーザー・クロック》の文字盤が見える。針は動いていて、十時三十五分を指していた。

店内では、中年の男が枝編み細工のベンチに腰掛け、散弾銃《ショットガン》の点検をしていた。銃は古くて汚れていた。銃身を四、五インチほど切断して、残りの部分に黒い絶縁テープを貼ってある。武器としては最悪で、引き金を引いたとたん、弾が発射されるか爆発するか、どちらともつかないという代物だった。ミーチャムは、どんな絶望に駆られた人間がこれを買い、売ったのか、そしてこの先、どんな絶望に駆られた人間がこれを求め、その暗い来歴に新たな一章を付け加えるのだろうかと考えた。

ディヴァインが手元から目を上げた。スペイン系アイルランド人の彼は、髪はごわごわした縮れ毛で、蛍のように明るい目をしていた。「こいつは使えるぜ」彼はずばりと言った。「試し済みだ」

「ほう?」

「そうさ。ただし、どこに当たるかは保証できんがね。てめえの女房を狙ったはずだのに、お隣さんちの金魚を撃っちまうなんてことにもなりかねない」

「それは悪くないかもな」

「そうだとも。そこに議論の余地はない。金魚を撃っちゃいけないって法はないからな」ディヴァインは立ち上がり、慎重な手つきでショットガンをベンチに置いた。「何か用かね?」

「まあね」

「買うほうか? それとも売るほうかい?」

「買うほうだ」

「おおかた、お前さんの正体は保険会社の調査員といったところだろう。どうだ?」

「違う」

「だが近いはずだ」

「かなりね」

「おれはいつもいい線行くんだ。実際、このいかれた世の中でおれに見分けられるのは人間だけだ。そんなことは一文の得にもならんがね。あんた、なんに興味があるのか、言ってごらん。音楽のレッスンを始めたいなら、いいクラリネットがあるよ」

「いや、けっこう。ぼくは……」

「そいつをおれに売りつけたやつによれば、かつてはベニー・グッドマンのものだったそうだ。妙な話さ、どいつもこいつも同じ与太話をでっち上げるが、それが使い古しだってことにはまるで気づいてない。フリスコから東の質屋という質屋には、必ずグッドマンかアーティー・ショーが演奏したクラリネットがあるんだ。宝石ならお買い得なのがあるよ」

「ぼくが欲しいのはフレームなんだ」

「フレームだけ？」

「そうだ」

「最高級の額に入った油絵なら何枚かあるよ。正真正銘のマンデルヘイムだ」

「マンデルヘイムなんて聞いたことがない」

「おれだってさ。しかし、おれがこれまでそいつを何枚売ったか、聞いたら驚くぞ」ディヴァインがそう言って指さしたのは、逆さに置いた椅子の脚に立て掛けてある、アイビーと薔薇をいけた花瓶の絵だった。「あれを見ろ、あそこの。客にあれは誰だかのアグネスおばさんが台所のテーブルで描いた絵だと言ったところで、捌けやしない。だがマンデルヘイムとなれば話は違う。彼は超一流なんだ。ロマン派の芸術家と言ってもいい。なぜ彼が自分の絵に署名を入れないのか、知りたいか？　ふふん、やつは人妻と駆け落ちしたもんで、身元を知られたくないのさ。亭主のほうが血眼になってつけ狙っているからな。人間ってのは荒唐無稽な話ほど信じ込んじまうものなんだ」ディヴァインは物憂げに付け加えた。「妙なことに、おれ自身、マンデルヘイムの存在を信じかけている」

ミーチャムも同様だった。「マンデルヘイムはいつか別の折に買うとしよう」彼は言った。「今欲しいのはフレームだけなんだ。ぼくの恋人が先週写真を撮ってもらってね。奇妙な偶然だが、彼女の名前もマンデルヘイムなんだ」

ディヴァインはにこりともしなかった。「お望みは銀のフレームか?」

「そうだ」

「八インチ掛ける十インチの?」

「だいたいそのぐらいだ」

ディヴァインは一瞬黙り込み、手で顎をこすった。その肌は紙やすりのようだった。「おれは特殊な商売をしているからね、旦那、ここにはおかしな連中が一風変わった品を求めてやってくる。銀のフレーム自体は珍しいもんじゃない。時に応じて、買うことがあれば、売ることもある。解せないのは、今朝、ほんの一時間のうちに、三人もの人間が銀のフレームを探しにきたことだ。あんたが三番目。二番目がおまわりで、一番目はご婦人だった」

「その女の身元は?」

「まず旦那の職業を聞かせてもらおう」

ミーチャムは財布から名刺を取り出した。

ディヴァインは名刺を受け取ると、鼻を鳴らして読み、床に落とした。「さっきのおまわりにも言ったが、あの女のことは何も知らないよ」

「あんたはさっき、人間は自分の専門だと言った。何か気づいたことがあるに違いない」

「もちろん、あったとも。おれの見たところ、看護婦か、それとも教師じゃないのかね。平凡な女だったよ。美人でも不美人でもなく、身なりは贅沢でも貧相でもなかった。齢の頃は四十位、痩せぎすで、鋭い形の鼻をしていた。泣いていたか、悪い風邪でもひいたような様子だった。おれが九時に店を開けたとき、彼女はもう外に立っていた。家に置く雑貨がいくつか欲しいので見せてもらえないかと言われたよ。店内をくまなく、えらく念入りに歩き回っていたっけ。探し物に慣れているという感じだったな。二十分ほどかけて、目当てのものを見つけた。銀のフレーム、卓上ラジオ、オニキスのペンと鉛筆のセット。しめて四十八ドル五十セント。掘り出し物だ」

「今朝の新聞を読んだかい？」

「おれは四人の子持ちでね」ディヴァインは言った。「四人もガキがいると、新聞なんぞ、夜になって連中が寝静まるまで読めないものなのさ。どうしてだい？」

ミーチャムは問いかけを無視した。「女が買った品物を持ち込んだやつのことは覚えているだろうね」

「もちろんだ。両人とも覚えているし、帳面にも書き付けてある。前から出入りしている若い男だ。いくつか質入れするときもあれば、昨日みたいに売っ払うだけのときもある。名前はデズモンド。デユアン・デズモンドだ」ディヴァインは束の間、ミーチャムの顔を凝視した。「どうせ偽名なんだろう？　そんなことだろうと思ってた。本名は？」

「アール・ロフタス」

「なんだって、いきなりそいつに興味を持つんだ？　死んだか何かしたのか？」

「彼は拘置所にいる」

「そりゃ、本当か？」ディヴァインの態度に動じた様子はなかった。「ま、ようするに自業自得ってことだろうよ。やつの質草を買った女は誰だ？」

「あんたは承知していると思ったけどな」ミーチャムは皮肉な薄笑いを浮かべて言った。「マンデルヘイムの愛人さ」

ディヴァインは小娘のように顔を赤らめた。「いや、勘弁してくれよ。いまいましい」彼はドアまでミーチャムについてきた。「おれがデズモンドから——ロフタスから買った品だが——盗品じゃないだろうな?」

「違う」

「それを聞いてほっとした。どうして女ははしから買い戻したりしたんだろう」

「もしかするとロフタスに戻してやるためかもしれないな」あるいは、彼を思い出すよすがとするために。ミーチャムは心の中で付け加えた。彼の脳裏に、ロフタスの部屋に座り、両手に顔を埋め、無言で嘆いていた女の姿がよみがえった。「フレームに写真は入っていなかったのか?」

「あったとも。六十がらみのきれいなご婦人だったよ、白髪の。最初、おれはロフタスの母親に違いないと思った。それで写真を出してとっておかなくていいのかと尋ねたんだ。そしたら、彼はいらないと答えた。そこで、母親じゃないんだなと思ったのさ」

「母親だったらしいな」

「そりゃあ、妙な話じゃないか、え? 男は自分のお袋の写真はとっておくもんだ」

確かに妙だった。とりわけ、ロフタスのような、母親思いの息子の場合には。「あんたは写真をどうした?」

「捨てちまったさ。ピンナップじゃないんだ、ほかにどうしろって?」

「どこに捨てたかぐらいは思い出せるだろう?」

「もちろんさ。炉にくべて、他のごみと一緒に焼いちまったよ。よくある普通の写真だったんだ、普通の女の。あとで誰かが欲しがるなんて思うわけないだろう。そもそも、なんで欲しいんだ?」

「欲しいわけじゃない。ただの好奇心だ。なぜロフタスがそれをとっておかなかったのか知りたくてね」

「きっとお袋さんに腹を立てていたのさ。おれもお袋には苛々させられるからな」

「あんたの言うとおりかもしれない」ミーチャムはドアを開けた。店内のかび臭い空気のあとだけに、冬の風が新鮮で清潔に感じられた。「いろいろ助かったよ」

「そいつはよかった。またどうぞ」

「そうするよ」ミーチャムは通りに足を踏み出し、コートのボタンをとめながら、風にかたかたと鳴る陳列窓の正面に佇んだ。店内を振り返ると、枝編み細工のベンチに戻ったディヴァインが、古びたショットガンを膝に置いて座っているのが見えた。

第十章

保安官のオフィスからロビーを挟んで向かいにある小部屋にロフタスはいた。彼ひとりで置かれているが、拘束はいっさい受けていない。もっとも、外の廊下には警官がひとり見張りについていた。

ミーチャムはその警官とは顔見知りだった。名前はサミュエルズ。定年を間近に控え、膝にも足にもがたがきている。おまけに数時間も続くことのあるしゃっくりの発作にも悩まされていた。サミュエルズがしゃっくりを始めるたびに、同僚たちは手の込んだ、ときには面白おかしいやり方で驚かせてとめようとするのだが、どれも効いたためしはない。

「やあ、サミュエルズ」ミーチャムは言った。「調子はどうだい？」

「ひどいもんさ。ちょうどいいときに来たな。中にいるあんたの坊やはこれから連れていかれるところだ」

「どこへ？」

「医者が入院させるべきだと言ってね。で、手続きがすみしだい、おれが郡立病院へ移送する手はずになっている」

「その前に彼と話がしたい。ドアは閉めてもかまわないだろうね？」

サミュエルズは肩をすくめた。そのすくめ方が、ここのすべてのドアが閉められようが建物全体が吹き飛ばされようが自分の知ったことではないと、壮大なまでに雄弁に語っていた。

ミーチャムは部屋に入ってドアを閉めた。かなり狭い部屋だった。備品といえばトランプ用のテーブルと折りたたみ椅子が三脚——それも種類はばらばら——、床置きのスタンドに、ばねが二か所壊れた長椅子、裂けてすり切れた革張りの回転椅子ぐらいだが、そのどれもが他の部屋やオフィスからお払い箱になったものらしかった。窓のない壁に並んだ写真も例外ではない。デトロイト・レッドウイングス（デトロイトを本拠地とするプロアイスホッケーチーム）、エイブラハム・リンカーン、一艇のヨット、ディジー・ディーン（一九三〇年代に活躍したアメリカ・メジャーリーグの野球選手）、名もなく記憶もされていない、数多の行政官、裁判官、警官たち。

ロフタスは折りたたみ椅子のひとつに腰掛け、天井にある換気扇を見上げていた。思いつめた、懇願するような眼差しで、それらはまるで換気扇の向こうの空と、その空の向こうの、彼を待ち構えている無限の穴に向けられているかのようだった。

ミーチャムは呼びかけた。「ロフタス？」

ロフタスは軽いうめき声を上げた。夢から醒めつつある人間が抗うときのような声だった。

「遅くなってすまなかった、ロフタス。気分はどうだい？」

「ぼくはずっと祈ろうとしていたんです。でも心がそうさせてくれない。ぼくの心はずっと飛び続けて、宇宙を飛び回っているんです」ロフタスは顔を下ろし、ミーチャムと視線を合わせた。「彼らはぼくをここから連れ出そうとしている。きっと死ぬんですよ」

換気扇が翼のように回転した。

「いや。それは思い違いだ、ロフタス。コードウィンクは病院ならきみがもっと快適に過ごせると考えているんだ。病気の手当ても受けられるし、食事もずっとましだからね」ミーチャムの口調はあまりに熱心すぎた。今となってはもう看護も快適な生活も手遅れであり、食を受けつけなくなった人間に食べ物は役に立つまいという思いを隠そうとした結果だった。

「病院には行きたくありません。お願いです。行かせないでください、ミスター・ミーチャム」

「彼らはきみに最善なことをしているんだ。その邪魔はできないよ」

「何が最善なものですか。ぼくはあの空気が大嫌いだ。病気の匂いが。ぼくは――いえ、行きますよ、もちろん。行きますとも。選択の余地はないんだから」ロフタスは足元のスーツケースに目を落とした。ミーチャムはその時初めてスーツケースの存在に気づいた。「今朝、エミーが会いにきたんです」

「ミセス・ハーストが？」

「ええ。彼らはエミーを中に入れませんでしたが、持ってきた物はぼくに渡してくれました。服とかラジオとか。どうやってエミーはこのラジオを手に入れたんだろう。ぼくは昨日売ってしまったのに」

「今朝、ディヴァインから買い戻したんだ」

「エミーが？　どうしよう！　あの名前を見つけたに違いない、ぼくが――ぼくが使った」

「多分そうじゃない」ミーチャムは言った。「ぼくは見つけたがね」

「デュアン・デズモンド。大の男の名前としてどう思います？　おかしいでしょう？　なんでまた、こんな名前を思いついたんだろう。デュアン・デズモンド。くそっ！」ロフタスはちゃちなトランプ用テーブルを拳で叩いた。蝶番のついた脚が折れ曲がりテーブルが傾いたが、倒れまではしなかった。ロフタスはかがみ込んで蝶番をまっすぐに直した。いささか自分を恥じているようだった。「エミーには話さないでください」

「話す理由がない」

「エミーに見つかってはいけないんだ。彼女はぼくが馬鹿者だということを知らないんだから」ロフタスは両手で頭を抱えた。その両手の指の付け根に歯の噛み跡があるのをミーチャムは見た。古びたスタンドのぼんやりした黄色い光のもとでさえ、それらが歯の跡であることは明らかで、そのうちの一か所からは血が滲んでいた。見た目は他の血とまったく変わらない。しかしミーチャムはこの血が毒液であり、ロフタスが拳を噛みながら悶々と過ごした長い夜が、より長い夜の始まりでしかないことを知っていた。

ミーチャムは途方もない無力感に襲われ、胸が締めつけられそうになった。彼はロフタスと心を通わせたかった。同情と友情の気持ちを伝えたかった。だが彼が知る言葉は、死を目前にしては他のどんな言葉も不適当であるのと同じく、むなしく意味のないものだった。ミーチャムは生まれて初めて信仰を意識した。彼とロフタスが互いに心を通じ合うには、第三の存在、すなわち魂の通訳者の助けを借りるしかないのだ。

ロフタスが不意に顔を向けた。「ぼくのことを調べにディヴァインの店に行ったんですね、ミスター・ミーチャム」

「きみの部屋から消えた品がどうなったのか、突き止める必要があった。人にやったにせよ、質に入れたにせよ、売ったにせよ」

「それがそんなに大切なことですか?」

「重要なことだ。コードウィンクは疑っている——あるいは疑っていた——誰かがきみに金でマーゴリスを殺させたと」

「あなたも同じ考えなんですか?」

「いや、ぼくはきみがディヴァインに質入れしたのは、手持ちの金が尽きたからだとにらんでいる。もしそうなら、明らかに金は支払われていない」

「訊いてくれればぼくからそう答えたのに」

「確かに。きみはなんでも好きなように言えるが、必ずしもそれが真実とは限らない」

「あなたはぼくを嘘つきだと思っているんですか、ミスター・ミーチャム」ロフタスは不安げに言った。

「きみは人間だ」

「こんなふうにぼくのことを調べ上げたって、なんにもなりませんよ。ぼくはお情けなんか望んじゃいない。罪を犯した人間として、喜んで罰を受けるつもりです。でもこうした詮索は——この不要な……」

「きみの言葉は、行動による裏付けがない限り、証拠とはならない」

「それはわかります。でもあなたが何を見つけようと、エミーには教えないでほしい」

「何を見つけると言うんだ?」

ロフタスは答えなかった。そして再び血の滲んだ指を噛み始めた。

「彼女はきみにとても好意を持っているんだな、ロフタス」

「ええ、そうです。きっとそうだと思います。ぼくは……その……。あなたが昨夜エミーと話したとき、ぼくのことをなんと言っていましたか?」

「褒めちぎっていたよ、もちろん。きみがどれほどやさしくて思慮深いか。それから、きみの過去の話もほんの少し」

　足音がドアの向こうの廊下を通り過ぎた。遠く、かすかに聞こえる音だった。

「自分が価値のない人間だと認めるのはつらいことです」ロフタスは言った。「でも、今は認めています。ぼくの人生には意味も目的もなかったし、満足した覚えもありません。ぼくは生まれてくるべきじゃなかったんです。父は子供を望んでいなかったし、母はぼくを重荷に感じていました。すべてが最初から最後まで間違いだったんです。ぼくは死ぬ瞬間が怖い。怖くてたまらない。でも、逝ったらほっとするだろうな。あなたは詩は読みませんか、ミスター・ミーチャム」

「いや」

「イェーツが用いた文句があるんです。手帳に書き留めておいたんですが」ロフタスはシャツのポケットから小さな黒い手帳を取り出し、ページをめくった。どのページも上から下まで文字でびっしり埋まっている。あまりに小さな文字なので、裸眼で読み取るのは無理かと思われるほどだった。ミーチャムにはこれがロフタスの生まれつきの筆跡なのか、それとも小さな手帳に少しでも多く書き込もうとした結果なのか、わからなかった。

「ほら、ここです」ロフタスは言った。「正確な意味はわかりません、文脈からはずれているので。でも、このところずっと頭にひっかかっているんです。『この忙しなく愚か極まりない世間という豚と、その豚から産まれた、見た目は堅固な子豚らは、心が主題を変えるだけで、たちまち消え失せるに違いない』」

「『忙しなく愚か極まりない世間という豚』」ロフタスは長い間嚙みすぎた種を吐き捨てるような口調で言った。「言い得て妙だな。ぼくは喜んで去りますよ」

ロフタスは再び黙り込んだ。部屋の中の物音は換気扇の回転音だけとなった。もっとも、音と動きの気配はあった。まるで閉ざされたドアの外では多くのことが起きているかのように。愚か極まりない出来事が。

ミーチャムは言った。「なぜきみはぼくにここへ来るように頼んだ?」

「あなたを雇いたかったからです。いえ、弁護してほしいんじゃありません、必要ないですから。ただ、些細なことですが二、三、自分では始末できない問題があって。それを代わりにやってほしいんです」

「問題というのは?」

「ぼくには少しばかり蓄えがあります。車と、他にもいくつかちょっとしたものを売ったので。全部で七一六ドルになりました。それを母に渡したいんです」

「その金はどこに?」

「エミーがあなたに渡してくれるはずです。手紙の包みの真ん中に挟んだ封筒に入っています。あなたの手数料がいくらかは知りませんが、それを差し引いた残りの金と手紙を母に届けてください。全部、母からの手紙なんです。ぼくがこちらに来た時に母が書いて寄越したものです。母に……」ロフタスは口ごもり、両手を結んだり開いたりした。「母に手紙を読み返すように伝えてください。一通一通、全部目を通して、そして……。いや。いや、何も言わないでください。手紙は母の好きなようにさせてください。どっちみち、手遅れなんだ。金だけ渡して、しばらくの間、どこかよそへ移るように伝えてください」

「どうして?」

「母には無理です、現実を直視するのは。遠くへ行ったほうがいいんです。朝刊に母の住所が載っていましたが、あれはよくない。きっと記者に追い回されるでしょう。それに――その、キンケイドは狭くて薄情な町ですから」

「きみの伝言は伝えるよ。町を出るようにお母さんを説得できるかどうかは保証しないが」

「やるだけやってみてください。今、母の住所を書き留めますから」

「それには及ばないよ。朝刊を見たからね」ミーチャムは言った。彼は住所を覚えていたが、それは新聞ではなく、ロフタスのスーツケースに貼ってあった鉄道小荷物の送り状を見たからだった。〝依頼主、ミシガン州キンケイド、オーク街二三一番地、ミセス・チャールズ・E・ロフタス　届け先・ミシガン州アルバナ、ディヴィジョン街六一一番地、ミスター・アール・ロフタス　内容品、五十ドル相当〟。

「これ以上お願いするのはずうずうしいとわかっていますが、ミスター・ミーチャム。できれば今日中に訪ねていただけませんか。誰よりも先に母のところへ――ほんの五十マイルほどの距離なので……」

「今日、行こう」

「助かります」ロフタスは片手をトランプ用テーブルに、もう片方の手を椅子の背について体を支えながら、ぎこちなく立ち上がった。「心から感謝します」

「なぜきみはお母さんの写真を手元にとっておかなかったんだ、ロフタス」

「ひとりになりたかったんです。写真一枚ない、完璧なひとりに。あなたには理解できますか？」

「ひとりになるのはよいことじゃない。いざというときには身寄りが頼りになるものだ。お母さん以外に身寄りはいないのかい？」

「かつては妻がいました。彼女はぼくのもとを去り、離婚しました。ぼくには彼女を責められません。大柄で力強く、健康的な女性でした。少なくとも、あの頃はそうだった。もう長いこと会っていませんが」

「お母さんがきみに会いにここに来るかもしれないとは思わないのかい？」

ロフタスは力なく肩をすくめた。「母は来ませんよ。いや、来たがるとは思いますよ。計画まで立て、きちんと荷造りをして、準備万端整えてね。バスターミナルまでだって来るかもしれない。それから神経をなだめるためにほんの一杯飲むんだ。あとはお察しのとおりです」

「ああ」ミーチャムはロフタスが部屋に残した、アルコール依存症に関する大量の本を思い出した。

「母はひどく酒を嫌っていました。五十近くになるまで一滴も飲まなかったんです。その頃には父は母を捨てて家を出ていました。ある日、母は外出して、気を静めるためにワインをひと瓶買いました。たちまち効果が現れました。たったひと口飲んだだけで、酔っぱらってしまったんです。もともと大酒飲みだったのを、三十年近く経って初めて知ったわけです。その瞬間、母の前から世界は消え失せました。それ以来一度も見ていないのです。この先も二度と目にすることはないでしょう」

「なるほど。しかし治療法はあるはずだ」

ロフタスは首を振っただけだった。

「もしきみが望むなら、ぼくが責任をもってお母さんに訪ねてきてもらうが」

「いいえ、せっかくですが」ロフタスはやんわりと断った。「誰にも会いたくありません」

廊下側のドアが開き、サミュエルズが入ってきた。ベルトに固定した革ケースから手錠を取り出し、かちゃかちゃと音を立てながらいじっている。ジェニングスが鍵環をいじっていたのと同じで、理由も同様だった。退屈していたし、少し決まりが悪かったのだ。

「もういいかな、ミスター・ミーチャム。命令に取り掛かるように言われたんだが」

ミーチャムはロフタスに視線を向けた。「これで全部かい?」

「そのようです」ロフタスは答えた。

「もし他に何か起きたら、知らせてくれ。さっき話し合った用件がすんだら、結果はどうであれ、また会いにくるよ。多分、明日朝早くにでも」

「お願いします」

「エミーにはこれからすぐ会いにいく」

「心配しないようにと伝えてください。万事うまくいくからと」

「そうするよ。それじゃ、がんばってくれ」

ミーチャムは窓のない小部屋の戸口に立ち、手錠でつながれた二人の男が歩調を合わせてゆっくりと廊下を遠ざかっていくのを見送った。それから不意に踵を返し、別方向に向かってできるだけ足早に歩き、裏口から外に出た。

正午だが、太陽の姿は見えない。黒々と広がった空が、煤けた町に重く垂れ下がっていた。いつの日か吹き飛んでしまう、傾いたテントの屋根のように。

ミーチャムは信号の色が変わるのを待った。一台の車が黄信号を走り抜け、あやうく別の車の横腹をかすめそうになった。双方の運転手が閉まった窓から無駄な罵り合いを始めた。自分の家の戸口という安全な場所から脅し文句を喚く少年のように。ひとりの女がスーパーマーケットから出てきて、おぼつかない足取りで泣きながらついてくる子供の腕をぐいぐい引っ張り、通りを横切った。松葉づえをついた老人は凍った歩道を曲がり角までのろのろ進んだあと、猛スピードで行き交う車を憎悪と恐怖の目でにらみつけた。

ミーチャムの喉に苦々しさが込み上げた。世間という豚。愚か極まりない世間という豚。

第十一章

呼び鈴を鳴らすと、すかさずエミー・ハーストがドアを開けた。まるでずっと玄関口に控え、小窓に掛かったレースのカーテンの陰から外を窺っていたかのように。それも決して来るはずのない誰かを待って。その目は両方ともかなり腫れていて、人間の目というより、一対の火膨れのようだった。彼女はそれで痛みが和らぐとでもいうように、片手で喉をつかみながら口を開いた。

「あの人にお会いになった?」

ミーチャムはうなずいた。「ええ」

「わたしも面会に行ったんです。でも会わせてはもらえませんでした。わたしには権利がないと言うのです。権利がないと」ミセス・ハーストはドアにしがみついて体を支えた。長身で強靭だった女は、たった一日でその強さを使い果たしていた。

「ロフタスは病院へ移されたんですよ」ミーチャムは言った。

「そこならあの人はよい治療を受けられる。そうですよね?」

「もちろん」

二階の一室から爆笑の渦が沸き起こった。

ミセス・ハーストはそわそわして階段に目をやった。「お入りくださいとは言えません、わたし

――今ちょっと手が離せないのです。片づけなくてはならない仕事がありますので」

「どのみち、お邪魔はできません。こちらに伺ったのは、ロフタスにあなたから手紙の包みを受け取り、母親のもとへ届けてほしいと頼まれたからです」

「お母さん」ミセス・ハーストは低い声で言った。「いつだってお母さんなのよ。彼女はあの人の首に括り付けられた重石なんです。そうやってあの人を溺れさせようとしているんだわ。彼女はまるで……。ええ、手紙なら預かっています。台所に置いてありますわ。今、取ってきますから」

ミセス・ハーストは玄関ホールを通り、スイングドアから台所に入っていった。ミーチャムの耳に彼女が驚いて短く叫ぶ声が聞こえた。「どうして――あなたは階上《うえ》にいると思っていたのに」

「ところが階上にはいなかったのさ。それがどうしたってんだ、え?」

ドアの揺れがとまり、重厚なオーク材に音を封じ込めながら、元の位置に収まった。しかし女の短い悲鳴のほうは、煙でできた疑問符のようにしばらく宙に浮かんでいた。それも次第に崩れて消えた。

ミーチャムは胸騒ぎを覚えながら待った。玄関のドアはまだ開いている。彼はそれを閉めなかった。ミセス・ハーストがわざと閉めずにいったと感じたからだ。風がホールを吹き抜け、階段をのぼっていった。行きがけに、レースのカーテンや、旧式のラックに掛かったコートやセーターを勢いよく揺らしながら。ラックのそばの床には何足ものゴム長靴やオーバーシューズに加え、履き古したスケート靴、両側にインクでクリボスキという名の書かれた片方だけの運動靴などが散らばっていた。

ミーチャムは腕時計に目をやり、それから幾度も聞こえよがしに咳をした。ほどなくして再びスイングドアが開き、ミセス・ハーストが茶色の包みを脇に抱えて戻ってきた。足取りがかすかにふらついている。まるで包みの中と彼女自身の身体の中の両方に、平衡を失わせる重いものでも入っているようだ。

ミセス・ハーストはミーチャムに包みを突きつけた。軽い包みだった。「さあ、早く行ってください。早く！」

「わかりました」ミーチャムは答えた。だが少し遅すぎた。ひとりの男が台所から出てきたのだ。大きな赤ら顔に金髪。ホールを隔てた距離から見ると、かなり貫禄があり、体格も立派だ。しかし近づいてくるにつれ、開いたドアから射し込む光が高性能のカメラのようにその実態を暴いた。体は肥満し始めていたし、顔には優柔不断と自信喪失からくる皺が走っている。野心を捨て、人生を投げた顔だ。淡い色の瞳は、翼を休めるための海藻を探す海鳥のように始終落ち着かなく動いていた。彼はミーチャムがよくあるタイプと見なす連中の一人だった。知性と感情が成熟した体に永遠に追いつけない、大きな少年だ。年月とともにギャップは広がり、性格は偏狭になる。齢は四十半ばというところだろうか。

男が近づいてくると、ミセス・ハーストはゆっくり顔をそむけた。口を開いたときも、どちらの男のほうも見ようとせず、まるで視線の先の、油汚れで黒ずんだユリの壁紙に話しかけているようだった。

「こちらは主人のジムです」

「おい、あんた、一体全体、どうなってるんだ？」ハーストは言った。「どういうことだ？　わけありげな包みがあるかと思えば、家におまわりが来て、エミーは泣きわめいてる。亭主なら知る権利があるだろう？」

ハーストはわざとらしくネクタイを引っ張った。着ているチェックのスーツは腰回りがややきつく、短すぎる袖から手首がはみ出ている。成長期の少年の繊細でほっそりした手首とは違う、ふさふさした金色の毛のはえた分厚い手首だ。態度、服装、表情、そのすべてが、長年に渡ってしくじり続けてきた男の雰囲気に拍車をかけていた……思い出せないほどあちこちで、思い出せないほど多くの職に挑んでは投げ出してきた、何をやらせてもうまくいかない男の雰囲気だ。

「おや？　おれ以外、誰も何も喋ろうとしないじゃないか。まあ、いいさ。おれには言いたいことが山ほどあるからな。訊きたいこともだ」

「黙って、ジム」ミセス・ハーストが顔をそむけたまま言った。

「やれやれ、黙れだとさ。首を突っ込むなというわけだ。多分、それがよくなかったんだな。おれは自分のことだけにかまけてきた。物事に目をつぶってきた」ハーストは妻を見た。「えらく妙なことにもな、え、エミー？」

「お黙りなさい」ミセス・ハーストは冷ややかに繰り返した。「この人は警官じゃないわ、弁護士さんよ。それに、その包みは……。ああ、ミスター・ミーチャム、主人に教えてやってください、包みの中身を。わたしが言ってもどうせ信じやしませんから」

「中に入っているのは手紙ですよ」ミーチャムは言った。「ロフタスの母親が彼宛てに書いたものです。わたしは彼の頼みで母親に返しにいくところです」

ハーストは失望の表情を浮かべた。「ただの古手紙の束だってのか？」

「そうです」

「そいつの価値はただの感傷だけだと？」

「ええ」ミーチャムは封筒の一通に入っている金の件にはふれなかった。ハーストが知ればひと騒動になるのは目に見えている。しかも、それはあながち理不尽な騒動ではない。なにしろ包みは彼の家の台所に置かれていたのだから。そもそもミーチャムにはロフタスの代理人としての権限はない。それどころか、包みがロフタスの所有物だという証拠さえないのだ。

しかしハーストはすでに包みには興味を失っていた。彼は自分の妻を見つめていた。その目は絶えず動きながらも、常に彼女を視界に入れていた。「またえらく感傷的な野郎だったよな、ロフタスは。感傷なんてもんは残念ながらおれには無縁だが、ご婦人方はそこにまいっちまう。それにやつの態度や話し方ときたら、普通の男を能無しに感じさせるような、一風変わったものなんだ。おれは能無しなんかじゃない。おれはダイヤモンドの原石なんだ、本当だぜ。ただそれを磨いてくれる人間に巡り会わないんだ。な、エミー？」

「あなたが町の外にいるときに何をしているかなんて、わたしにはわからないわ」ミセス・ハーストはきっぱりと言った。「興味もないし」

「仕事だよ、仕事。それがおれのやっていることだ。おれはな、働いているんだよ」ハーストは自らの言葉で勢いづいたらしく、不意に生き生きとして、ミーチャムに向き直った。「ちょうど今、うちで開発した新製品を売り出しているところでね。合成洗剤なんだが、業界でも最高の品、名前は〈ノースクラブ〉だ。おれは市外での宣伝業務を任されている」

「玄関先を回って無料の試供品を配っているんでしょう」相変わらず、妻の口調には取りつく島もない。嘘を重ねる幼い男の子を正す教師のようだ。

「そのとおりだよ。上等じゃないか、たいした言い草だな。それに引き換え、ロフタスのやつにはやけにやんわりした言い方しかしないんだから妙な話だぜ。一人前の男の仕事もしないで本ばかり読んでるっていうのによ。本と甘ったるいお喋りと……」

「一人前の男の仕事。二年間かけて、試供品を配り歩く仕事を覚えたってわけね」

ハーストの顔色が紫に変わり、今にも妻に殴りかかりそうに見えた。最初のうちこそ、彼は自分の立場と権利を確信し、堂々としていた。しかしその瞬間は過ぎ去った。彼の怒りは他の感情同様、完全には発達していなかったのだ。怒りは彼自身に矛先を変え、その結果、自らが犠牲者となってしまった。

「製品が評判になるまで待ってくれ」ハーストは言った。「少しだけ待ってくれ」

「わかったわ、ジム」

「おれは宣伝部長になるんだ。ウェーバーが約束してくれた」

「わかったわ、ジム」

「わかったわ、ジム。わかった、ジム。わかったわよ、ジム」ハーストは新たな怒りと積もり積もった絶望とで首を振った。「ちくしょう、おれを褒めろよ、エミー。本物の女房らしく、褒めてくれよ」

「あんたはおだてればおだてるほど、すぐにしくじるじゃない」

「やつのことは褒めそやしてたじゃないか。ふた言目には、アール、アール、アール、あなたはすばらしいわ」

「わたしは一度だって彼にすばらしいなんて言った覚えはないわ」

「言ったさ。この耳で聞いたんだ」

「戸口で立ち聞きするような人にはどんなことでも聞こえるんでしょうよ。聞こえなければでっち上げるんだわ」

「立ち聞きするまでもない。家中のそこかしこ、おれの鼻先であったことなんだから」ハーストはミーチャムに視線を転じた。「どう思う、え？　家に男を連れ込んで、親切三昧、まるで自分の……」

「あなたはひと言だって彼に情け深い言葉をかけてやることはなかったわ」ミセス・ハーストの視線は再び壁紙に向けられていた。「ただのひと言も」

「もうたくさんだ、いい加減にしてくれ。やっと握手して、おれに能無しの老いぼれみたいな気分になれって言うのか？」

「学校を卒業してからというもの、わたしにはずっと友だちと呼べる人がいなかったわ。男だろうが女だろうが、ひとりも。わたしにとってはアールがそういう存在だったのよ、友だちよ」

「おれもたいがい世の中を見てきたが、ひとつ、わかったことがある。男と女の間には友情なんてものは存在しないんだ。そんな話は見たことも聞いたこともない。人間の本質に逆らったことだからな」

「あなたの本質にとってはそうかもしれないわね。でも……」

「誰にとってもだ！」

「大きな声を出さないで。学生たちに聞こえるわ」

「聞かせておけばいい。ひとつふたつは学ぶことがあるだろうよ」

「さしつかえなければ」ミーチャムが割って入った。「わたしはそろそろ失礼します」

二人とも一顧だにしなかった。リング上のボクサーのように、相手だけに没頭している。夫も妻も、それぞれ互いの弱点と一瞬の隙にのみ意識を集中していた。

ミセス・ハーストは傷つきやすい場所を守るように、胸の前で腕を組んでいた。「あなたはわたしのどこを責めているの？　言いなさいよ」

「言うとも」

「じゃあ、どうぞ。ここにいるミスター・ミーチャムの前で言いなさい。彼は弁護士さんなんだから」

「ああ、言ってやるとも。たとえこいつがトルーマン大統領だろうとかまうもんか」

「ほら、何をためらっているの？　おっしゃいよ、さあ」

「やつはおまえの愛人だったんだ」ハーストは言った。「あの取るに足りないクズ野郎はおまえの愛人だったんだ」

「ばかな人」ミセス・ハーストはささやくように言った。「救いようのないばかだわ」そして壁に額を押しつけながら、さめざめと泣き始めた。腫れた目から涙がこぼれ、壁紙の油じみたユリに飛び散った。悲嘆と拒絶の表れのように、頭が左右に揺れている。

「エミー？」

「あっちへ行って」

「じゃあ、おれの思い過ごしなんだな？　え、エミー？」

「あなたは何を考えているの？　病人を――死にかけている人を――いったい――何を――考えて――」

「おれは――その……」

ハーストは哀れなほど心細い顔をしてミーチャムを見た。母親を泣かせてしまった少年が、なんとかして彼女が泣きやみ、すべてが丸く収まる方法を探しているかのようだった。

「エミー?」ハーストは妻の肩におずおずと手をかけた。「悪気はなかったんだ、エミー。わかってくれるだろう、つい言いすぎちまうが、おまえの髪の毛一本傷つけるつもりはないんだ。ただ、おまえがおれに正直になってくれさえすれば、エミー。おれはそれだけでいいんだ」

ミーチャムは包みを脇に抱えてドアを出た。二人はそれにかまうどころか、気づきもしなかった。

外を吹く風は爽快だったが、ミーチャムの胸は喉まで重苦しい感覚で塞がり、息が詰まりそうだった。朝から方々で見続けてきた人生の断片は、飲み込んでしまうにはあまりに鋭く、固かった。

第十二章

国道十二号線はアルバナからキンケイドへ、平坦な田園地帯を真西に貫く五十マイル余りの直線道だった。もっとましな状況のもとであれば、一時間程度の道のりだろう。しかし大型トラックと悪天候により道が悪いうえ、ジャクソンを過ぎた辺りで雪が降り始めた。ぼた雪がフロントガラスに糊のようにはりつくので、ミーチャムは数分ごとにスピードをゆるめ、ワイパーをより早く強力に切り替えなければならなかった。

キンケイドに到着したのは五時で、街灯が灯っていた。すでにクリスマスの飾りつけをすませた家もある。色とりどりの豆電球のコードがポーチにのび、ドアには松かさと緑の枝が取りつけられていた。店も通りもにぎやかで、人々は雪が降って生き返ったかのように楽しげだった。

目指すオーク街は難なく見つかった。町の中心部に位置し、信号地点で幹線道路と交差している。

二三一番地は二階建ての、白煉瓦造りのアパートメントハウスだった。近くのスラム街からすさんだ空気が伝わってくる。ミーチャムは車を停め、茶色い包みを小脇に抱えて、通りを渡った。建物自体は管理が行き届いており、玄関のドアにはクリスマスリースまで掛けてあった。赤いセロファンのベルが模造のモミの木の枝と赤いロウソクでできた木の実に囲まれている。雪が降っているせいでモミも木の実も本物そっくりに見えた。

こぢんまりしたロビーには鍵のかかった郵便受けが並び、壁には地下室を示す黒い矢印と管理人室の標識があった。三番目の郵便受けはロフタスの母親のものだった。〝ミセス・C・E・ロフタス、五号室〟。

ミーチャムは廊下を進んだ。カーペットは古びてはいるものの清潔だった。そのうちペンキの匂いがつんと鼻を刺した。住人の中にレタリングの才のある者がいるに違いない。壁の至るところに、念入りに仕上げられた案内指示がある。一号室から五号室はこちら⇒⇒。廊下内禁煙。夜十一時以降はラジオの音量を下げてください。勧誘お断り。夜間用ベルの使用は必要時のみに願います。夜間用ベル↓↓。

五号室のドアのすぐ外の壁には消火器が設置されていた。ミーチャムはブザーを鳴らし、三十秒ほど待った。それからもう一度、二回鳴らした。返事はなかった。彼はロビーに戻ると、管理人室の矢印に従って、地下室への階段を降りた。

管理人室のドアの外では、中年過ぎの小柄な男が、ノブの回りにマスキングテープをはっていた。ひさし付きの帽子をかぶり、はねの散った作業服を着ている。男は完全に膝を曲げた姿勢でしゃがんでいたが、ミーチャムの足音を聞くと、一瞬たりともバランスを失うことなく振り向いた。その背中は板のようにまっすぐだった。

「なんのご用でしょう」

「管理人さんですか?」

「ええ、そうです。ヴィクター・ガリノです」

「ミセス・ロフタスを探しているのですが。わたしはエリック・ミーチャムといいます。彼女の息子さん、アールの友人です」

縁なし眼鏡の奥のガリノの瞳が曇ったように見えた。「ほう、さようですか。アールはいい若者です。もうミセス・ロフタスのところはお訪ねになったんですね？」

「はい」

「さあ、どうぞ中へ。中へ入ってください」ガリノがドアを開け、ミーチャムは彼の先に立って小さな居間に入った。部屋には家具と小間物が詰め込まれていて、ろくに身動きも取れないありさまだった。電気ストーブのそばの箱でひと腹の子猫たちがニャアニャアと鳴いている。一方、母猫はどこか立腹した様子で箱の回りをぐるぐる忍び歩いていた。客を前にしたわが子らの行儀が気に入らないとでもいうように。「どうです、猫はお好きですか、ミスター・ミーチャム？」

「大好きです」ミーチャムはこれまで猫など好きでも嫌いでもなかったが、ふわふわした小さな体を見ていると、身のうちで何かがかき立てられるのを感じた。

「やあ、あたしは動物はみんな好きなんですがね、中でも猫ってやつは、そりゃもう、静かですばしこくて、食い扶持は自分で稼ぐんですよ。ここではいっさいネズミの苦情は出ません」ガリノは自慢げに念を押した。「ただの一度もね。どうぞ座ってください。そしたら、あたしも座れますので。ああ、このほうがいい。アールに頼まれて来なすったんですね。彼は元気ですか？」

「変わりありません」

「ああ、そうですか。さっきは……。奥さんのドアをノックした時、大きく叩きましたか？　ときどき、よく聞き取れないことがあるんですよ。眠りの深い人ですし」

「飲んで酔っぱらいますしね」

「そうです」ガリノは沈んだ声で言った。「奥さんはひどく酔っぱらうんです。あたしはしょっちゅう親鍵を使って奥さんの部屋に入り込まなくちゃならない。火事を出したりしないか確かめるためにね。奥さんには困っているんです。善良なご婦人ではあるが、やっぱり問題です」

「お察しします」

「あたしと家内がどうしてわかったかって言いますとね、焼却炉の件があったからなんです。ラムのボトルがね。からのラムボトルがしょっちゅうシュートから落ちてきて、厄介な状態になったんですよ。家内はミセス・ロフタスの仕業に違いないと言いました。あたしはそんなはずはないと答えました。あの凛とした気品のあるご婦人に限って、そんなことはありえない、ってね。結局、家内が正しかったわけです」ガリノの目は犬の目のように悲しげだった。「あたしはミセス・ロフタスのところへ行って、どうかラムのボトルをシュートに投げ入れないでくださいと頼みました。奥さんは即座に否定しました。本当にショックを受けたように演技して見せたんです。どうして、ヴィクター、奥さんは言いました。どうしてなの、ヴィクター、あんなもの、わたしが一滴も飲まないことを知っているでしょうに、上の階の若夫婦に違いないわ」

母猫が長椅子のガリノの横で丸くなり、まどろみながら喉を鳴らしていた。

「それ以来」ガリノは続けた。「もうラムボトルが焼却炉に捨てられることはありませんでした。奥さんはボトルを外に持ち出して、どこかへ捨ててくるようになったんです。あたしはよく奥さんがボトルでいっぱいになった紙袋を持って通りを歩いていく姿を見かけました。妙な光景でしたよ。奥さんみたいなきちんとしたご婦人がごみを捨てるために外を出歩くなんて。あたしも家内も後味が悪くてね。ボトルなんて、そう大騒ぎする問題じゃなかった、あのまま焼却炉を使わせてやればよかったと」

「そうかもしれませんね」

「今となっては手遅れですがね。もしあたしが奥さんのところへ行って、かまわないから焼却炉を使ってくださいなんて言おうものなら、奥さんはもうしらをきることができなくなる。いっさいの誇りを失ってしまう。そいつはうまくない。ともかく」――ガリノは両手を広げ――「奥さんはそんなにひどい厄介を起こすわけではないんです。家賃が滞ることもありませんしね。アールがあたし宛てに送ってきますから。それに奥さんは物静かな人だ。友だちを集めて騒ぐなんてこともない。人付き合いをしないんですよ。ときおり、食べるのも忘れるものだから、家内がちょっとした物を作って持っていくんです。ご承知のとおり、奥さんはそこらの飲んだくれとは違います。きちんとしたご婦人だが、背負ってきた苦労が多すぎた。世の中には不幸をばねに強くなる人もいる。でもたいていの人間は、小枝のようにポキンと折れて、壊れてしまう。それはその人たちの罪ではありません」

「どんな不幸でしょう?」ミーチャムは尋ねた。

「まず財産を失い、次にご亭主に捨てられたんです。ご亭主はある午後、奥さんが映画を見にいっている間に出ていきました。そのあと、息子のアールが家を出て所帯を持ち、奥さんはひとりになりました。一年近くひとりでいたあとに、アールが女房を連れて戻ってきて、五号室のあの部屋に三人で住むようになったんです。その生活はひとりで暮らしていたときよりひどいものでした。なにせ喧嘩の絶えるときがないんですから。もちろん、口喧嘩ですが、それはもう大声で口汚くてね。アールと女房の喧嘩のときもあれば、アールと母親だったり、母親と女房のときもありました。なんにつけても、喧嘩喧嘩の連続でしたよ」

「彼の妻の名はなんと言いましたか？」

「バーディーと呼ばれていました。ばかばかしい名前ですよ。彼女には鳥《バード》を連想させるところなどこれっぽっちもなかったんですから。大柄な女でね。アールより年嵩で、怒らせさえしなけりゃ、なかなか朗らかな性格でしたが……いかんせん、癇癪持ちでね、そりゃあ凄まじいんです。とはいえ、もし三人で同居する必要がなかったら、万事うまくいってたんだと思います。あるいは、女二人が互いにあれほど嫉妬し合わなければ。そうはいかなかったもので、バーディーは町を出ました——結局、彼女がここにいたのは一か月かそこらでした——それからほんのしばらくして、アールはバーディーから法的通知を受け取りました。どこか、よその州で離婚手続きをするっていうね。確か、ネバダだったかな」

「それはいつ頃の話ですか？」

「二年ぐらい前でしたかね。おやじさんのミスター・ロフタスのときと同じぐらい突然でしたよ。そのあとです、アールが変わり始めたのは。誰も彼が病気だとは気づきませんでした。ただ、前より無口になり、外出もいっさいしなくなったんです。最初、あたしたちはバーディーを失った悲しみのせいだと思ってました。そりゃあもう、彼女にぞっこんでしたからね。彼女のほうも、機嫌のいいときなんかは彼を赤ん坊扱いして、母親のように甘やかしていました。ミセス・ロフタスは決してアールを赤ん坊扱いすることはありませんでした。なにしろ、ある意味、奥さん自身が赤ん坊のような人ですからね。ええ、あたしたちはアールの不調は女房恋しさのあまりだと思ってました。しかし、彼はいっこうによくなりませんでした。ある日、彼は大学の図書館で調べ物をしたいと言って、アルバナに出かけました。昔から本の虫でしたからね。だが、それきり二度とここには戻ってきませんでした。

母親には手紙を寄越すし、ここの家賃も払うし、あたしたちとの関係も良好ですが、絶対に戻ってこようとはしないんです。多分、ミセス・ロフタスから聞いたのが本当の事情なんでしょう――病院で治療を受けるために、あちらに滞在しなければならないというね。でも、病院ならこっちにもあるんですがね。だから……」ガリノはそこでため息をついた。「いや、あたしとしたことが、すっかりつまらない噂話をしちまって。これも齢ですかね」彼は長椅子から立ち上がると、急に動いたのを詫びるように、手をのばして猫の頭を軽く叩いた。「ちょっと失礼して、ミセス・ロフタスが外出するのを見かけたかどうか、家内に訊いてきます」

ガリノが台所のドアを開けると、オイルとニンニクの豊かな香りがあふれ出て、ペンキの匂いを圧倒した。ミーチャムは子猫の箱に歩み寄り、そのわきに膝をついた。子猫たちは箱の隅で互いに折り重なるようにして、すっかり寝入っている。ミーチャムはそのうちの一匹に指先でそっとふれた。たちまち母猫がのっそりと近づいてきた。さりげなく、しかし警戒する風情を漂わせているところは、揉め事を起こしたくはないが、起きると見たら、その場から離れないつもりでいる警官を思わせた。

ガリノが戻ってきた。すぐあとから木綿の家庭着を着た、小太りの女がついてくる。亭主と違い、どう見てもイタリア人ではなかった。髪は明るい茶色で瞳はグリーン、きびきびした動きと話し方がいかにも短気そうだ。

最初に口を開いたのはガリノだった。「家内の話だと、やっぱりミセス・ロフタスは今朝早く出かけたそうです。食料品店に出かけたんじゃないかとこいつは思ったわけでして、ただ、また戻ってくると思ったもんだから……」

「わたしから話しますよ、ヴィクター」細君は言った。「そのほうが話が早いですからね」細君はちらりとミーチャムを見た。「奥さんのことはヴィクターからお話ししましたよね？」

「ええ」

「だったら、まあ、お聞きのとおりですよ。奥さんが出かけるとなったら、いつ帰るか、どうやって帰るかなんて、見当もつきません。帰ってくるのかどうかさえね。誰にもわかるもんですか。自分だってわかってないんですから」ガリノの細君はやや大げさとも取れる剣幕で腕組みをした。「一日中、外に出っ放しなんです。どういう意味か、あんたにはわかるはずよ、ヴィクター」

「ああ、ママ」

「この前のことを思い出して」

「ああ。ああ、覚えているとも、ママ」

「そろそろ奥さんを探しに行ったほうがいいんじゃない？」

ガリノは詫びるような眼差しでミーチャムを見た。「普段なら、自分の部屋でひとり静かに飲んでいるんです。でも、ときどき……」

「これがそのときどきなのよ」細君がぴしゃりと言った。「さあ、コートを着て、ヴィクター。奥さんを見つけてくるのよ。借家人は奥さんだけじゃないんだから。この前のことを忘れないで」

「この前、何があったのです？」ミーチャムはガリノに問いかけた。

ガリノは両手に目を落とした。「厄介なことになりましてね。逮捕されたんです。そのあと二週間、入院しました。病気だったんですよ」

「俗に言うアル中です」細君の顔つきがやや険しくなった。「さあ、急いで、ヴィクター」

「わかった、わかった」

「わたしも一緒に行きます」ミーチャムは言った。「とにかくミセス・ロフタスを見つけなければなりませんから」

細君は振り向き、冷めた目でミーチャムをじっと見つめた。

「なぜです?」

「渡すものがありますので」

「お金?」

「そうです」

ガリノはコートを取りに次の間に姿を消していた。「奥さんはそれを二日で使い切っちまいますよ」細君は声を潜めて言った。「ヴィクターは、わたしを意地が悪いと思っているんです。ええ、きっとそうなんでしょうよ。ただでさえ忙しいってのに、こんな余計な手間と心配をかけさせられて、あげく、一文の得にもなりゃしないんだから。不機嫌にもなるってもんですよ。だのに、ヴィクターは……。ふん、ヴィクターはあの奥さんを淑女だと思っているんです。そして、淑女ってものはそんじょそこらの酔っぱらいとは違うものだと。笑っちまいますよ、ヴィクターときたら、この国に来て二十年にもなるっていうのに、まだイタリア男みたいな考え方をしているんです。まだ淑女がどうのと言っているんです。人間《ひと》は人間《ひと》ですよ。みんな、ただの人間なんですよ」

帽子とコートを身に着けたガリノが戸口に立った。首には毛糸のマフラーを巻いている。「口数が多すぎるぞ、おまえさんは」彼はミーチャムに向かって付け加えた。「スコットランド女というものは嫉妬深くていけない」

細君の顔から血の気が引いた。「嫉妬! このわたしが、嫉妬深いですって!」

「ああ、そうとも」ガリノは歩いてきて、細君の額に愛情のこもったキスをした。「できるだけ早く帰ってくるからな」

「どうでもいいわよ」

「いれたてのコーヒーを用意しておいてくれ」

「世界中のお金を積まれても、あんたにコーヒーなんかいれませんからね」

「おまえに金を払うつもりはないさ」

「わたしが嫉妬深いですって。なんておかしなことを。とんだお笑い草だわ」

「すまないが、きれいなハンカチをもってきてくれるかね？」

細君はなおも小声でぶつぶつ言いながら、次の間に姿を消した。そしてハンカチを持って戻ってきたが、夫に手渡そうとはせず、戸口から彼めがけて投げつけた。ガリノはそれを片手で受けると、笑みを浮かべながら部屋を出た。ミーチャムは彼のあとについて階段を上がり、ロビーを抜けて、通りに出た。

ガリノはまだ笑顔のままだった。「いやはや、気まずい思いをなさる必要はありませんよ、ミスター・ミーチャム。あれは喧嘩じゃないんです。家内とあたしは結婚して二十一年になりますがね。あとで帰れば、コンロでコーヒーが湯気を立てていて、あたしは家内に愛してるよと言い、家内は自分がちっとばかし焼きもち焼きだってことを認めるんですよ」

「それだけのことだというわけですか」

「最初はそう簡単にはいかなかったですよ。だが、二十一年かけて、近道を作り出したんです。失敗しない方法をね」

「道の向こうに車を停めてあります」

「歩いていけますよ。奥さんの行き先ならいくつか心当たりがあるんです。ほんの二、三ブロック先です。でも、歩くのはお嫌いですか?」

「事情が違えば別ですが」

二人は通りを渡って、ミーチャムの車に乗り込んだ。

第十三章

　八時になってもミセス・ロフタスは見つからず、ガリノは空腹をつのらせて、帰宅したら妻になんと言われるか、気に病み始めた。

「これまでは必ず見つかったのに」ガリノはこぼした。「奥さんは他の連中みたいに、場所を変えて飲み歩いたりはしません。人見知りだしね。行きつけの店といえば、小さな酒場が二、三軒あるだけです」
　二、三軒の小さな酒場から始まった探索は、二十もの大小の酒場に広がっていた。しかしミセス・ロフタスを見た、あるいは見たと認める者はひとりもいなかった。
　ミーチャムは突然心を決め、次の角で車をUターンさせた。「家まで送りましょう、ガリノさん」

「いやいや。家内に言われたんです、奥さんを見つけてこいと。あたしは是が非でも……」

「二人して時間を無駄にすることはありません。それにこれはわたしの仕事で、あなたのじゃない」

　ミーチャムは言った。本音を言えば、ガリノは一緒にいて楽しい相手ではあるが、彼といると探索がはかどらないのだ。彼は町の全員と顔見知りらしく、いちいち立ち止まっては喋り、握手をして、妻子の具合を尋ねるのだった。まるで心の中により重要な問題を抱えながら、些細な事柄を忘れないように気を配っている遊説中の政治家のようだ。ミーチャムの苛立ちは天候や醜悪な小都市から、ガリノ夫妻やミセス・ロフタス本人にまで及んだ。なるほど彼女は同情すべき人物ではあるが、悲惨さも度が過ぎると重荷であり、迷惑になってくる。彼はミセス・ロフタスの話など耳にしなければよかったと思った。

「これはわたしの仕事ですから」ミーチャムは繰り返した。「あなたはできる限りのことをしてくれましたよ、ガリノさん」

「ろくに役に立たなかったですな」ガリノはふさいだ調子で言った。「あたしには他に心当たりがありません。奥さんにはもう友人もいないし」

「家まで送ります」

「実を言うと、胃が痛くてね。そう、それに猫たちも……あいつらの面倒を見てやらないと。それから暖房炉の件があります。灰を振り落さないといけないんだが、家内はそれがうまくできなくて、そうこうするうちに、住人から文句が出始める。部屋が暖まらないとか、お湯が出ないとか……」

ガリノの声は次第に細くなり、やがて途絶えた。ミーチャムがオーク街の方向へ左折する間、ガリノは居心地悪そうに堅苦しく座っていた。その背はほとんどシートに触れていない。車での移動に慣れておらず、次の角を曲がったらどんな災難が待ち受けているか知れたものではないと思っているようだ。

「奥さんを見つけられると思いますか?」ガリノは尋ねた。

「ええ」

「で、それからどうなります? あんたが奥さんを家へ連れて帰る、奥さんは眠りにつく、朝になれば、また一から同じことの繰り返しだ。来る日も来る日も変わらない。ときおり」ガリノは真顔で言った。「ときおり考えるんですよ。もう、どうにでもなれって」

ミーチャムは白煉瓦のアパートの正面で車を停めた。ガリノの細君が地下室の部屋の窓から外を覗いているのが見えた。ガラスに顔を押しつけ、背後の台所の光を遮るために、両手を双眼鏡のように丸めて目にあてている。車が停まり、ガリノが降りてくるのを見ると、罪の意識からか、すかさず頭を引っこめた。

「早く奥さんが見つかるといいんですが」ガリノは不安そうに言った。

「そうですね」

「奥さんが帰るのを見届けるまで、寝ないで待ってますよ。どこを探すつもりですか？」

「わかりません」ミーチャムは答えた。しかし、ほぼ確信はあった。縁石から車を発進させながら、彼はロフタスが母親について語った言葉を思い出そうとした。「来たがるとは思いますよ。準備万端整えてね。バスターミナルまでだって来るかもしれない……」。


バスターミナルは町の西側の小さな脇道にあった。狭い待合室の半分はベンチの列に占められ、もう半分は売店と軽食堂になっている。バスはちょうど出発したところか、あるいは乗客を乗せて待機中らしく、ベンチに座っているのは、男と十歳ぐらいの少女だけだった。男も少女もすっかり漫画本に夢中になっている。

ミーチャムは軽食堂に腰を下ろし、コーヒーを注文した。相客はバス運転手の制服を着た、にきび面の若者だけだった。あまり近づきになりたくないタイプだ。

「まだ二、三分ある」運転手は言った。「もう一杯チェリー・コークをくれよ、チャーリー」

「そんな調子でがぶ飲みしてると、腹の内側がべとべとになっちまうぞ」チャーリーはグラスをカウンターに置き、両手をエプロンで拭いた。大柄なたくましい男で、丸顔に気がかりそうな笑みを浮かべている。「ラジオじゃ、これからもっと雪が降るって言ってるぞ」

「雪はかまわないんだよ。厄介なのは、あれこれ訊いてきたり、おれの運転にちょっかいを出そうと、至るところで首をのばしてくる連中だよ」

「そう言えば、あの年配のご婦人は無事にバスに乗ったかい？」

「ばあさんなんか見てないぜ」

「チケットを買ったんだ。多分、手洗いにいて放送が聞こえなかったんだろう。確かめに行ったほうがいいぞ、ロイ」

「いいか、チャーリー。おれの仕事はバスを運転することで、ばあさんを家まで送ることじゃない。調べたきゃ、自分で調べな」

「やれやれ、この辺りじゃ、おれ以外の人間は指一本動かそうとしないんだからな」

チャーリーはエプロンとコック帽をはずし、手洗所に向かった。ミーチャムは立ち上がり、彼を追った。

「今、小耳にはさんだのですが、」ミーチャムは声をかけた。「年配のご婦人のことで」

チャーリーは手洗所のドアノブに手をかけたまま、立ち止まった。「それが何か？」

「友人の母親を探しているのです。六十代後半の、白髪で、上品なご婦人です」

「彼女かもしれんが。特にお年寄りに注意を払っているわけじゃないんでね」

チャーリーは注意深く辺りを見回して、他に誰も入ってこないことを確かめ、さらに男と少女がこちらを見ていないことを確認したうえで、手洗所のドアを開けた。

　そこは狭い真四角の空間で、一脚の椅子と虫に食われた長椅子が置いてあり、湿らせた紙タオルと消毒液のきつい匂いがした。

　当の老婦人は、目を閉じて、長椅子に仰向けに横たわっていた。小柄で、病的なまでに痩せている。顔立ちには息子と同じ繊細で無垢なところがあった。高い頬骨、その下の陰のついたくぼみ。広く穏やかな額、まっすぐで濃い茶色のまつ毛。冬場の装いらしく、襟に仔羊の毛皮をあしらった黒いコートを着て、黒く染めた兎の毛の飾りのついた、ベルベットの長いブーツをはいていた。ふくらはぎにブーツがあたる部分は毛が完全に擦り切れている。長椅子の足元の床に、紙袋と、鎖の持ち手のついた、ぼろぼろの仔牛革のハンドバッグが落ちていた。

「ここじゃ一度も見かけない顔だな」チャーリーが興味津々で言った。「まさか、やばいことになってるんじゃないだろうな」

「ミセス・ロフタス」ミーチャムが呼びかけた。

　自分の名を呼ばれたせいか、ミセス・ロフタスの呼吸はほんの一瞬とまったが、またすぐに、それまでと同じ荒く不規則な息遣いに戻った。両手は体の脇に、手のひらを上に向けて、懇願するような形で投げ出されている。まるで何か――金か助けか情けか愛か、それともただの酒のおかわりか――を求めてでもいるように。短い仔山羊革の手袋をはめているが、右手袋の手首からはバスのチケットがはみ出していた。チケットをなくさないように、大人の女性なら財布にしまうところを、自分の手袋に入れたのだ。それはミーチャムに、少年時代、ミトンの親指や靴のつま先に入れて持っていった、日曜学校の献金の五セント銅貨を思い起こさせた。靴の中に忍ばせた、神に捧げる五セント銅貨に対する落ち着かなくも高潔さに満ちた感情を。老婦人の存在と古い記憶とが、長弓から放たれた予期せぬ矢のようにミーチャムを貫いた。

「ちょっと、奥さん」チャーリーが言った。「起きとくれ。あんたの乗るバスが出ちまうよ」

老婦人は頭を横に動かした。その拍子に帽子が床に滑り落ち、絹糸のような白髪があらわになった。手入れ不足とカールごてのせいで、所々黄ばんでいる。チャーリーはかがんで帽子を拾おうとしたが、結局それを手にすることはなかった。彼は驚きの唸り声とともに、身を起こした。「なんてこった、酔っぱらってるじゃないか。この息を吸ってみろよ、ぐでんぐでんだよ」

バスの運転手も手洗所に入ってきた。彼は青白い唇をぎゅっと引き締めて、厭わしげに老婦人を見下ろした。「たいした話だよ、こんな人間におれたちのターミナルをうろつかせるなんて」

「もしもし、奥さん。いい加減、目を覚ましてくださいよ」

「やめろよ、チャーリー。おれはばあさんを自分のバスに乗せる気はさらさらないぜ。たとえ三十枚チケットを持ってるって言われてもお断りだ」

「黙らないか。年寄りをそう責めるもんじゃない。誰かの母親であることに変わりはないんだ」

「少なくともおれのお袋じゃないからな」運転手は言い返した。「おれとしては、警察を呼びたいところだね。警察ならこういう連中の扱い方を心得ているからな」

チャーリーの表情が険しくなった。「警察なんぞ呼んでみろ、おれがおまえをぶん殴ってやる。さあ、ここから出ていけ」

「あんたに指図される覚えは……」

「おまえ、よっぽど怪我したいみたいだな」

運転手は後ずさりしながら手洗所を出ていった。まだぶつぶつ言っているが、声は聞き取れないほど小さい。

「めめしいやつだ」チャーリーは言った。「実際、殴ってやるべきだが、自分の拳を痛めたくはないからな」

ミーチャムはミセス・ロフタスの上にかがみ込んだ。そして彼女の手袋をはずし、骨ばった小さな手をさすってやった。その肌は秋の木の葉のようにかさかさして冷たかった
「ミセス・ロフタス。聞こえますか？」

老婦人はかすかに身じろぐと、目を閉じたままで名前を呼んだ「ヴィクター？」

「家までお送りします、ミセス・ロフタス」

返事はなかった。

「窓を開けてみようか」チャーリーが言った。「早く正気に返るかもしれん」

「お願いします」

チャーリーは歩いていって洗面台の上の窓を押し上げた。真新しい雪が窓枠から室内に吹き込み、ふわふわした白い羽根の昆虫の群れが休みに来たように見えた。「それにしても、このご婦人が酔っぱらってたとはたまげたね。今日、二、三度ここへ来たんだが、おれは最初、誰かを待っちゃいるが、どのバスで来るか知らないんだと思っていた。それから、一時間ほど前、三度目に来たときには、アルバナ行きのチケットを買って、座って待っていた。おれは彼女から目を離さずにいた。具合が悪そうに見えたし、実際、そんなふうに振る舞っていたんでね。この手洗いに入っていっちゃあ、また出てきての繰り返しなんだ。まさか飲んだくれてたとは夢にも思わなかったがね」

ミーチャムは床から紙袋を拾い上げ、中を覗いた。半分からになった安物のラム酒瓶が入っている。彼は袋の口をぎゅっとひねり、金属製のごみ箱に捨てた。

「急かしたくはないんだがね、旦那」チャーリーが言った。「こんな話は聞いたことがない。さっき言ってたように、このご婦人があんたの友だちの母親なら、そいつに電話をしたらどうだね？」

「彼は町にはいないんです。わたしが連れて帰りますから」

「急かしたくはないんだよ、あんたが困ってるのは承知しているからね。ただ、外に父親と一緒の子供がいるだろう。子供ってやつはいつ便所に駆け込んで来るかわからないからな。ここに入ってきて、この老婦人を見たら、おびえちまうかもしれない」

ミーチャムは少女が読んでいた漫画本の身の毛がよだつ表紙を思い出したが、逆らわなかった。

「ええ、そうかもしれませんね。わたしがなんとかします」

ミーチャムは再び、荒んだ生活のあげく泥酔して正体を失っているミセス・ロフタスを見下ろした。ひょっとしたら、マーゴリスが殺された夜のヴァージニアもこんな状態だったのかもしれない。その光景を見たロフタスが、無意識のうちに彼女の姿を自分の母親と重ねてしまったのだとしたら。そしてマーゴリスを憎い父親の身代わりとして襲ったのだとしたら。ミーチャムにはこの考えがマーゴリス殺しの理由として一番もっともらしく思えた。ロフタスは消極的ではあるが、理性的な男だ。彼のような男が攻撃者となり、殺人という究極の行動を実行するには、かなり強力な動機を必要とするはずだ。コードウィンクが思い込んでいるように金のためではなく、また、この世から不快なものを排除しようという子供っぽい、こじつけめいた望みのためでもない。恐れの裏返しである憎しみ、無力の裏返しである憤りのためだったのだ。

「ヴィクターなの？」ミセス・ロフタスが再び声を上げた。目は開いているが、天井の、ある一点から視線をはずそうとしない。まるで自分が見知らぬ場所にいることをわかっていて、辺りを見回し、それがどこか知るのを恐れているようだ。

「ヴィクターはここにはいません」ミーチャムは言った。「家であなたを待っています。ぼくがお送りしますよ」

「ここは病院なの？」

「いいえ、バスターミナルです」

「バス？　バスと言えば」

ミセス・ロフタスはもがくようにして起き上がり、バランスを崩して再び長椅子に座り込んだ。

「バスのチケットが。わたしのチケットはどこ？　アールに会いに行かなきゃ。息子に会いに行かなきゃ」

ミーチャムは片手を老婦人の腕にかけ、ふらつく体を支えた。それはほうきの柄のように肉の落ちた体だった。「バスはもう出てしまいましたよ、ミセス・ロフタス。第一、あなたの体調でひとり旅をするのは無理です」

「そう、具合が悪いんですよ」老婦人の淡く丸い瞳に狡猾な光が宿った。「わたしは病気なんでしょう？」

「ええ」

「失神の発作を起こしましたの。やっと思い出しました。ひどく気が遠くなって、それでちょっと横になって、気分が治まるまで休んでいたんです。もっともな話でしょう？」

「もちろんです」

「そこのところをヴィクターによく話してくださいね。あの人ときたら、最近、妙な考えに取りつかれてましてね」ミセス・ロフタスは床からハンドバッグを拾い上げたが、かがむときもミーチャムのコートの袖につかまって体を支えなければならなかった。

「わたしの荷物はどこ？」

「ぼくは見ていません。多分、どこかに預けて……」

「手元に持っていたんです、紙袋に入れて。スーツケースが見つからなかったものですから、こまごましたものをいくつか紙袋に詰めたんですよ」ミセス・ロフタスの全身は激しく震え始めた。膝が小刻みに揺れ、口も手も肩もわななき、頭はひっきりなしに前後に動いている。まるで首が脆すぎて支えきれず、アシカの鼻先のボールのように、危なっかしくバランスを取っているだけのように見えた。「たいして数はないの。歯ブラシにタオルに、そんなようなつまらないものですよ。でも、これだけは譲れません。わたしは自分の荷物が欲しいの。あの荷物が欲しいんです」ミセス・ロフタスはチャーリーを見上げた。「ねえ、あなた。あなたはここの案内係なの？」

「おれが？」チャーリーは答えた。「まあ、そんなもんです」

「お願いだから、責任者の方にわたしが少し話をしたがっていると伝えてきて」

「責任者は今いないんですよ」

「でしたら、待ちます。しつこくするのは嫌ですけれど、こうしたことを見過ごすわけにいきません。わたしは自分の荷物が欲しいの。それだけは譲れません。わたしは……」

「これ以上聞いていられないぜ」チャーリーが言った。「ボトルを返してやんなよ」

凍りつくような沈黙が走った。次の瞬間、ミセス・ロフタスは再び腰を下ろし、震える手で顔を覆った。「お願い。わたしの荷物を返して」

「ちょっとこの辺りを探してみましょう」ミーチャムはそう言うと、長椅子の下やタオル掛けの上を調べるふりをした。それからごみ箱の中へ手をのばし、紙袋を引っ張り出した。「これのことですか、ミセス・ロフタス？」

老婦人は顔を上げ、興奮と憎悪のこもった目で袋を見つめた。「ええ、そう、それです。こっちにください」

しかしミセス・ロフタスはミーチャムが袋を自分に渡すまで待たなかった。彼女は立ち上がり、両腕を前に突き出しながら、おぼつかない足取りで歩いてきた。そして両手で袋を受け取ると、輪郭を確かめた。その顔に不安と、次に安堵の表情が浮かんだ。転んで怪我をしたかもしれない子供の骨の様子を確認する母親のように。

「ええ、これですよ。みんな、あります――歯ブラシ、タオル――どうもありがとう」老婦人の激しい震えはとまっていた。ボトルを目にしたとたん、神経が落ち着いたのだ。彼女にとってそれは、船酔いにかかった船員が見た陸地の光景にも等しいものなのだろう。「本当にお世話になりました」

「どういたしまして」ミーチャムは言った。

「ところで、わたくし失礼して、身だしなみを整えたいのですが。そもそも、ここは婦人用化粧室ですよ。なぜあなた方お二人がここにいらしゃるのか、理解に苦しむわ。ずいぶんと管理がずさんなようね」

男二人は待合室に退散した。チャーリーは軽食堂へ、ミーチャムは木製の固いベンチへ。彼は腰を下ろすと、煙草に火をつけ、婦人用のマークのついたドアを油断なく見張った。

五分後、ミセス・ロフタスが姿を現した。帽子と手袋を身に着け、顔には頬紅をぬっている。この五分の間に例のボトルから飲んだものがなんであれ、それは謎めいた魔力を発揮したようだ。見たところは自信と落ち着きに満ちているし、ミーチャムのほうに向かってくる足取りは、若い娘のそれのように軽やかだった。

「あら、そこにいらしたの」瘦せ衰えた体で若さを演じているのが、異様であり滑稽でもあった。

意を払って発音している。まるで、何が掛かったかわからないまま、ぴんと張った釣り糸をそろそろと手繰り出す漁師のように。「あなたさえよければ、こちらはいつでも出発できますよ」

「通りの向こうに車を停めてあります」

「すてきだわ。それならタクシー代を払う必要がないのね。わたしがちょっとした発作を起こすたびに、ヴィクターはタクシーを呼ぶんです。タクシーは好きになれません。運転手はみな、ひどく無作法ですからね」

二人は連れ立って外に出た。通りを横切るとき、ミセス・ロフタスがミーチャムの腕にすがりついてきた。その体は鳥のように軽かった。しかしミーチャムは、長い間多くの人々に引きずられ、岩屑や瓦礫を集めながら寸法や目方を増していき、ついには一トンもの重さになった石を引きずっているような気がした。

第十四章

　ガリノはアパートの玄関口で待っていた。ロビーとポーチの明かりはすべてつけてあり、雪かきをすませた歩道には石炭の燃え殻がまかれている。彼は車が停まるのを見るや、石段を降りてきて、ミセス・ロフタスのためにドアを開けた。

「あら、そこにいたの、ヴィクター」ミセス・ロフタスはまるで町中、彼を探していたような口ぶりで言った。

「おりましたとも」ガリノはやや固い声で答えた。「食事はすみましたか？　九時になりますが」

「もう九時なの？　驚いたわ。一日って本当に早いのね。まったく……」

「何か召し上がったんですか？」

「お腹はすいていないの」

「あとで何かお持ちしますから」

「お腹はすいていないと言ったはずよ、ヴィクター」

「わかりました。ともかく、中へ入りましょう」

　ミーチャムは手紙の包みを脇に抱え、二人についてロビーに入った。

「こちらのご親切な紳士が車で送ってきてくださったのよ。まったく存じ上げない方なのに。でも、ときおり思うのよ、見知らぬ方のほうがそうでない人より親切なことが往々にしてあるものだって」

「今までどこにいらしたんですか？」

「あらいやだ、ヴィクターったら、どこにいたかですって？　バスターミナルにいたに決まっているでしょう。バスに乗ろうとすれば、ターミナルに行くものよ」

「どのバスです？」

「アルバナ行きよ。アールに会いにね。今朝、あの子から妙な手紙が届いたのよ。わたしを必要としていることがはっきりわかったわ。息子というものは、困った時には母親が必要なのよ」

「何を困っているんでしょう」

「確かなことは何も書いていないの。でもわたしにはすぐわかったわ、それはもう、手に取るようにはっきりと。アールがわたしを必要としている。わたしは自分にそう言い聞かせたわ。息子を見捨てることはできない、助けに行かなければ。でも、結局……」ミセス・ロフタスの声は震え、戸惑いと驚きで顔が歪んだ。「でも、結局わたしは行かなかった。行かなかったのよね？」

「それでよかったんですよ。ここにおられるほうがいいんです」

「でも、あの子が……」

「アールは真面目な若者です。揉め事に関わるはずがありません」

ガリノはミセス・ロフタスの部屋の鍵をあけると、右肘でドアを押し開け、左手で壁際のスイッチをつけた。流れるような一連の動作が、同じことを嫌というほど繰り返してきたことを物語っている。

「お入りください、ミスター・ミーチャム」

ミーチャムは中へ入ったが、ドアは閉めなかった。狭い居間の匂いに耐えられなかったからだ。誰かが——おそらくガリノだろうが——大急ぎで室内を整理しようとしたものの、時間切れで暖炉の中まで手が回らなかったらしい。そこはごみの山だった。煙草の吸いさし、新聞紙、リンゴの芯、丸ごと黴のはえたオレンジ、萎びたレタス、炎で黒ずんだケチャップの空瓶、オイルでべとついた三角のチーズ。部屋の家具ひとつひとつに、ミセス・ロフタスの、自分自身との日常の闘いの傷痕がついていた。焼け焦げ、染み、へこみ、裂け目、壊れたばね。

「やれやれだわ」老婦人は言った。「家はいいわね。コーヒーでもいれましょう」

　ミセス・ロフタスは台所に向かったが、紙袋を両腕で胸に押しつけるようにしていた。まるで袋とダンスでもしているように。

　ガリノが戸口で行く手を阻んだ。「コーヒーならあたしがいれます。奥さんは座っていてください」

「わたしが自分でいれるわ。わたし、とても……」

「ボトルをください」ガリノは言った。

「なんのボトル？」

「ボトルを寄越してください」

「この咳止めのことを言っているのなら、今日の午後買ったものよ……。咳がひどかったから。具合がよくないのよ、ヴィクター、わかってるでしょ。体調がすぐれないの。バスターミナルでひどい発作を起こしてしまって。このお若い方に訊いてみて。彼が証明してくれるわ」

　ガリノは老婦人の頭越しに、問いかけるような目でミーチャムを見た。ミーチャムは肩をすくめ、顔をそむけた。

「ええ」ガリノは言った。「ええ。奥さんはひどい発作を起こしたみたいですね」

「確かに起こしたのよ、ヴィクター。昼頃、そうなりかけているのがわかったの。咳込み始めたのよ。あの嫌な咳のことは知っているでしょう。あんなにしつこく薬を買えと言ってたじゃない」

「ええ」ガリノは答えた。「そうでした」

「だから、とうとうそうしたのよ。ね、わかったでしょ？　わたしはあなたのアドバイスを受け入れたの。で、よくなっているでしょう？」

「ええ、もちろん」

廊下の方角から物音がした。ミーチャムが顔を上げると、ガリノの細君が戸口に立っているのが目に入った。古い毛糸のカーディガンを肩に羽織っている。彼女は言葉を発しないばかりか、そこにいるという気配もいっさい示さなかった。ただ立ったまま、夫とミセス・ロフタスを見つめていた。その目は冷ややかで厳しく、よそよそしかった。

「でも、どういうわけか、咳止めは体に合わなかったの。だんだん気が遠くなってきて、そして、とうとう気を失ってしまったのよ、ヴィクター」

「ずいぶんとしょっちゅう気を失うもんですね」ガリノの細君が静かに口を開いた。

ミセス・ロフタスは驚きの声を上げ、くるりと振り返った。「まあ、そこにいたの、エラ。ちょうどヴィクターに話していたところなんだけど……」

「聞いてました」

「このご親切なお若い方にご挨拶してね、エラ。あら、わたし、あなたのお名前を伺っていませんでした。でもわたしの大事な友人にご紹介させてくださいな」

細君はミーチャムには目もくれず、カーディガンを胸の前でかき合わせながら、部屋を横切ってきた。「それじゃ、また気を失ったんですね」

「ええ、そうなの。そうなのよ、エラ。わたし、確かに……」

「頼むから」ガリノが細君に言った。「おまえは戻っていてくれ」

「戻らないわ、まだ」

「なあ、おまえ。いけないよ……」

「何がいけないの？」

「何も言わないほうがいい」

「ずっとそれがあんたのやり方だった。で、とうとう取り返しがつかなくなったんじゃないの」

ガリノは無言で床に目を落とした。

「どれもこれも、いつになったら終わりになるの、ヴィクター。この茶番劇、わたしたちが演じてきた愚かないんちき芝居は。あんたはこれが奥さんのためになるとでも思ってるの？　この部屋の腐ったごみの山を見てごらんなさい。匂いを嗅いでみなさいよ」

「黙っていろ、後生だから」ガリノは言った。「あとで自己嫌悪に陥るだけだ。きっとおまえは……」

「ごまかすのもいいかげんにして。頭痛、咳、神経炎、卒倒、なんでもありなんだから。ないのは真実だけ。こんなこと、永遠に続けられるわけがない。誰かがいつか、本当のことを口にしなければだめなのよ」

「多分、真実も今夜は待ってくれるでしょう」ミーチャムは言った。

「もう何年も待ってきたのよ」細君はそう答えると、なおも亭主を責めたてた。「さあ、奥さんに言ってよ、ヴィクター」

「だめだ！　いいから黙れ！」
「言ってやってよ、奥さんは酔っぱらいなんだって。あんたはそれを知っていて、あたしも知ってい
て、あたしたち何年も前から知っていて、町中の誰もが知っているんだって」
暖房機《スチーム》のパイプががちゃがちゃと鳴り始めた。真実の先触れをするシンバルのように。
「それから、これも訊いてみて。なぜアールがこの人のもとを去ったのか、なぜバーディーが去った
のか、なぜあたしたち以外の誰もが去っていったのか。あんたはこの人と喧嘩をするという理由でバ
ーディーを責めたわね。ちょうど今あたしを責めてるみたいに。確かに、ひとつだけ、責めるべきこ
とがあるわ。これよ」細君は手をのばし、ミセス・ロフタスの手から紙袋をひったくった。「これ」
「やめて、やめてちょうだい」ミセス・ロフタスの体は今にも倒れそうなおもちゃのブロックの塔の
ように、前後にふらふら揺れた。「返して。わたしのお薬なのよ」
「お薬。奥さんはそうやって自分をごまかしているんですよ。ときどき、このひっきりなしの茶番さ
えやめてくれれば、なんにでも辛抱できると思うことがありますよ。少しは認めてくれませんか？
たった一度だけでも、たったひと言だけでも本当のことを。この中にあるのはなんです？　ジン？
ウィスキー？　それとも消毒用アルコールですか？」
老婦人は椅子に向かってそろそろと横向きに歩いていき、その背をつかんでしがみついた。とりあ
えずバーにつかまって体を支え、新しい力を得ようとする老いたバレリーナのように。
「淑女らしい振る舞いとは言えないわね、エラ」ミセス・ロフタスは蚊の鳴くような声で言った。
「今の発言は名誉棄損よ」
細君は頭をのけぞらせて笑い始めた。粗っぽく耳障りな笑い声とともに全身が小刻みに揺れている。

ガリノは無言のまま細君に歩み寄り、その手から紙袋を取り上げ、テーブルに置いた。そして細君の腰を両腕で抱き、二人して廊下に出ていった。ガリノは細君に歩調を合わせていた。

ドアが閉まった瞬間、ミセス・ロフタスは紙袋からボトルを取り出し、蓋をはずして、唇にあてた。その仕草はこのうえなく優雅で、最高級の陶磁器で上等のお茶を啜る貴婦人のようだった。たちまち、ある変化がもたらされた。ミーチャムがバスターミナルで観察したのと同じ変化だ。生気が回復し、肌に赤みが射す。まるで飲んだものが血であり、それが血管に直接流れ込んだかのようだ。

ミセス・ロフタスはボトルを置き、部屋の反対側にいるミーチャムを見た。焦点を合わせようと試みて、目が細長く狭まっている。

「あなた、まだここにいらっしゃるの？」

「ええ」

「一杯、お飲みになる？」

「いえ、今はけっこうです」

「これはね、ラム酒なのよ」ミセス・ロフタスは言った。

「エラは思い違いをしているわ。わたしは自分を欺いてなどいないし、ときおりほんのひと口飲んでいることとぐらい、人様に認めるのは平気です。それが肌寒い日ならね」

あるいは暑い日なら、か。ミーチャムは心の中で付け足した。もしくは乾いた日か風の強い日。春雨の降る日かよく晴れた午後、秋の霧深い朝。晩秋、初冬、復活祭の頃。天気がどうあろうと常に寒気はあり、毎日が冬なのだ。

ミーチャムは歩を進め、ミセス・ロフタスの向かいに置かれた古いサクラ材の安楽椅子に腰を下ろした。「もう遅い時刻なのは承知していますが、あなたとお話がしたいのです。アールに頼まれましたもので」

「アールが?」まるでその名前が針となって突き刺しでもしたように、ミセス・ロフタスは喉に手をあてた。「バスが。わたしのバスに乗り遅れてしまったわ。わたし……」

「バスなら他のがあります」ミーチャムは言った。バスなら千台でもあるが、ミセス・ロフタスはそのうちの一台にでも乗ることはないだろう。遅まきながら、ミーチャムにもようやく自分の使命がいかに実現不能なものであるかわかってきた。彼には、ロフタスが母親に望んでいたように町を離れるよう彼女を説得することはできないだろうし、預かった金を渡すこともできないだろう。なぜならミセス・ロフタスには明らかにそれを扱う能力がないからだ。

「ええ、もちろん、別のバスに乗ればいいわね。明日にでも行くつもりです、朝早く。でもその前に、はっきりさせておくことがあります。わたしには自分の家で、エラのような他人からあんなふうに中傷される謂れはありません。彼女の言ったことをお聞きになった?」

「はい」

「エラはバーディーが家を出た理由についても嘘をついているんです。バーディーは出ていったんじゃありません。わたしが追い出したんです。おまえは息子のアールにはふさわしくない、そう言ってやりましたの。荷物をまとめて出ていくがいい、わたしたちはおまえの助けなしでも十分やっていけるから、とね」

「助けと言いますと?」

「お金ですよ。アールはひと頃失業していたんです——勤めていた会社がつぶれましてね——それでバーディーがウェイトレスとして働きに出るようになったんです。二人してここに引っ越してきたのもそのときです。バーディーは家計のすべてを握り、わたしにはいっさい買い物をさせませんでした。すっかり子供扱いでしたよ。お小遣いまでくれたほどですからね。いくらだったか、お知りになりたい？　一ドルです。一週間に一ドル。毎週土曜日にそれをわたしに渡して、こう言うんです、さも皮肉っぽく。一度に全部使わないでくださいね。一ドルですよ。それでいったい何が買えましてて？」

安物の赤ワインが二瓶というところかな。ミーチャムは心の中でつぶやいた。

「やがてバーディーはわたしがお金をくすねると言って責めるようになりました。彼女の財布からお金を盗ったと。彼女に告げ口されて、アールがわたしを問い詰めたので、わたしはこう言ってやりました。アール、わたしはおまえの母親に過ぎないけれど、少しは権利というものがあるわ。貧しい新聞配達の少年が集金に来たとき、手元に一セントもなかったら、どうするのが一番いいかしら？　バーディーの財布がむきだしで置きっぱなしになっているというのに、あの気の毒な新聞少年に何度も出直してくれと頼むのは公平じゃないわ。わたしはそう言いました。アールはすっかり納得してくれました。で、どうなったと思います？」ミセス・ロフタスはけたたましく笑った。「二人はわたしのお小遣いを五ドルにあげたんです。わたしはバーディーのお株を奪ってやったというわけ。そうでしょう？」

「そうですね」ミーチャムは言った。

虚偽と真実、滑稽さと浅ましさが絡み合った、うんざりするようなけちな話だった。老婦人はあくまで自分を正当化して語っていた。くすねたですって？――とんでもない。哀れな新聞少年の二度手間を省いてやった？――そうですとも。ミーチャムは消えたバーディーに一瞬、同情を覚えた。

ミセス・ロフタスは再びボトルの栓を開けた。今度はさほど上品には啜らなかったし、さほど迅速で顕著な反応も起きなかった。反応は彼女の言葉や癖に徐々に現れた——ときどき発音が曖昧になったり、最後の子音が脱落したりする。大仰だがよく意味のわからない仕草を繰り返したかと思えば、あるはずのない膜を瞬きで払おうと、絶えず両目を細めたり見開いたりしている。飲み過ぎて話もできないということのないように、ミーチャムは今だけでいいから彼女からボトルを取り上げ、どこかへ隠したくなった。自分でもなぜ、と思うのだが、彼はロフタスとバーディーの話をもっと聞きたくなった。まるでロフタスと妻や母との関係が、マーゴリス殺しを説明する糸口になるとでもいうように。それでいてミーチャムは、そこにはなんの繫がりもないことを確信していた——AとBがCに与えた影響がDに対するCの行動を決定づけたという、心理的要因以外は。

「確かにわたしはバーディーからお株を奪ってやったわ。そうですとも」老婦人は続けた。「バーディーには絶対わたしを欺くことはできませんでした。初めて会った時から、彼女の正体はお見通しだったんです。アールには二十八だと言ったそうだけど、そんなこと大嘘だし、決して無垢な処女でもなかった。女なら誰でも彼女の本性を見抜けたけれど、アールは騙されてしまいました。アールは昔から純粋で善良な子で、いつもわたしの肩を持ってくれました。他の若者たちのようにお酒や煙草を飲んだり、パーティーに出かけてどんちゃん騒ぎをするようなこともありませんでした。夜は家にいて読書をするか、わたしとカードをしていました。バーディーと出会うまで、あの子は平和で無邪気な人生を送っていたんです。あの子は彼女に出会った話をわたしにしませんでした。彼女のことはひと言も言わなかったんです。家に連れてきて、こう言うまで。これがぼくの妻だよ。そんなふうに。これがぼくの妻だよ。目の前に立っていたのは、髪を赤く染めた、きつい顔つきの、少なくとも四十にはなっている女でした。四十ですよ、アールはまだほんの子供だったのに」

ミセス・ロフタスは手の甲で目を拭いた。しかしそれは意味のない動作だった。流した涙はとうに乾いて塩となり、はるか昔に死んでしまった感情を覆っていたからだ。

「あなたがアールのことをご存知なら――あの子は本当に善良で、心の内側に深い愛情を秘めているんです。でもあの子はそのすべてをバーディーに与えてしまった。一度もありのままの彼女を、薄情で世間ずれした女の姿を見ようとしなかった。あの女がネヴァダから送りつけた離婚書類を受け取った日、アールは自分の部屋に座っていました。一日中、ただ座って、窓の外を見ていました。あの女が通り過ぎるのを期待していたんですかね。ええ、彼女は通りませんでした。通れるわけがないんですよ、ネヴァダにいたんだから。そうなんでしょ、え？」

「そのようですね」

「間違いありませんよ。でも、いい厄介払いでした。出ていけ、わたしはあの女に言ってやりました。出ていけって」ミセス・ロフタスは堂々と威厳をこめて、ドアのほうを指さした。「出ていけ！そしてあの女は出ていきました。彼女は……」老婦人の手が体の脇に落ちた。「あなたも行きなさい。わたしは疲れたわ。家にお帰りなさい」

「すぐにお暇《いとま》します。バーディーが家を出たあと、便りはありましたか？」

「ありません」

「アールには？」

「アール？　あの子がどうしたとおっしゃるの？」

ミーチャムは辛抱強く問いかけた。「バーディーはアールに手紙を書いてきましたか？」

「あの女は自分の名前も書けなかったわ。無知なのよ、無知。おわかり？　もうお帰りになったら？」

「そのつもりです」ミーチャムはコートと手紙の包みを手に取った。そして茶色の包み紙をはがした。中にはざっと五、六十通の手紙が、見た限りでは日付順に重ねられていた。すべてアール・ロフタス宛てだが、大きくてめりはりのない、小学生のような筆跡だった。「母に読み返すように伝えてください」。ロフタスはいったんそう言ってから、気持ちを翻した。「いや、何も言わないでください」

封筒のうちの一通は白紙で新しく、他より重かった。ミーチャムはそれをポケットにしまった。彼は自分に金を届ける責任を押し付けたロフタスに対して、抑えようのない怒りを感じた。その怒りは、仄暗い世界をさまよい歩くミセス・ロフタスにも向けられた。その世界では、唯一、金で買えるものが暗闇なのだ。

老婦人は目を閉じ、コートの襟の擦り切れた毛皮に亀のように頭を沈めていた。

「ミセス・ロフタス、少しだけ話を聞いてください」

「どうして帰らないの？」

「ここにあなたの書いた手紙があります。テーブルの上に置いていきます。あなたあてのお金も預かってきました。こちらはガリノ夫妻に管理をするよう、預けていきますから。実は、あなたがアールについておっしゃったことは正解です。彼は今、厄介な立場にあるのです。どのみちすぐにお耳に入ると思いますが。もしあなたがお望みなら、今、ぼくの口からお話ししますが……ミセス・ロフタス？　ミセス・ロフタス！」

老婦人はかすかにいびきをかいていた。暗闇が買われたのだ。

ミーチャムは小声で毒づきながら、コートを着て、天井灯を消し、廊下に出た。ちょうどガリノの細君が地下の自分たちの住まいから階段を上がってきたところだった。彼女の顔は青白く冷静で、嵐の去ったあとの海のようだった。手にした金属の盆にはコーヒーのポットと、食べやすく菱形に切ったサンドイッチがのっている。飾りにラディッシュでできた薔薇が添えられていた。

「ミセス・ロフタスは眠っていますよ」ミーチャムは告げた。

「起こします。何か口にしなければ」

「ミセス・ロフタスは入院するべきです」

「それが何を意味するかおわかりですか。奥さんにとって、アル中患者として入院させられるってことは、刑務所に入れって言われるのと同じことなんです」細君は苦々しげに言った。「持ってらしたお金は渡しましたか?」

「いいえ」

「いくらぐらいあるんです?」

「七百ドルあまりです」

「アールはどこでそんなお金をこしらえたのかしら」

「車を売ったのです。他にもいくつか」

「だけどアールは母親の状態を知っているんですよ。自分の持ち物を売ってそんな大金を送るなんて、彼らしくありません。奥さんがそれをどうするか、よく承知しているんですから」

「アールは母親に、その金でしばらく町を離れてほしいのです。ちょっとした休暇にでも」

「休暇って、どこへ?」

「ミセス・ロフタスには訪ねていけるような親戚はいないのですか?」

「まあ、何をおっしゃいますやら、ミスター・ミーチャム。つまりね、もし奥さんがあなたの親戚だったとして、家に招待なさいますか? アールはどうかしたに違いありません。休暇だなんて。彼はきっと……」

「このお金の件ですが」ミーチャムは言った。「わたしは預かりたくありません。実はロフタスのことはほとんど知らないのです。彼はわたしの依頼人ではありませんし、今回の訪問に関する料金もいっさい受け取っていません」

細君は疑わしげにミーチャムを見た。「ここに来るからにはなんらかの理由があったはずです」

「好奇心から、とでも申し上げておきます。ともかく、わたしは来たものの、何ひとつ成し遂げられず……」

「奥さんを見つけて連れ帰ってくださったじゃありませんか。それはたいしたことで、わたしは感謝しています。ただし、あなたがこれからお金について言おうとしていることに対しては、答えはノーです。そんなものを預かるのはごめんです」

「ふと思いついたものですから」ミーチャムは事務的に言った。

「どうしてわたしが預からなきゃいけないんですか。そのうえ、奥さんがうまいこと言ってせがんでくるたびに、ちびちび渡すなんて……。いいえ、お断りします。お金はアールに返してください。それか、少しずつ奥さんに送ってください。そうすれば、少なくとも飢え死にはしないですみますから」

「家賃は払われていますか?」

「年内の分までは」

「それでは一月の分をお支払いします。それから食費としていくらか余分に」

「奥さんの家賃ならアールが払ってくれます」

「これからはできなくなるでしょう」

「なぜ？　何が起こったんです？」

ミーチャムは事情を説明した。その間、細君は階段の手すりに盆を置いて立っていた。細君はミーチャムが予想していたような驚きや不信の表情は示さなかった。

ミーチャムが話し終えると、細君は低い声で言った。「奥さんには話しましたか？」

「話そうとはしましたが。眠ってしまわれたので」

「それでよかったんですよ」

「いずれは知らなければなりません。今夜の新聞には載っていたはずですが」

「多分ね。わたしはまだ見ていないんですよ」細君はため息をついて、向きを変えた。「明日、わたしから話しておきます」

「ミセス・ロフタスにとってはつらい知らせでしょうね」

「そう思われますか？　いいえ、あなたは間違ってますよ。奥さんはもう人間じゃないんです。カーニバルなんかでよく見る、酒浸りの連中と一緒ですよ。わたしはなぜ奥さんを生かせておこうとするんでしょうかね」細君は険しい顔で盆を見下ろした。「さっぱりわからないわ」

ミーチャムは封筒から百ドル引き抜き、盆にのせた。

「領収書を書きますよ」細君は言った。「少しお待ちくだされば」

「その必要はありません」

「お仕事にしては妙ですね」

「これは厳密には仕事ではありませんので」仕事ではない、ミーチャムはそう考えた。これは人生だ。そしてそこに関わるのは金ではない、人間なのだ。ラディッシュの薔薇を添えた美味しいサンドイッチ。それは千ドル出しても買うことのできないものだ。

第十五章

翌朝、ミーチャムは十時過ぎに自分のオフィスに到着した。彼と二人の共同経営者《シニア・パートナー》の秘書を務める若い女性がタイプライターの前に座っている。痩せぎすで無造作な髪形の、眼鏡をかけた快活な女性だ。

秘書は大げさに驚いて見せた。「まあ、ミスター・ミーチャムじゃありませんか。誰かと思いましたわ。ずいぶんとお久しぶりですね」

「今朝はちょっと疲れていて、冗談を言う気分じゃないんだよ、ミセス・クリスティ」

「昨夜はお忙しかったんですか?」

「忙しいなんてもんじゃなかった」

「無理は禁物ですよ、もうお若くはないんですから。ではご報告を。ミスター・クランストンは奥さまがアンティークの脚付き重ね箪笥《ハイボーイ》を買われたとかでたいそうご立腹です。ミスター・ポストは頭痛がするとおっしゃって、今しがたお帰りになりました。ドレットの訴訟が却下されたせいでしょう。そしてあなたのオフィスでは若い女性がお待ちですわ、ブロンドのね」

「誰だろう?」

「ミス・ドワイヤーとおっしゃる方です。もう一時間近くもお待ちなんですよ。暇つぶしの読み物に

〈フォーチュン〉をお渡ししておきました。知的なタイプとお見受けしましたので」

「それは違うよ」

ミーチャムは磨りガラスのドアを開けた。ドアには彼の名前が黒字ではっきりと記されている。エリック・J・ミーチャム。彼はそれを見るたびに、自分が切れ味鋭い薄刃鑿《のみ》になったような気がするのだった。

ミーチャムのオフィスは狭いうえに家具であふれていたが、広い窓がひとつあった。その下に長椅子程の革張りのシートが取り付けてあり、そこに座ると、五階の高さから通りを見下ろしたり、手が届きそうなほど近くに感じる空を眺めることができた。

アリスは片手で頬杖を突き、通りを見ていた。髪が朝日を浴びて派手に光っている。多少、脱色しているのだろうか。女として自分をよりよく見せようとする姿が、ミーチャムの目にはいじらしく、魅力的に映った。

「やあ」

アリスはいきなり声をかけられて驚き、すぐに立ち上がろうとした。

「いや、そのままでいいよ」ミーチャムはとめた。「きれいだ」

「わたしが？」

「時給を払ってでも、そこに座りにきてほしいな」

アリスはにこりともせずにミーチャムを見つめた。「お世辞を言うのはやめていただきたいわ」

「どうして？」

「がっかりしてしまうからよ、あなたが平凡な人に見えて。お世辞なら誰にでも言えるわ、ただの言葉に過ぎないもの」

「待たせたので機嫌が悪いんだね」

「そうみたい」アリスは答えた。「少しだけ」

ミーチャムは窓下のベンチに歩み寄り、アリスの隣に腰を下ろした。「それはよくないな」

「わたし、ずっとあなたからの電話を待って聞き耳を立てているの。これって——よくない兆候でしょう?」

「極めてね」

ミーチャムはアリスの両手を取り、自分の胸に押しつけた。二人は一緒に通りを見下ろした。雲上の天使のように遠くから、穏やかに。

アリスがついに身じろぎした。「もちろん、うまくいくわけないわよね」

「もちろんだ。でも何が?」

「知っているくせに。たとえあなたがわたしと同じ気持ちでいるとしても無理だわ。悪い条件ばかりだもの。わたしはこの町が嫌いよ。気候もひどいし、故郷からも遠すぎる。それに、あなたはもうあまり若いとは言えないし。世間の話では、男の人は齢を取るほど、結婚に適応できなくなるそうね。もちろん、うまくいくわけないわ」

「もちろんだ」

「いつまでもその言葉を繰り返さなくていいのよ」

「きみに同感しているんだよ。きみはとても分別のある娘さんだ。もちろんきみがふれていない点もいくつかある。たとえば、きみは料理ができない。そして髪を脱色している」

「どうしてわかったの？　でも、ほんの少しなのよ」

「それから、ぼくにはジェイムズという頭のいかれた大おじがいた。ぼくに持ち家はない。たいして貯えもないし、それに……」

「もうやめて、ミーチャム」

「他に何か言い忘れていることがあるかな」

「ああ、ミーチャム。愛しているわ」

「この時点できみにキスしたかったよ、ぼくが棺桶に片足を突っ込んでいる年寄りでなければ」

「わたしはあなたが棺桶に片足を突っ込んでいるなんて言わなかったわ。ただ、あまり若くなくて、結婚には不向きで、それから……」

「謝罪なら受け入れるよ」

ミーチャムはアリスを抱き寄せ、長いキスをした。若い女性とキスを交わすのはこれが初めてのような気がした。それほど未知で完璧な感触だった。

アリスの顔はいたって真剣だった。「あなたのこと、永遠に愛し続けるわ、ミーチャム」

「それは……。しあわせかい？」

アリスは首を左右に振った。

「まいったな」ミーチャムはしおれた。「どうしてだい？」

「ただ、そう感じられないだけ。むしろ怖いのよ」

「しかし、それは……」

「自分でもどうしようもないの。愛について書かれた甘い話はたくさんあるけれど、わたしの気持ちといえば、ただもう恐ろしいだけなの。胸が痛くて、心の中は空っぽよ。なんでも入りそうなぐらい。でも、何もわたしを満たすことはできないし、食べ物を見ただけで気分が悪くなるわ。わたしは多分、飢えて死ぬんでしょう。どっちみち痩せすぎだもの」

「いや、そんなことはない。きみは完璧だ」

「いいえ。わたし、自分の容姿にはうんざりしているの。ご存知だった?」

「漠然とは」

「肩を出したイブニングドレスを着ると、ひどくみっともないのよ。一度、店で試着したことがあるの。鎖骨が突き出ていたわ」

「偶然だが、ぼくは突き出た鎖骨が大好きなんだ」ミーチャムはなだめた。「よくあるコンプレックスに過ぎないよ」

「はぐらかさないで。わたしはあなたのために完璧になりたいの。自分自身を含めて何もかも完璧にしておきたいのよ」

「もしすべてが完璧だったら、きみはぼくには目もくれないさ」

「いいえ、そんなことないわ」アリスは熱っぽく訴えた。「あなたのことを考えずにはいられないもの」

「この町もそう悪くない。天候ならもっと悪いところがあるしね。それにきみは好きなときに故郷に帰ればいいさ」

「そうね」

「二人でなら何もかも解決できるよ。普通ならうまくいかないことでもね」

アリスはミーチャムを見上げた。その顔はいまだに青白く、表情は真面目なままだった。「何より、あなたはすてきな人だわ、そうでしょう?」

「そう思うときもある。たびたびではないけどね」

「お天気は——いずれ慣れるわよね。それに春になったらきっとすばらしいはずだわ。そうでしょう?」

「とてもきれいだよ」

「小さな緑の芽が出て、つぼみがいっせいに花開くんだわ。そういうところがとても好きになると思うの」

「きっと気に入るよ」

「とにかく、わたし、もうそれほどむなしくないわ」

「それはよかった」ミーチャムはアリスの金色の髪を持ち上げ、柔らかなうなじに口づけた。こうして立ったまま、アリスの肌に唇を押しつけていると、彼女への愛ゆえに、世の中のすべての女性が愛おしく思われるのだった。

「わたしたち、これまで一度もデートをしたことがないのよ。おかしいと思わない、ミーチャム?」

「そうだね」

「恋に落ちる機会もなかったわ。どうしてこんなことになったのかしら。なぜこんなふうになれたのかしら」

「その答えがわかれば、ぼくは外に出ていって、誰彼かまわず言って歩くよ」

デスクのブザーが鳴り響いた。夢見る人を妨げる目覚まし時計のように騒々しく、だしぬけに。

ミーチャムは手をのばし、スイッチを押した。「はい？」

「ミセス・ハミルトンからお電話です」ミセス・クリスティーの声がした。「お話しなさりたいですか？」

「いや。だが、しかたがない」

「では、どうぞ」

ミーチャムはスイッチを切り、受話器に手をのばした。アリスが彼の腕に手をかけてとめた。「この電話は——ミセス・ハミルトンから？」

「そうだ」

「わたしならここにはいないと言って。会ってもいないし、連絡もないと」

「わかった、きみがそう望むなら」ミーチャムは受話器を取った。「もしもし」

「ミスター・ミーチャムですか。わたくし、ハミルトンです。ご機嫌いかが？」

「おかげさまで。あなたは？」

「こちらも順調ですわ、何もかも」その声が不自然なまでに明るいので、ミーチャムは本当だろうかと思った。

「どうも接続が悪いようね、ミスター・ミーチャム。もう少し大きな声で話していただけるかしら」

「わかりました」

「実は、少々気がかりなことがありますの。アリスのような常識的な娘のことを心配するのはばかげていると承知しているのですが。でも、時として、常識的な娘が愚かな行動を取ったり、無分別な言葉を口走ることがありますでしょう？」

「ええ、時には」

「今朝はアリスにお会いになりました？」

「いいえ、会っていません」ミーチャムは机越しにアリスを見た。彼女は再びベンチに腰を下ろしていたが、その視線は下の通りではなく、ミーチャムに向けられていた。大きく見開いた、心配そうな目だった。彼は安心させるように微笑みかけたが、笑顔は返ってこなかった。「何か心配なさる理由でもあるのですか、ミセス・ハミルトン？」

「理由というほどのことは。確信はありません。ただ、彼女の行動が妙なのです」

「どのようにでしょう？」

「説明するのは難しいのですが……。どうもわたくしを避けているのではないかと。たとえば、今朝は朝食もとらずに出かけてしまいました。誰にもひと言もなしにですよ。文字通り、消えてしまったのです」

「街に買い物にでも行ったのでしょう」

「だったら、なぜわたくしに行き先を言わなかったのかしら。それが自然というものでしょう？　わたくしはその場にいたんですよ。食堂でヴァージニアやポールと朝食をとっていました。ところがアリスはドアの前を素通りしてしまい、それきり戻ってこないのです。妙だと思われるでしょう？」

「どんなことでも、理由がわかるまでは奇妙に見えるものですよ」

「家の者を除けば、この町でアリスの知り合いはあなただけです。そちらへ伺うような気がしましてね。もし彼女に何か――何か気がかりなことがあるのなら」

「気がかりなこととはなんです？」

「見当もつきませんわ」断定的でありながら、どこか説得力のない答えだった。

「こちらへ寄るかもしれませんね。そのときには、お知らせします」

「ありがとう。申すまでもありませんが、わたくしはアリスをとても気に入っておりますの。いたって気立てのよい娘ですからね」ミセス・ハミルトンはそこで言葉を切った。意味ありげな間だとミーチャムは思い、次に続く〝でも〟という言葉を待った。予想通りだった。「でも、わたくしはこんなふうに勝手に出歩かせるために彼女を雇ったわけではありません」

ミセス・ハミルトンは〝雇う〟という言葉をことさら強調した。まるでミーチャムを通して、アリスに身のほどを思い知らせるかのように。ミーチャムは夫人の口調に憤った。しかし怒りより強く感じたのは、次のような印象だった。ミセス・ハミルトンは進退きわまって、ミーチャムには見えない影や認識できない形のものと破れかぶれで闘っている。彼はミセス・ロフタスのことを思い出した。彼女の薄暗い世界では、すべてが影であり、形は溶けて混然としている。二人の女性には絶望以外の共通点はない。それでもなお、どこかある時点で、二人の世界はさまよう惑星どうしのように衝突して、一方はその一部を失い、もう一方は相手の中心を突き進んだのだ。

「ミスター・ミーチャム、聞いていらっしゃいます？」

「ええ」

「それでは、アリスが伺ったら、必ず知らせてくださいね」

「承知しました。失礼します」

「ごきげんよう、ミスター・ミーチャム」

ミーチャムは受話器をデスクに戻すと、考え込むようにそれを見つめ、やがてほんの少し右にずらした。「ミセス・ハミルトンには買い物に行くと言えばよかったじゃないか」

「顔を合わせたくなかったのよ」

「どうしてまた?」

「もう信用できないの。あの方は変わってしまわれたわ」

「それがきみがここに来た理由か。彼女が変わったとぼくに告げるために?」

「いいえ」アリスは目をそらせ、にぎやかな通りを見下ろした。「昨日の夜、ミセス・ハミルトンに会いに来た男がいるの。わたしが彼の姿を見たことを、夫人はご存知だと思うわ」

「誰だったんだい?」

「わからないわ。でもミセス・ハミルトンがわたしにその男を見せたくなかったのは確かよ。きっと秘密で会うことになっていたのよ」

「きみはどういうふうにその場に居合わせたんだい?」

「玄関にノックの音が聞こえたの。チャイムじゃなくて、ただの短いノックだったわ、合図のような。わたしは自分の部屋のベッドに横になって、考え事をしていたの。でもノックの音を聞いて、応対に出ようと起き上がったの。なぜなら——その、あなたがいらしたのかもしれないと思ったから。これもやっぱりよくない兆候よね。電話が鳴ったり、ドアがノックされたり、歩道に足音が聞こえるたびに、そして車が停まるたびに、あなたかもしれないと思ってしまうの」

「それはまた、最悪の事態だ」ミーチャムは微笑みながら言った。「続けて」

「ガウンを着てスリッパをはき、廊下を歩いていったわ。廊下の曲がり角まで来たとき、声が聞こえたの。角から覗くと、ミセス・ハミルトンが玄関口に立って、知らない男の人と話をしているのが見えたわ。なぜだかわからないけれど、そのとき急に、二人は内緒で会っているのだと感じたの。わたしはスパイをしていたわけでも、盗み聞きをしていたわけでもないのよ。話の内容も聞こえなかったし。でも何か胡散臭いものを感じたの。そもそも、男の人が夜のそんな時間に訪ねて来るなんて変だわ」

「何時だった？」

「十一時近くよ」

「残りの家族は？」

「カーニーは通《かよ》いだし、料理人は自分の部屋にいて……彼女はいつもテレビにかじりついているの。ヴァージニアはポールと映画を見に行ったわ。お祝いのディナーが全然盛り上がらなかったの。ヴァージニアは恐ろしくぴりぴりしていて、それで誰かが映画を見に行くように勧めたのよ」

「誰かというのは？」

「最初に言い出したのはミセス・ハミルトンだと思うけど。ヴァージニアは名案だと承知して、わたしにも一緒に行こうと声をかけてくれたわ。それってとても——親切なことよね？」

「確かに。しかしどういう思惑だったんだろう」

「つまり、彼女たちがわたしを夜の間、厄介払いしようとしたと言いたいの？　ヴァージニアとミセス・ハミルトンが？」

「わからない。だが、その可能性はある。逆にまた、ヴァージニアがきみを誘ったのは、きみに好意を持ったからだということもあり得る。彼女には予測不能なところがあるからね」

「好意も何も、あの人はわたしのことなんてまるで眼中になかったわ。映画の一件が持ち上がるまでは相手にもしなかったのに、突然、やけにやさしく親しげな態度を取り始めたのよ。いいえ、もしかしたら、彼女の親切は本物だったのかも。わたしにはわからないわ。わたしの人物鑑定はあてにならないもの。だから自信は……」

「そう興奮しないで」ミーチャムはなだめるようにアリスの肩に手をかけた。「きみはヴァージニアの誘いを断ったんだね？」

「ええ。早めに寝るつもりだと言って、実際そうしたわ。でも眠れなかった。ずっとあなたのことを考えていたから。それと、あなたにできるだけ早くロサンゼルスに帰れと言われたことを。わたし、あの人たちから除け者にされるのは平気だったけど、あなたがわたしを永遠に追い払おうとしたのには傷ついたわ」

「ぼくの目論見は失敗したようだね」

「ええ、無残にも」

「これまでぼくが経験したなかで一番すばらしい失敗だ。きみは後悔するかもしれないが」

「ミーチャム、わたし、あなたに話したいことがあるの。ただ、結局、すべてわたしたちの、わたしたち二人だけのことに戻ってしまいそうで」アリスは眉をひそめた。「わたし、感情的にならない努力をするべきよね」

「ぜひ頼むよ。客観的に話してみてくれ」

「あの――それじゃ、わたしを見ないで」

「わかった」ミーチャムは壁に目を向けた。「続けてくれ」

「二人は玄関ホールで立ち話をしていたの。男の素性はどうとでも取れたわ。知り合い、保険のセールスマン、クリスマスカードやら何やらの行商の人。もし彼が来たのが昼間なら、まったく気に留めなかったでしょうし、思い出しもしなかったはずよ。わたしが不審に感じたのは、二人の人目を忍んだ様子なの。遅い時刻、チャイムの代わりの低いノック、せわしげなひそひそ声。でもわたしは会話の内容まで聞く気はなかったわ。だからベッドに戻ったの。それから数分後よ、ミセス・ハミルトンが廊下を忍び足で歩いてきたのは。もしわたしが彼女の気配に耳をすましていたのでなければ、きっと気づかなかったと思うわ。彼女は自分の部屋に直接戻ろうとせず、わたしの部屋のドアの前で立ち止まったの。実際に息遣いまで聞こえたのよ。とても荒い、不自然な息遣いだったわ。空気を断たれた人のような、首を絞められた人のような。もちろん――もちろん、本当に彼女が首を絞められたと考えたわけじゃないけど……」

「では、どう思ったんだい？」

「ショックよ、ひどいショックを受けたのではないかと。そしてわたしが何も見聞きしなかったことを確かめるために、様子を窺っていたのではないかしら」

「しかし、きみは何も聞かなかった」

「ええ」

「そしてきみが見たのは、玄関口にいた見知らぬ男だけだった。ホールの明かりはついていたのかい？」

「ええ、ひとつ」

「それなら、男の姿はよく見えただろうね」

「一瞬だけど。背が高くて、なかなかの男前だったわ。色の薄い髪に赤ら顔、年齢は四十ぐらいだったかしら。明るいグリーンの格子縞のコートを着ていたわ。今考えてみると、警官だったんじゃないかしら」

「そうかもしれない」ミーチャムは言った。しかし彼には男が警官でないことがわかっていた。彼の脳裏にある男の姿が浮かんだ。玄関ホールにつるされ、開いたドアから吹きつける風に揺れていた、グリーンの格子縞のコートとともに。こちらは主人のジムです。

ジム・ハーストとミセス・ハミルトン。また解かなければならない方程式が現れた。しかし次々に難問を解き明かしたところで、結局、人の心は永遠にわからない。ミーチャムは自分が未熟で不完全な人間であることを意識した。例えるなら、計算尺なしの技術者、処方箋なしの薬剤師というところか。

「やっぱりあの人は警官だったのよ」アリスはなぜか楽しそうだった。彼女もまた難問に直面したものの、指を折って数えるだけで楽々と解決してしまったかのように。「わたし、ちょっと落ち込んでいたものだから、くだらないことをいろいろ妄想してしまったのね」

ミーチャムはすぐには返事ができなかった。どこまでアリスに話すべきなのか、そもそも彼自身、何をどこまで知っているのか、確信がなかったからだ。

「そうじゃない、ミーチャム？」

「多分そうだね」

「夜、暗闇の中だと、物事はいっそう悪く見えるものなのね」

「ひとりきりでいるときはね」

「あなたと一緒なら、少しも怖いことはないわ、ミーチャム」

「ああ」ミーチャムは再びアリスを抱き寄せた。彼女は暖かく、やわらかかった。芽生えたばかりの愛がこのまま永遠に続き、その力は夜の闇も冬の凍てつきも溶かしてくれると、無邪気に、ひたむきに信じている。その思いはいつまで続くだろう。そう考えただけで、ミーチャムはアリス以上に自分のほうが傷つく気がした。

「ミセス・ハミルトンへの言い訳を考えておいたほうがいいな」

「ええ。どんな？」

「きみは美容院に行ったんだ」

「でも行っていないわ」

「これから行くんだよ」

「わかったわ」アリスは素直に応じた。「ミーチャム、どうしてわかったの？　脱色《ブリーチ》のことだけど」

「ぼくは町中に小鳥を放ってスパイさせているんだ」

「やめて。真面目に訊いているのよ。なぜわかったの？」

「あてずっぽさ、ダーリン」

「あなたが女性のことに詳しすぎると考えるのはいやだわ」アリスは眉を寄せながら言った。「つまり、他の女性のことにね。わたしについて知るのはかまわないわ。もちろん、わたしもときには神秘的に振る舞う努力をするつもりだけど」

「そのときには、惑わされたように振る舞うと約束するよ」

「ああ、ミーチャム、わたし――あなたへの愛で胸がいっぱいだわ。こんなことをあなたに打ち明けるのは間違いだと思う？　ずっとあなたに謎解きをさせておくべきかしら」

「もう遅いよ」ミーチャムは言った。「第一、もう謎解きはうんざりだ。ぼくは新しい計算尺を買うか、出直してきみのように指を折って数えるべきなのさ」

「どういう意味？」

「たいしたことじゃないよ」ミーチャムはアリスのこめかみに軽くキスをした。「さあ、美容院に行っておいで」

「次はいつ会えるの？　一緒にランチはどう？」

「今日はだめだ。病院に行って、ロフタスに会わなければ」

「またロフタスなのね」アリスは拗ねたように言った。

「またロフタスだ」

「どうして？」

「彼の金をいくらか預かっているんだ。それをどうするべきか知りたい」

「なぜロフタスはあなたにお金を渡したりしたの？　なぜあなたはこんなふうにいまだに彼と関わり合いを持たなければならないの？」

「関わり合いはないさ」しかし、あるのだ。ミーチャムはそう自覚していた。最初は精神的な関わりだったのが、次第に行動を伴うようになり、それは彼を人間関係の網に捕えた。どちらを向いても別の新しい結び目が見える。諍《いさか》いをしても話し合いをしても金を払っても、その網から抜け出すことはできない。徐々にきつく複雑になる結び目を、ひとつひとつ丹念に緩め、解きほぐしていくしかないのだ。老婦人、ガリノ夫妻、ヴァージニアとその母、死んだマーゴリス、エミー・ハーストと彼女が軽蔑する夫。その中で最も手強い、最初で最後の結び目が、ロフタス本人だった。

第十六章

郡立病院は、町の中心から南へ三マイルほどの距離に位置する新旧の建物群で成り立っていた。いわゆる囚人病棟は、正式な病棟ではなく、二階建ての黄色いレンガ造りの家屋で、他の建物からは五十ヤードの距離と鋼鉄のフェンスで隔てられている。もともとは院長の住居だったが、追加の施設が必要になったので、院長はよそへ移り、家屋はジフテリアや腸チフスのような、より伝染性の高い疾病患者のための隔離病棟として使われるようになった。予防接種の普及によりこれらの疾病の数は減り、ついにはほぼ撲滅されたが、犯罪に対する予防法は発見されず、郡の囚人の数は増える一方だった。彼らのうち、身体的に病んでいる者には看護が必要とされ、精神的に病んでいる者には一層の配慮が必要とされた。後者の申し立てに関しては、理事会で幾度も活発な議論が交わされ、新聞の論説にも取り上げられた。再選に奔走する地元下院議員は反対を声明したが、結局は認められる運びとなった。

かつては世間をジフテリアから守っていた建物が、今度は同じ世間のごろつきや犯罪者から守ることになったわけだが、その転換はいたって経済的に成し遂げられた。まず窓からカーテンが取りはずされ、代わりに格子がはめられた。外にはフェンスが建てられた。男性の看護助手が看護婦に取って代わり、当初は院長の居間であり、ついで小児病室だった部屋は、現在ではカルテ室、事務室、看護助手たちの休憩室を兼ねた場所として体裁を整えられている。

ドアの表示には〝ベルを鳴らして入ること〟とあった。ミーチャムはベルを鳴らして中に入った。

当直の看護助手が隅の小さなデスクに向かい、カルテを読んでいた。

「おはよう、ギル」ミーチャムは声をかけた。

ギルはカルテから顔を上げると、眉間に皺を寄せた。「どうやって門を通過したんですか?」

「受付の模範囚は古くからの友人なんだ」

「ここには規則というものがあるんですよ、ミーチャムさん。ご存知でしょう」

「規則を破るつもりは毛頭ないよ」

ミーチャムが看護助手のギルと知り合ってから一年余りになる。ずんぐりした若者で、主な関心は患者の病気に向けられていた。彼はこの病院で、自分が世話をしている患者ひとりひとりの不満や病状に対して真剣に耳を傾けることのできる唯一の職員だった。したがって、非常に人気があり、本人が自覚している以上に患者の役に立っていた。患者たちは偏頭痛や胃痙攣、喘息の発作、食道疾患などの悩みをギルに向かってまくし立てる。そのうちに、たいていの恐怖は彼の澄んだ茶色の瞳に吸い込まれて消えていくのだ。

ギルは自ら志願して囚人病棟へ転属した。犯罪と病気の関連性について学びたかったからだ。彼はひたむきに努力した。帳面を肌身離さず持ち歩き、医療上のありとあらゆる知識、症状、見解と、患者による発言を書き留めた。しかしこれまでに得られた結論といえば、囚人たちは概して、他の棟の患者たちより物静かで、自分の痛みに関して騒ぎ立てないという事実だけだった。

「ロフタスとほんの少し話がしたいんだ」ミーチャムは言った。

ギルは首に掛けた聴診器をいじった。一週間前に自前で買ったばかりの聴診器で、インターンのひとりから使い方と音の意味の正確な分析の仕方を教わっているところだ。誇らしくてならないらしく、ダイヤモンドのネックレスのようにもったいぶってぶら下げている。「電話でも話したでしょう、ミーチャムさん。面会謝絶です。彼《ボーイ》はとても具合が悪いんだ」ギルにとって、自分の患者は何歳であろうと、みな、少年《ボーイ》なのだ。まるで、病気が理由で子供時代に逆行しているかのように。ミーチャムはふと、その呼び方がいかに的を射たものか、果たしてギルは知っているのだろうかと思った。

「ぼくは見舞客じゃない」

「昨日の夜、彼は輸血を受けなければならなかったんですよ。午前中、こっちに連れてきて検査をした時点で、こ、骨——骨髄細胞の割合がとても高いことが発見されたんです」

「骨髄細胞とは?」

ギルは顔を赤らめた。「ともかく、悪い徴候なんです、かなり。輸血で元気になりましたけどね。それどころか、今度は興奮して、おとなしく床について眠れなくなってしまいましてね。話をしたがったので、ぼくが付き添っていました」

「ひと晩中?」

「ええ。どうせぼくも寝るより他にやることがないし、白血病の患者を受け持つのは初めてなんです。はっきり言って、白血病はこれから増える病気だと思いますよ。だからできるだけ多くのことを知りたいんです。そうすれば、医学部に行く余裕ができたとき、他の連中が知らない多くの事柄、本物の中身を知っているということになりますからね」

「骨髄細胞のような、か」ミーチャムは言った。「昨夜、ロフタスはどんな話をしたがっていた?」

「若い男のほとんどがする話ですよ。自分自身と女たちのことです」

「女というと？」

「ひとりは彼の母親です。母親はアルコール依存症らしいですね。ぼくがしばしば注目するところでは、アルコール依存症の病歴っていうのはほとんどの……」

「他の女のことは？」

「ロフタスはバーディーと呼んでいました。彼の妻でしたが、彼が手ひどい仕打ちをしたので、出ていったそうです。それにしても、どうしてこんなことを知りたがるんです？」

「ちょっと興味があるのさ。きみはロフタスの骨髄細胞に興味があり、ぼくは彼の妻に興味がある」

「見つけようとでも言うんですか？」

「そのとおり。ただの好奇心からだがね」

「さぞかし彼女が行った場所に行きたいことでしょうね」

「どこにいるんだ？」

「亡くなりましたよ」ギルは言った。「交通事故で死んだそうです。一年半前に、ラスベガスで」

「事故で死んだ？」

「即死ではありませんがね。病院に運ばれて数日後に息を引き取ったとか」

ミーチャムはかすかにめまいがして、足元がぐらつくのを感じた。まるでロープの結び目のひとつが手元で断ち切られ、空中で宙ぶらりんになって揺れている気分だ。

バーディーは死んでいた、とうの昔に。角を曲がって一瞬のうちに消え失せたわけではなく、どこか見知らぬ通りの暗がりの中に歩み去ったのだ。

「それはまた――なんとも気の毒な話だ」ミーチャムはやっとのことで口を開いた。

「まったくね」

「ロフタスはその件についてはぼくに話さなかった」

「人はぼくにはいろんなことを話すんです、理由はわからないけど。でも、昨夜のロフタスほど誰かがよく喋るのを聞いたことがない。彼はその女にぞっこんだったに違いありません。バーディーはこうだった、バーディーはああだったって。ぼくが座っていたのがあんなに固い椅子じゃなかったら、もう少しで何度か眠ってしまうところでしたよ。妙なのは、彼がここに来る羽目になった理由については、ぼくが尋ねるまでひと言もふれなかったことです。ぼくが受けた印象では、彼はあの殺しを取るに足りないこと、言わば駐車違反程度にしか考えていないようでした。ここには精神病患者《サイコパス》が数人いるんですが、彼らの態度がまさにそれなんです。でもロフタスにはサイコパスの徴候はいっさい見られません。例の問題の一点、殺人そのものを除けば、彼は非常に道徳的で責任感のある男なんです。彼の母親を知っていますか？」

「会ったことはある」

「聞いた限りでは、相当変わっているようですね。いや、今朝からずっと考えていたんですが、ぼくは医学部へ行く金が十分貯まったら、精神医学に専念すべきなんじゃないかな。ぼくはなんの教育も受けていないので、知識といえばあちこちで身に着けたものだけです。でも、あなたは教養のある人だ、精神医学は来たるべき分野だと思いませんか？」

「どんなことでも多少は役に立つものさ」

「そこですよ、ぼくが言いたいのは。連中が試験管の中の病気を扱っているときに、ぼくは精神医学を極めてやる。みすみす置き去りにされるつもりはないんだ」

「ぼくがきみの最初の患者になろう」ミーチャムは言った。「ロフタスに会わせてくれたらね」

「無理ですよ、ミーチャムさん。彼《ボーイ》は病気なんだ。正真正銘の病気ですよ、他のやつらのような仮病と違って」

「それはわかっている」

「第一、ロフタスは今、眠っています。三時間前に鎮静剤を飲んでね」

「待つよ」ミーチャムはデスクの端に腰を下ろし、煙草に火をつけた。「もし話もできないほど具合が悪いというのなら、わかった、質問はいっさいしないと約束する。それならきみも納得してくれるだろう？　どのみち、ぼくの姿を見ても、彼はそう驚きはしないさ。ぼくは静かに部屋に入り、もし彼が眠っているようなら、静かに部屋を出る。ロフタスは今どこに？」

「新婚部屋です」ギルは答えた。その言葉はとうの昔に洒落としての意味を失っていた。今では建物内で唯一の個室を示す用語として普通に使われており、そこには重篤あるいは術後の患者が収容されていた。「ただの好奇心にしては、ずいぶんと面倒なことに首を突っ込むんですね」

「まあ、ときにはね」

「誰のためです？」

「自分自身のためだけさ」

「やれやれ、しょうがない。彼が起きているか、見てみましょう」

「恩に着るよ、ギル。二月の中頃になったら、事務所に来てくれ。所得税の件で知恵を貸すから」

「冗談はやめてください」ギルは引き出しに手をのばし、鍵の環を取り出した。それは郡拘置所でジェニングスが持っていた環ほど大きくはないが、束ねられている鍵の数ははるかに多く、サイズも形もまちまちだった。「四六時中、ものに鍵をかけるのにはうんざりですよ。ドアにかけ、窓にかけ、便所にかけ、そのうえ、温度計に消毒用アルコール、皿やスプーンにいたるまで、鍵をかけてしまっておかなきゃならないんだから」

ミーチャムはギルについてドアまで行った。「なぜスプーンを？」

「二、三年前になりますが、内輪揉めでこっぴどく殴られた男がいましてね。そいつはオレンジの皮を飲み込んだあと、スプーンで喉に押し込んで、自ら窒息しようとしました。それ以来、スプーンもオレンジもご法度なんですよ」

ギルは長く狭い廊下に通じるドアの鍵をあけた。太陽と空気、ペンキと消毒薬の存在にもかかわらず、古い家屋には朽ちかけた木材の匂いが染みついていた。それは緩慢に廊下を往き来し、くぼんだ階段を昇り降りした。自らの足跡を探して苛立つ、院長の亡霊のように。

階下には四室あった。そのうちの三室からはドアが取り払われ、代わりに天井まで届く扉が設置されている。それは敷地を囲むフェンスと同じ素材でできていた。

突然、扉の内側からひとりの男が盛大に唸り始めた。

ギルは足をとめた。「おい、やめないか、ビリングス」その声は楽しそうだった。「いい子にするんだ」

〝いい子〟と言われたのは年配の黒人で、煙草のやにで黄ばんだ顎ひげと、肩まで届く白髪の持ち主だった。「朝飯に食ったプラムがさ、腹ん中にビリヤードの玉みてえにどっかり居座ってやがんだよ」

「いんちき訛りはやめろ。この前ここに来たときは、イェール出の男みたいな口のきき方をしていたじゃないか」

「体んなかを転げ回ってるんだよ」

「もうちょっとしたら、なんとかしてやるから」

「聞いてくれ。こっち来て聞いてくれよ、白ん坊」

「今は無理だよ、ビリングス。忙しいんだ」

「聞いてくれ。おれの体は罪でいっぱいなんだ。そいつが腹ん中で転げ回ってる。ああ、情け深いイエス様、こいつをとめてくれ。おれの中でビリヤードの玉どもがカタカタ音を立てるのをとめてくれ」

「あんたの体の中にはビリヤードの玉なんてひとつもないよ」ギルは答えた。「それはガスだ」

「おれはただの、罪にまみれた黒ん坊の老いぼれだ、おやさしいイエス様、あんたに楯突くやつなんていない。いよいよやつらはおれの髪を刈り取り、顎ひげを切り落とすつもりだ。誰が見たっておれのものなのに、持っていっちまうつもりなんだ、シラミがたかるとか抜かして。おれにシラミがたかったことなんて一度もないぞ。くそっ、ただこいつが転げ回ってるだけなんだ」

「聞いたことがないのかい、ビリングス。最近は髪を短くするのが流行っているんだぞ。女ですら」

「きさまは地獄の火の中を這っていくがいい、白ん坊め。おれは天国に乗り込むぞ」老いた黒人は簡易ベッドの上で寝返りを打ち、壁に顔を向けると、再び先ほどの節をつけたような唸り声を発し始めた。

　ギルは肩をすくめて背を向け、廊下を進んだ。

　四番目の部屋にはもとの樫材のドアがはまっていたが、目の高さに小さな長方形の覗き穴が設けられていた。ギルはそこから中を覗いたあと、ドアの鍵をあけた。

部屋には日除けが下りていてほとんど真っ暗なため、最初に見えたのはぼんやりとした輪郭だけだった。ベッド、洗面器、蓋のついたごみ箱、隅に引っくり返った白い椅子。その椅子のはるか上にロフタスの顔があった。彼は夜の間にとてつもなく成長していて、もう少しで顔が天井につきそうだった。

老いた黒人がイエスに対して唸り声を上げ、ギルは疲れ切った馬のように息を弾ませ、窓枠には木の枝のこすれる音がした。

ギルは部屋の奥に進み、日除けを上げた。それから隅に行って、ロフタスのだらんと下がった両手の片方にふれた。ロフタスはまるで風に吹かれているかのように、ゆっくりと前後に揺れ始めた。

「ぼくのせいじゃない」ギルが言った。「この連中が死にたいと思いつめたら、誰にもとめられないんだ。ぼくの責任じゃない。ぼくは彼に鎮静剤を渡して、彼はそれを飲んでから眠ると約束したんだ」

ロフタスは確かに約束の一部は守ったのだとミーチャムは思った。しかし二錠の黄色いカプセルはベッド脇の金属製の机の上に置かれたままだった。

「白ん坊、そこにいるか、白ん坊？　おれは神様と話をしてたんだぞ、白ん坊。神様はおまえのことを罪の固まりだとおっしゃったぞ。哀れな老いた黒んぼの朝飯にプルーンを与えるべきじゃないとな。聞いてるのか、小僧」

「どうすれば彼をとめられた？」ギルは言った。「いったいどうすれば。多分彼はひと晩中話をしながら、密かに計画を立てて、使えそうなものはないかと辺りを物色していたんだ」

室内には鋭いものや先の尖ったものは何ひとつなく、破壊して刃先になるような道具もなかった。電球でさえ手が届かないようになっている。しかしロフタスは、死にもの狂いになった人間がそうであるように、なんとか手段を編み出した。ごみ箱から針金でできた取っ手を引きちぎり、天井近くの壁の通気孔に取り付けたのだ。次に灰色の毛布を裂き、捩じって紐にしたものを取っ手に結び付けた。椅子の上に立ちながら、彼は紐のもう一方の端を首の回りで結んだ。そうやってそこに立ち、おそらく一分か、あるいは一時間かしたのち、足で椅子を蹴飛ばした。

ロフタスは人知れず死んでいた。戦うこともせず。後ろの白い壁には、苦悶して蹴った足の跡はない。首にかかった圧力を和らげようと壁をかきむしった跡も。喉にはひっかき傷も爪痕もなかった。あたかも、毛布から作った紐が彼の空気を断つ前に、自らの意志で死んだかのように。

ロフタスの顔は変色していなかった。口はかすかに開いているものの、舌は突き出ていない。彼はいたって心穏やかに見えた。ずっと恐れてきた長い夜が、結果的にはすばらしいものになり、楽しい夢でも見ているようだ。その暗がりに恐怖は存在せず、目の前にはバーディーが歩いていったのと同じ未知の通りがある。

「聞こえるぞ、白ん坊、おまえが話すのが、ささやくのが聞こえる。ひざまずいて、お情け深いイエス様に、おまえの中の悪魔を解き放つようにお願いしろ、そこに立ってささやきながら、この哀れな老いぼれ黒ん坊の腹のことを笑ってる悪魔をな」

ギルは突然踵を返し、開いたドアに向かって金切り声を上げた。「うるさい！　静かにしろと言っているんだ！」

「ささやきながら、笑いながら……」

「黙れ、このろくでなし！」

「呪いながら、叫びながら、ささやきながら……」

「そっちへ行って頭を叩き割ってやるぞ、ちくしょう！」

「おどしてる、罪とシラミにまみれた哀れな年寄りをおどして、髪を刈り取ろうとしている。ひざまずけ、白ん坊、そして悪魔に解放してくれと頼むがいい」

ギルは立って、両の拳を肋骨の辺りに押しつけた。指の節から血の気が引いていく。「わかったよ、ビリングス」彼はついに口を開いた。「ぼくはひざまずき、悪魔はぼくを解放した」

「唱えろ、主を褒め称えよ《ハレルヤ》、と」

「ハレルヤ」ギルは言った。その頬に涙が流れ落ちた。「ハレルヤ」

第十七章

五階下の通りまでの距離は変わらないが、空は午前中よりはるかに間近に見えた。黄昏時の今、人肌についた痣のような色に染まりながら、刻々と姿を変えて、ミーチャムのオフィスの窓に重苦しく迫ってくる。

ミセス・クリスティーはすでに帰宅したあとで、オフィスでは電話が鳴り響いていた。卓上の電気スタンドにタイプ打ちのメモが立てかけてある。ミーチャムは受話器を取る前にざっと目を通した。

「E・J・M様。お電話は以下のとおりです。十一時三十五分、コードウィンク。十二時十分、ミセス・ハミルトン、伝言はなし。一時十五分、ミスター・ジョージ・レッサー、先方よりかけ直し。一時四十分、チェッカー・タクシー、再審申し立ては却下。ミス・マクダニエルズ、遺書の写しが見つからないとのこと。三時十五分、スウィーニー・クリーニング、敷物の縮みは不可抗力であり、示談は拒否。三時四十五分、ミセス・アリステア、信託証書の件で。四時五分、ミスター・レッサー、六時前に五─五九八八まで電話されたし。四時三十三分、ミスター・ポスト、明日は出社せず。L・E・クリスティー」

ミーチャムは受話器を取り上げた。「もしもし、ミーチャムですが」

「こちらはジョージ・レッサーです、ミスター・ミーチャム。わたしの記憶違いでなければ、一年ほど前にシカゴの総会でお目にかかっているはずですが」レッサーの声は細く神経質そうで、かすかなニューイングランド訛りがあった。「お心当たりがありますか?」

「そう言われてみれば」ミーチャムは調子を合わせたが、彼は十年来、総会に参加したことはなかった。「近況をお聞かせ願えますか」

「もちろんです。現在はデトロイトの法律事務所、〈ルーエンスタイン・アドラー・バーチ〉に勤務しています。アルバナに来たのは、今朝、空港に依頼人を迎えに行き、ここまで車で送ってこなければならなかったからです。実は彼女があなたにお会いしたいと強く希望しておりまして」

「弁護士としてのわたしにですか?」

「いやいや」レッサーは即座に否定した。「彼女の案件については当法律事務所で一手に扱っています。これは全く別の、個人的な問題です。彼女があなたと話をしたがっているのは、保安官がヴァージニア・バークレーに関連してあなたの名前を口にしたからです。あなたはミセス・バークレーの弁護士でしたね?」

「一時は」

「わたしの依頼人というのはリリー・マーゴリスです」

「なるほど」

「ご存知でしょうが、ミスター・マーゴリスが亡くなった時、彼女はリマに住む姉を訪ねていました」

「その件なら知っています」

「取るものも取り敢えず帰国して、今朝から昼過ぎにかけてずっと保安官のオフィスで事情を訊かれていたのです。もちろん、話すことなどたいしてありません。ほんの形式的なものでした」

「コードウィンクに会われたのなら、なぜわたしに会いたいと思われるのでしょう」

「正直、わたしにはわかりません」心から戸惑っているような話しぶりだった。「おそらく、好奇心からでしょう。コードウィンクは彼女に多くを語りませんでしたから。そしてご存知のように、女というものは些細な点をつつくのが好きですからね。よくまあ、うんざりしないものだと思いますよ。もちろん、リリーの場合、それも無理からぬことです。これまで一度もこうしたことに出くわした経験がないのですから。世間の荒波を知らずに生きてきたと言えるかもしれません。この事件で彼女は大きな衝撃を受けました。なんといっても、子供たちのことがありますから。もちろん、わたしとしては、彼女と子供たちをマスコミから守るため、最善を尽くしました」

「お察しします」実際、レッサーは善処していた。リリー・マーゴリスや子供たちの写真はスナップ写真も含めてどの新聞にもいっさい掲載されておらず、彼女の私生活についてもほんのわずかしか言及されていなかった。しかしそれは、語るべきことがほとんどなかったというほうが正しいかもしれない。つまりリリー・マーゴリスは、自分の子供たちと、自分の家庭を機械的に切り盛りすること以外にはなんの興味も持たない、例の退屈で道徳的なタイプの女性だということだ。ミーチャムはそんな女性たちを嫌というほど見てきた。時として彼女たちの鈍感さ、正しさは、現実にそこにあるものを覆い隠すことがあった。流れが危険で渡れない川面に張りつめた薄氷のように。

「この件についてわたしの本音を申しますと」レッサーが言った。「忘れるようにしたほうがよいと思うのです。実際、あなたにこの電話をかけているのも本意ではありません。今さら細かいことをほじくり返したところで、得るものがあるとも思えませんしね。しかし、リリーはそれを望んでいます。

もしあなたがこちらに出向いて彼女と話をしてくださるなら、もちろん、その時間の補償はいたします」

「あなたは事件は解決するとお考えなのですね」

「もちろん。今朝、あの若者が自殺した以上は……」

「どこからお聞きになったのですか？」

「偶然にも、リリーが保安官のオフィスにいたとき、その件を伝える電話がかかってきたのです。耳にしないわけにはいきませんでした」レッサーはそこで咳をしたが、本物の咳というよりは、神経質な癖のようだった。「あなたは若者の友人だったそうですね」

「知り合いでした」

「誰にとっても悲しい事件です。とりわけ、リリーと二人の子供たちにとっては。幸い、彼女たちに生活の心配はありません。マーゴリスも生前にいくつかは常識的な行いをしましたが、そのうちのひとつが、十分な保険に入っていたことです」

「倍額補償はこれまでも傷ついた心を癒してきましたからね」

「助けにはなります、当然」レッサーは身構えるように言った。

「おっしゃるとおりです」ミーチャムはデスクの上の時計を見た。五時十分だった。「ミセス・マーゴリスにお会いしたいと思います。いつがよろしいですか？」

「今夜、夕食のあとでいかがでしょう。あるいは、今すぐのほうがよろしければ、それでもけっこうです」

「それでお願いします」

「わたしは今、リリーの家にいます。ゴルフコースの近くの、ランカスター大通りをご存知ですか?」

「ええ」

「そちらの一二〇六番地、白とグリーンのコロニアル様式の家です。すぐにおわかりになるはずです、子供たちが午後いっぱいかけて、私道の入り口に雪だるま《スノーマン》を二つ作りましたから」

「では二十分後に伺います」


入り口の門には投光照明が灯っていた。両脇に雪像が一体ずつ、墓石のように立っている。しかし、それらに関するレッサーの言葉は間違っていた。像のうちの一体はスノーマンではなくスノーレディーで、ピンクの襞飾りのついたエプロンをごつごつした腰に締め、坊主頭を隠すためにてっぺんをスカーフで覆っていた。炭でできた目は片方が溶けかけた穴から抜け落ちてしまっている。人参で作った魔女の鼻と湿ったビートの口を持ち、その胸には水滴の滴り落ちる長い氷柱《つらら》が突き刺さっていた。氷柱は照明を受け、まるで宝石をはめた柄のついた短剣のようにきらめいていた。スノーレディーは自らの傷に気づいているようだった。赤く滲んだビートの口は苦悶に満ち、残った片方の目は絶望的に闇夜を見つめている。

ミーチャムがアクセルを強く踏むと、タイヤはしばらくぬかるみで回転してからとまった。急坂になっている私道は、まだ雪かきがされていなかった。柱のついた広いポーチも階段もそのままだ。温室の中にでもいるように、至る所で水の滴り落ちる音がした。

窓はほとんどすべてに明かりがつき、大きく開け放されている。まるで病後に部屋の空気を入れ換えてでもいるようだ。

玄関にはレッサーが自ら応対に出た。電話越しの細く神経質な声とは対照的に、頑丈そうな体つきの、丸顔の四十男で、その笑顔は信号のような明確さで点いたり消えたりした。態度物腰は法廷での様子を思わせ、相手を見ずに人と話すところなどは、実際に、目には見えない批判的な陪審員団に向かって語りかけているようだった。

「ご足労くださって、ありがとうございます。ミスター・ミーチャム」二人は握手を交わした。「コートをお預かりします。メイドは子供たちと階上《うえ》にいますので」

レッサーはミーチャムからコートを受け取ると、玄関ホールに面した小さなクロゼットにつるした。ミーチャムはクロゼットの中が、子供用のゴム長靴以外、からであることに気づいた。

「リリーはまだ荷解きをしたり整理をする時間がないものですから」レッサーは言った。「ところで、念のため申し上げておきますが、わたしは彼女の従兄なのです。なぜわたしがこうして家にまでいるのか、不審に思われるといけませんので」

「たいして妙には感じませんでしたが」

「ほう？　わたしはてっきりそうだと思っていましたが。実際のところ」――レッサーはネクタイをぐいと引いた――「実を言えば、リリーがこの不幸な結婚をして以来、わたしはずっと彼女の力になってきたのです」

それはある種の答えを求める発言だった。ほう？　それは興味深いお話ですね。本当ですか？　偉いですね、たいしたものだ。頼もしいお方だ。しかしミーチャムは曖昧に相槌を打つにとどめた。

「さて、リリーが書斎でお待ちしています」レッサーは言った。「家の中で消臭剤の匂いがしない部屋はそこだけなのです。なにしろ、閉め切っていたものですから」

書斎はミーチャムが名前から想像していた、〝本とパイプを楽しむ男の聖域〟とは趣が違っていた。実際は家の南東の隅にあたる小部屋で、そこには休息ではなく活動のための道具がそろえられていた。ミシン、製図板、小さな手織り機、服を着せるマネキン、子供たちのおもちゃでいっぱいの長い木製テーブル。松材の壁も子供たちの作品で覆われていた。スケッチ、水彩画、フィンガーペイント画など、額に入れて回り縁からぶら下げているものもあれば、画鋲でおおざっぱにとめただけのものもある。絵にはすべてサインがあった。ほとんどが真ん中を横切る形で、アン・M、あるいはジョージーと記されている。

物があふれ、活気に満ちている分、部屋には乱雑な雰囲気も漂っていた。しかしリリー・マーゴリス本人に乱れたところはいっさいなかった。彼女は若く、すらりと引き締まった肢体の持ち主で、身に着けたツイードのスーツの青い斑点《フレック》が、瞳の色と完璧に調和していた。茶色の髪は短く切り、細かくカールしてある。そのカールは陰でひとつひとつの重さと長さを測っているかのように形がそろっていた。顔は濃く日焼けしていて、そのため、瞳がとても明るく、輝いて見える。歯も眩しいほど白い。平凡な顔立ちながら、慎重に選ばれたツイードのスーツと、入念に日に焼かれた肌が、彼女の外見を極めて印象的に見せていた。

リリー・マーゴリスはレッサーと同じ挨拶を繰り返した。彼女のニューイングランド訛りはレッサーのものよりはるかに強く、まるで中西部に対する軽蔑を見せつけるために、わざと直さずにいるかのようだった。

「お越しくださってありがとうございます、ミスター・ミーチャム。どうぞおかけになって。ジョージ、申し訳ないけれど、飲み物を持ってきてくださる?」
レッサーはおとなしく立ち上がった。しかしかすかに感情を害した様子で、戸口で振り返るとミセス・マーゴリスに、ぼくが戻るまで妙なことを言うんじゃないよ、という視線を送った。

リリー・マーゴリスはミーチャムを迎えるまで座っていた、製図板のそばの木製ベンチに戻った。そして再び腰を下ろすと、背筋をのばし、身を固くした。両足をまっすぐ床に置き、器用そうな大きな手を膝の上で重ねている。「ところで、ミスター・ミーチャム、わたしには何が起こったのか、その理由も、いまだによくわかりませんの。すべてが曖昧で混乱しています。まるで誰か別の人の悪夢を理解しようとしているようですわ」

誰か別の人の。ミセス・マーゴリスがそう表現したことにミーチャムは心をとめた。彼女自身のではなく。その言葉はミーチャムが前もって彼女に抱いていたイメージにあてはまった。ミセス・マーゴリスは完璧な秘書の職業病とも言うべき統合失調症にかかっているかに見えた。自身の優位を強烈に自覚していることからくる控えめな態度。片方の手で、イエス、ボスと持ち上げ、別の手でばかな人ねと下げる。おそらく本当の意味での完璧な妻ではない。

ミセス・マーゴリスは背筋をのばしたまま、ミーチャムに向かって軽く身を乗り出した。「わたしは姉とクリスマスを過ごすために、子供たちをリマへ連れていっておりました——姉の夫があちらで鉱山技師をしておりますもので。着いて二週間もしないうちに、クロードに事故が起きたという知らせが届きました。ずいぶん繊細な言い回しだとお思いになりません? 実際に起きた出来事と比べると」

「さぞかし衝撃を受けられたことでしょうが、よく乗り切っておいでです」ミーチャムは言った。

「わたしがこの八年間に受けたショックの数を思えば、ここでまたひとつ増えたところでどうということはありません。すでに老いたボクサーのようにふらふらですから」ミセス・マーゴリスは微笑んだ。その笑顔には、皮肉はもとより、どんな種類の感情も浮かんでいなかった。「今までずっと多くの疑念を抱いてきました。少なくともこれで決着がついたのです。これからはもう、クロードがどこにいるのか、あるいは何をしているのかと怪しまずにすみます。子供たちのために彼と離婚すべきか、逆に子供たちのために離婚を思いとどまるべきなのか、敢えて決める必要もなくなりました。運命が立ち入って、レフリーのように闘いをとめてくれたのです。わたしは悲しんでなどいませんし、悲しんでいるふりをしようとも思いません。クロードはどうしようもなく愚かな人でした。あんなふうに愚かな者だけが……」

ミセス・マーゴリスは口をつぐんだが、考えていることは明らかだった。どうしようもなく愚かな者だけが、殺されるような羽目になるのだ。ある意味、ミーチャムはそれに同感した。犯人と同じく、被害者の側にも運命を選択する余地があったのだ。状況によっては。

レッサーがマティーニのピッチャーを持って戻ってきた。彼はミーチャムに一杯、自分に一杯そそいだ。

「わたしは遠慮しますわ、ミスター・ミーチャム」リリー・マーゴリスは言った。「お酒は嗜みませんので」

「彼女は飲むと気分が悪くなるんですよ」レッサーが説明した。「まあ、そんなわけでして」

「わたしは飲んでもまったく平気よ、ジョージ。何かというとみなさんにそう言うのはやめてほしいわ」

「いや、確かにきみは気分が悪くなる、ぼくは……」

「ジョージ、お願い。ミスター・ミーチャムにどう思われるかしら、こんなくだらない内輪揉めをお見せして」

レッサーは石のような微笑を浮かべて、ミセス・マーゴリスの頭の後ろの壁を見つめた。陪審席の紳士淑女の皆さん、証人は嘘をついています。アルコールは彼女の体に対して極めて有害な影響を与え、事実、彼女は気分が悪くなるのです。

ミーチャムは椅子に座ったまま、所在なく身じろいだ。正面のテーブルの上には赤りんごを盛った鉢があり、その光景と香りが空腹を激しくかき立てた。彼はゲストスピーカーとして宴会に来て、準備と紹介のやりとりをしているうちに料理がすっかり冷めてしまった男の気分になった。これまでのところ、ミセス・マーゴリスは夫の死について何ひとつ質問していない。今やミーチャムもほぼ確信していた。彼女にそのつもりはないこと、彼が呼ばれたのは話をするためでなく、聞かされるためだということを。

「ジョージ、あなたがここにいてもなんにもならないでしょう」ミセス・マーゴリスがだしぬけに口を開いた。「これから何時間も運転しなければならないのだし、マリオンは誰であろうとディナーに遅れるのは絶対許さないのを知っているはずよ」

レッサーは咳払いをした。「残るのはぼくの義務だ。これは身内の問題だからね」

「わたしが何かまずいことを言うと思っているの?」

「違うさ。そんなことは決してない」

ミセス・マーゴリスは笑って、ミーチャムに言った。「思っているのよ。この人はわたしがヴァージニアについて中傷的な発言をするのを案じているの。当たっていますけどね」

「なあ、リリー」レッサーが諫めた。「もう過ぎたことは水に流したほうがいい」

ミセス・マーゴリスはレッサーを無視した。「ヴァージニアはあなたの依頼人でしたわね、ミスター・ミーチャム？」

「元依頼人です」

「彼女はわたしのことを何か言っていました？」

「あなたに会ったことがあるそうです」

「わたしに会ったですって？　それはお笑いだわ。ええ、確かにわたしたちは会いました。わたしがリマへ発つ前に、それは派手な大喧嘩をしたのです」

レッサーの様子が目に見えて苛々してきた。「それは正確には喧嘩とは言わないがね」

「あれは喧嘩でした。あの人はわたしを嘘つき呼ばわりしたあげく、平手打ちをして髪を引っ張ろうとしたのです。わたしはそうはさせまいと彼女の手首をつかみました。これでも力はかなりありますの」

「テニスを」レッサーが言い訳した。「彼女はずいぶん……」

「ジョージ。もう家に帰ってちょうだい」

「きみがそう望んでいるのはわかるがね」レッサーは苦々しげに言った。「しかし、ぼくは帰らないよ。きみは疲れて感情的になっている。そのつもりがなくても、災いを招くことになりかねない」

「わたしの勝手だわ」

「クロードが殺されたのも浅はかさが原因だったんだ」

ミセス・マーゴリスの健康的に日焼けした顔からわずかに血の気が引いた。「よくも——よくもそんなひどいことが言えるわね」

「いや、すまない。悪かったよ。しかしね、リリー、きみがあまりに無防備なものだから、ぼくとしては……。ともかく、うっかりしていたよ……」

ミーチャムが口をはさんだ。「このままでは埒があかないようですね」

「あきますとも、ジョージが家に帰ってくれれば」

「ぼくは帰らないよ」レッサーはきっぱりと言った。

「だったら、黙っていて」ミセス・マーゴリスのこめかみに青筋が立ち、皮膚の下でどくどくと脈打った。「わたしはヴァージニアと口論するつもりはありませんでした。彼女の家を訪ねたのは義務感からです。彼女がクロードと付き合っているのは知っていました。二人が町外れの安酒場に一緒にいるのを、メイドのローズが目撃したのです。ローズはアレルギー注射を打ちにドクター・バークレーの診療所に通っていますので、ヴァージニアのことはすぐにわかったそうです。それでわたし——彼女に会いに行きました」ミセス・マーゴリスはシンプルな金の結婚指輪をいじくり回し、指の節から抜いたかと思うとまた元に戻した。「わたしはヴァージニアに本当のことを教えてやりました。クロードのことで彼女は時間を無駄にしていると。なぜならクロードには別の女がいたからです。何年間もずっとその女と関係を続けてきたのです。多分、わたしと結婚する前から。何年も何年も」ミセス・マーゴリスは繰り返した。「ヴァージニアのような愚かな女たちは、ただの隠れ蓑なのです。クロードは彼女たちをダンスやディナーに連れていきます。でも、その女といるところだけは誰にも見せませんでした。その女がクロードの——彼の本命の愛人だったのです」

ミセス・マーゴリスの自制心は力をかけ過ぎたジッパーのように滑り落ちていった。

「本命の愛人。おかしな話だとお思いになりません？　クロードのような男が長年に渡って実際にひとりの女を愛せたなんて。よくベッドに横になったまま、考えたものです。彼女はどんな姿形をしているのか、わたしが持っていない何を持っているのか、ふたりはどんなことを話しているのか……」

「まあ、まあ、リリー」レッサーがなだめた。「クロードがその女を昔から知っていたとか、ましてや、ずっと付き合ってきたとか、そんなのはなんの確証もない話じゃないか。クロードのこととなると、きみはいつも妄想を働かせ過ぎる。ただのよい友人だったということもあり得るだろう」

ミセス・マーゴリスは口元を歪めて、醜い薄笑いを浮かべた。「学校時代からの仲良しというわけね。すばらしい考えだわ、ジョージ」

「やれやれ、好きに言うがいいさ。ぼくが抱いた印象では、ミス・ファルコナーは極めてまともな女性だった」

「彼女に会われたことがあるのですか？」ミーチャムは尋ねた。

「ええ、まあ。二か月ほど前、偶然にね。妻に本を買うため、昼休みに〈ハドソン〉に出かけたときのことです。手袋売場にマーゴリスが立っているのを見かけて、挨拶をしに行きました。あわよくば、昼食を共にして、リリーのことで話し合う機会を持とうと思いまして。彼は町なかにはあまり来ませんでしたし、たまに来てもわたしのことは避けていました。彼の振る舞いを、とりわけヴァージニア・バークレーとの最近の出来事を、わたしがどう考えているか知っていたからです」

ミセス・マーゴリスは身を乗り出してレッサーの話に聞き入っていた。その顔には、同じ話に飽きることなく、一語一語繰り返してほしいとせがむ少女のような、うっとりした表情が浮かんでいた。

「もちろん、わたしはクロードに連れがいることに気づきませんでした。気づいたときには、さりげなく立ち去るには遅すぎました。クロードはその連れをミス・ファルコナーと紹介しました。彼女はクロードと同年配の、長身で、どちらかといえば平凡な容姿の女でした。リリーが以前からクロードに決まった愛人がいると考えていたのは知っていますが、それがこのミス・ファルコナーだとはわたしにはとうてい思えませんでした。彼女はそういうタイプではなかったし、クロードの態度にはまったく悪びれたところがありませんでしたから」

ミセス・マーゴリスは軽蔑したような声を出した。「クロードは市庁舎の階段で情事の現場を押さえられたとしても、悪びれたりする人じゃなかったわ。道徳の欠如した人には恥なんて感じられないのよ」

「しかし彼にもいくらかの感受性があったことは認めてやるべきだ。さっきも言ったように、ぼくの印象ではクロードとその女は、昔からの友人のようだった。お互いにとてもうちとけた様子で……」

「恋人の場合だってそうだわ」

「ああ。しかしミス・ファルコナーはその役にはしっくりこないよ。彼女は若くもなければ魅力的でもない。きみよりゆうに十は年上だ、リリー。美しさでもとうてい及ばないし」

「それはありがとう」ミセス・マーゴリスはもったいぶって答えた。「心から感謝するわ、ジョージ」

「いや、本当だよ。彼女は実に月並みな女性だった」

「月並み。あなた、彼女についてはそれしか言わないのね。彼女が月並みかそうでないか、どうしてあなたにわかるの？　それに重要なのは彼女がどうなのかじゃないわ、クロードにどう感じさせたかよ。人が恋に落ちるには、心の安らぐ、必要なものを満たしてくれる相手に出会わなければだめなのよ」ミセス・マーゴリスは床に映った自分の影に目を落とした。「わたしにはクロードが必要とするものがなんなのか、わからなかったわ」

レッサーはミセス・マーゴリスに歩み寄り、軽く肩を叩いた。「それは君のせいじゃない。クロードはホルモンのバランスが不安定だったのかもしれない」

「ホルモンのバランス」ミセス・マーゴリスは笑い出した。「それは驚きだわ。ホルモンの関係ですって」

「ぼくにはどこがおかしいのかさっぱりわからないね」レッサーはミセス・マーゴリスに背を向け、ミーチャムに話しかけた。「とまあ、こういうわけです。わたしがミス・ファルコナーに会ったことを話すと、リリーは女というものが常にそうであるように、たちまち勝手に結論を下し、しばらく町を離れる決心をしました。そして出発する前に、ヴァージニア・バークレーに会いに出かけました。その結果はあなたもよくご承知のとおりです」

ミーチャムはうなずいた。「ええ」

「本当にそうかしら」ミセス・マーゴリスが言った。

「大喧嘩になったとあなたはおっしゃいましたが」

「それはひとつの結果です。もうひとつの結果はクロードが殺されたということです」

「どういう意味でしょう」

「犯してもいない罪の意識に囚われた、情緒不安定な男の告白になど、わたしは騙されないという意味です。わたしは誰が夫を殺したか知っています。それをジョージは知っていて、それなのに……」

「ぼくを巻き込まないでくれ」レッサーは言った。

「警察はヴァージニアを拘置所に入れたわ、まさに彼女にふさわしい場所へ。なぜそのまま置いておかなかったの?」

「それは無理さ」レッサーが苛立ちを抑えて言った。「連中はヴァージニアを尋問するために、四十八時間という期限ぎりぎりまで拘束した。期限が過ぎたあとは、起訴または釈放をしなければならない。もちろん、彼女は釈放された。ロフタスが、自分が殺したと証明したからだ」

「証明したですって、ジョージ。証明?」ミセス・マーゴリスはまるでからいガムでも噛んだように、その言葉を口にした。「事実でなくても証明できることはたくさんあるわ。逆に事実だけど証明できないこともある。わたしには夫がミス・ファルコナーという女と何年間も陰で付き合ってきたことの証明はできないわ。でも彼がそうしていたことは知っている。ロフタスが嘘をついていたのを知っているのと同じようにね。なぜ彼は嘘をついたの? 正気でなかったから? お金のため? それとも両方? あなたは彼をご存知だったのでしょう、ミスター・ミーチャム。ジョージがそう教えてくれたわ。なぜロフタスは嘘をついたの?」

ミーチャムはテーブルの上の鉢に盛られたりんごを見つめた。「彼が金をもらったとか、正気でなかったとか、嘘をついていたとかいった証拠はどこにもありません」

「証拠はなくても常識で判断できるでしょう。教えてください、ミスター・ミーチャム、ロフタスがその話を持って現れたとき、驚きませんでした?」

「予想はしていませんでした」ミーチャムは言った。驚きの度合いについての記憶は曖昧だが、あの光景は鮮明に覚えている。ロフタスは生け垣の後ろに半分隠れて立っていた。髪は降り積もる雪で真っ白だった。ぼくは恐怖で千回は死んできた。彼はそう語った。千回の死。一度で十分なはずなのに。

皮肉もいいところだ。その言葉がミーチャムの心の中で川底の石のように回転した。

「でも誰かさんはそれを予想していた。誰かさんは驚かなかった」ミセス・マーゴリスが言った。

「当然よね。そのために彼女はロフタスにお金を払ったのだから。彼女はあの告白を買ったのよ。肉屋に行ってボローニャ・ソーセージでも買うように。そう、まさに手に入れたんだわ、戯言《ボローニャ》を！　彼女はお金であの告――」

「頼むから、黙らないか、リリー」レッサーは汗をかき始めていた。「きみは自分が言っていることの深刻さに気づいていない」

「いいえ、黙らないわ。わたしには自分の意見を言う権利があるもの」

「だったら、それはあくまで、きみ個人の意見ということにしておくんだ」

「いいですとも。わたし個人の意見を言わせてもらえば、ヴァージニア・バークレーが嫉妬で逆上して夫を殺したのよ。よくある動機だわ。特に彼女のような女にとっては強力な動機となるでしょう。彼女は手におえない癇癪持ちよ。それは周知の事実だわ」

「伝えられるところによれば、だ」レッサーが言った。

「いいわ、伝えられるところによれば！」ミセス・マーゴリスは叫んだ。「伝えられるところによれば、ヴァージニアは怒りっぽくて嫉妬深く、だからクロードを襲ったのよ。わたしがクロードとミス・ファルコナーの話をしてやった日にわたしに襲いかかってきたようにね。わたしを攻撃したように彼を攻撃したんだわ、わたし個人の意見では！　どう、ジョージ。わたしはあなたとは違うの。自分の発言の修正や変更に汲々とするつもりはないわ」

「きみはぼくをこき下ろしている限りは安全なんだ」レッサーは言った。「せいぜい続けたまえ」

しかしミセス・マーゴリスはすでにミーチャムに向き直っていた。彼をにらみつける目には生気がない。長年に渡ってじわじわと体にしみ込んできた激しい恨みと憤りで燃え尽きてしまったかのようだ。「ヴァージニアはあの部屋にいたわけでしょう？　殺人の間ずっと目が覚めなかったと思います？　犯人はどれほど静かに殺したのかしら。見知らぬ他人にナイフで襲われて、クロードが反撃しなかったと思いますか？」

「争った形跡はありませんでした」ミーチャムは答えた。

「そこがわたしの言いたいところですわ。争った形跡はなかった。なぜなら、争いなどなかったからよ。クロードは不意打ちを食ったのです。ロフタスのようなよそ者にではなく、彼が信用していた人物、ただナイフをもてあそんでいるだけだと思っていた人物に。クロードは大柄な男でした。ロフタスなどわけなく八つ裂きにできたでしょう。彼がただ突っ立って、殺されるに任せていたなんて、とうてい信じられません」

「襲撃は迅速に行われました」ミーチャムは言った。「それにあなたのご主人はかなり深く酔っておられた。ヴァージニアも同様です。事実、彼女の血中アルコール濃度は非常に高く、ナイフを操るのに十分な力と運動感覚を持っていたかは疑わしいところです」

ミセス・マーゴリスは片手を喉にあて、激しく息をのんだ。「わたしには証拠はありません、何ひとつ。でも、心で感じるのです。彼女が夫を殺したと。どうやって殺したのかはわかりません。でもやはり、責めを負うべきは彼女です」

「きみ個人の意見ではね」レッサーが釘を刺した。

「わたし――わたし個人の意見では」ミセス・マーゴリスは脈打つこめかみをこすった。

「きみは疲れ果てているんだ、リリー。子供たちと温かい夕食をとって、それからベッドに入るといい」レッサーはそう言うと、ミーチャムに向かって説明した。「飛行機の中でも一睡もしていないのです――南のほうで嵐に遭いましてね」

「ええ」

「当然、リリーは状況を正しく把握していません。わたし自身は、ロフタスが事件の経緯について極めて正直に述べたあと、自責の念から自殺したのだと確信しています。そうは思われませんか？」

「妥当なところでしょうね」ミーチャムは答えた。しかし彼にはレッサーの単純すぎる見解も、ミセス・マーゴリスの個人的で妄想の入った見方も、どちらも納得できなかった。真実は両極端の間のどこかに横たわっている。二つの海岸の間に浮かぶ未知の島のように。ミーチャムは、いつの日か、それが発見されればよいと願った。星かコンパスか、あるいは偶然の幸運によって。「あなたの疑惑について保安官に話しましたか、ミセス・マーゴリス」

「そのつもりでした。でもジョージがとめるのです。トラブルの原因になると言って」

レッサーは顔を赤らめた。「勘弁してくれよ、リリー。ぼくが言いたかったのは、そんなことをすれば、傷つくのはヴァージニアよりきみと子供たちのほうだということだ――人目に晒され、スキャンダルに巻き込まれてね。きみは自分の感情だけでなく、子供たちの気持ちを考慮しなければ。この忌まわしい出来事で、本当に不幸なのはあの子たちなのだから」

「わたしだって多少は不幸な思いをしてきたわ」ミセス・マーゴリスはそっけなく言った。「クロードも」

そして他の多くの人々も。ミーチャムは心の中で付け加えた。不幸の種類はさまざまだ。職を失うかもしれないギル、愛人を失ったミス・ファルコナー、すべてを失ったロフタス。ガリノ夫妻、ドクター・バークレー、冷たく苦い悲しみに沈んでいるミセス・ハースト、暗闇を酒で買っているロフタスの母親、列車が通り過ぎるのを見ているヴァージニア。

次にミーチャムは入り口の門で見た、胸に氷柱の突き刺さったスノーレディーを思い出した。結局レッサーの言ったとおり、本当に不幸なのは子供たちかもしれない。子供たちはさらに長く傷痕を引きずっていくことだろう。戸惑いとともに、他人には容易に立ち入れない場所で。

レッサーは玄関までミーチャムを見送りに来た。なんとか無難に会見を終わらせ、今は肩の荷が下りた様子だった。「リリーの話をあまり深刻に受け取らないでください、ミスター・ミーチャム」

「ええ」

「リリーはこの悲劇で気が動転しているのです。しかしすぐに立ち直るでしょう。ほら、女というものはほとんどそうですが、彼女たちの感情はスコッチのように直接的で明快で、後を引きません。二、三か月もすれば、ヴァージニアのこともミス・ファルコナーのことも、何もかも忘れているでしょう」

「ミス・ファルコナーについては調査なさっていないのですね」

「ええ。ただちょっと気になったもので、住所だけは調べてみました。一九五一年及び五〇年のアルバナの住所氏名録には、ミス・ファルコナー、またはフォークナーなる人物は載っていませんでした。四八年度版にはジェマイマ・ファルコナーという名前が記載されていました。職種は秘書で、確か、住所はキャサリン街だったはずです。問題の女性かどうかはわかりませんが。そもそも、四年の間にはいろんなことが起きますからね」

「デトロイト近郊ではどうです?」

「両方の綴りでいくつか見つけましたが、袋小路も同然でした。わたしには女の素性を追うほどの時間はなかったし、そこまでするつもりもありませんでした。なにしろ、わたしにとって彼女とクロードを結びつける唯一の根拠というのが、例の〈ハドソン〉での偶然の出会いと、リリーの直観だけとあってはね。女の直観に関しては、あなたにもきっと経験がおありでしょう、法廷の内外で。あれほどあてにならないものはありませんよ」

レッサーは玄関ホールのクロゼットからミーチャムのコートと帽子を取り出した。

「重ねて申しますが、リリーと話をするために足を運んでいただき、ありがとうございました。ああして胸のつかえを吐き出したからには、彼女もきっと落ち着くと思います」

「ええ、おそらく」

「わたしあてに請求書をお送りください。遠慮はなさらないように。それが電話での取り決めでしたから」

「その件についてはおかまいなく。いつかお世話になることもあるかもしれませんから」

「いつでもどうぞ。わたしのオフィスは第一ナショナル・ビルにあります。自宅はグロス・ポイントです」

「覚えておきます」

二人は同窓会が終わったあとの旧友どうしのように、固い握手を交わして別れた。

ミーチャムは濡れた私道を渡って、車に乗り込んだ。そしてギアをローに入れ、急坂を門まで下った。

ミーチャムが家の中にいた間に、スノーレディーは暖かい空気にふれ、太陽のもとのバターのように溶け出していた。氷柱は相変わらず胸に突き刺さったままだが、鼻と残っていたほうの目は抜け落ち、縮んだ頭にスカーフがじっとりとはりついている。この天気が持てば、朝までには崩れ落ちて形も定かでない泥混じりの雪の固まりとなり、その存在は誰からも忘れ去られてしまうだろう。二人の子供たちを除いては。

第十八章

〈ガートンのカフェ〉はステート街の百貨店と紳士用服飾品店の間にある。ガートンがそこに店を構えて三十年になり、コックも二十年近く変わっていない。ミーチャムはこの五年間、週に四、五回は夕食に通っている。メニューやウェイトレスはもちろん、ガートンの子供たちやそのまた子供たち、壁に掛かった絵に至るまでよく知っていた。年に一度、塗り替えのために休店する間は淋しささえ感じた。ミーチャムの孤独な人生において、最も家庭に近い存在であり、人とのふれ合いの場であるのがこの店だった。

ガートンは店の入り口まで来てミーチャムを迎えた。いつも嚙んでいるクローヴの匂いがぷんぷんする。「調子はどうだね、ミーチャム」

「おかげさまで」

「あんたのテーブルには先客がいるんだが」

「かまわないよ。別の席に座るから」

「あんたが来るとは思わなかったんでね。町を離れているんだとばかり思ってた。最近見かけないしな」

「仕事だったんだよ」

ガートンはかなりの大男だった。あきれるほど食べ、仕事中以外には浴びるほどビールを飲む。体を動かすのは、馴染み客を迎えに店の入り口まで足を引きずっていくときか、夜、閉店後に売り上げを数えるときだけだ。数えるのを楽しんだあとは、いつもその日の売り上げを家まで持ち帰る。護身用にコルトの自動拳銃を携帯していた。一応、扱い方は心得ているが、実際は、どんな強盗よりもその自動拳銃のほうを恐れていた。安全装置があるにもかかわらず、いつかそれが偶然はずれて不具の身になるか、あるいはポケットの中で銃が暴発して木端微塵に吹き飛ばされるものと確信しているのだ。ひとつ事にすべてを賭ける男のように、ガートンはあらゆる不安と恐怖をその自動拳銃に込めていた。

「あんたの名前が夕刊に出てたぞ」ガートンが言った。

「おれの？」

「ガキどもに片っ端から電話をかけて、言ったもんさ。ミーチの名前が新聞に出てるぞって。見るかい？」

「いや、いい」

「変わり者だな、まったく」ガートンは首を振った。その弾みで両頬が七面鳥の肉垂れのようにぱたぱたと揺れた。「おれはあんたが死体を見つけたこのロフタスって男を知ってるぜ。名前は知らなかったが、写真を見てすぐ彼だとわかった。二、三年前、よくここへ恋人と来てたんだ。背の高い、陽気そうな赤毛の女だったよ。しょっちゅう座ってコーヒーを飲んでた。あんなにたくさんコーヒーを飲めるカップルは見たことがない。それがしばらくすると、ぱったり来なくなったんだ。おれは、彼らが別れたか結婚したに違いないと思ったもんさ」

「結婚したんだ」ミーチャムは言った。「それから別の町へ引っ越した」

「そりゃ、本当かい？　新聞にはそんなこと書いてなかったが」

「間もなく離婚して、女のほうは西部で自動車事故で死んだのさ」

「そりゃあ気の毒な話だ。おれは人が離婚するって聞くと、いつも切なくなるんだ。あるいはまったく結婚しないってのもな。こっちはなお悪い」

ミーチャムにはガートンの次の台詞がわかっていたので、メニューを取り上げて話を避けようとした。

しかし無駄だった。「男がいつまでもひとりでいたって、ろくなことにならんぞ。あんたは所帯を持つべきだよ、ミーチ。ガキの二、三人もこさえてみろよ。そうすりゃ、生活にもちっとは張りが生まれるし、あとに残すものができるじゃないか。たとえば、このロフタスってやつなんぞ、あとに何を残したっていうんだ、え？」

「七一六ドル」

ガートンは失望の表情を浮かべた。答えなど予想していなかったし、欲しくもなかったのだ。「どうしてまた、そんなことを知っているんだ？」

「詮索が過ぎるぞ、ガートン」

「おれは昔から詮索好きなのさ」

「あんたの商売にはマイナスだな」ミーチャムはメニューを金属製のメニュー立てに戻した。「仔牛肉のカツレツをもらおうか。事務室の電話を借りてもいいかい？」

「いいとも。カツレツはよしたほうがいいぜ。この時期の仔牛はあまりうまくないんだ」

「かまわないよ」

「それで思い出したが、懺悔の場で司祭が肉屋になんと言ったか知ってるか？　こう言ったんだ。おまえは肉を切り刻みすぎるって《カッティング・アップ・トゥー・マッチ》（悪ふざけをするという意味もある）」

「そいつは笑えるな」

「妙な話だが」ガートンは威厳を込めて言った。「勤勉じゃないおかげでおれにはこの冗談が通じないんだよ、他の連中みたいにはな」


ガートンの事務室は中二階にある小部屋だった。階下の厨房が隅々まで整理整頓されているのと対照的に、書類や手紙、雑誌、支払い済み小切手、腕時計のケース、半分からになった煙草の箱などで取り散らかっている。

ミーチャムはドアを閉め、机の後ろの回転椅子に腰を下ろした。屑籠に落ちていた電話帳を見つけるのに五分かかった。ハーストは、ジェイムソン・R・ハースト、ディヴィジョン街六一一番地と記載されていた。ミーチャムは二―六三〇六にダイヤルを回した。


エミー・ハーストが電話に出た。また泣いていたらしい。もうロフタスの件を知っているに違いないとミーチャムは思った。

「もしもし」

「もしもし。ミセス・ハーストですか？」

「そうです」背後ににぎやかな雑音が聞こえた。話し声、音楽、爆笑。時刻は七時だった。ミセス・ハーストの下宿生たちが全員帰ってきているのだろう。ミーチャムはロフタスの部屋を見にいった最初の晩のことを思い出した。こんなにも若さと活力にあふれた家にロフタスが住んでいることが、なんともちぐはぐに見えたものだ。

「こちらはエリック・ミーチャムです。ご主人はいらっしゃいますか？　お話ししたいのですが」

「なんの話です？　ジムは何も知りませんよ」

「つまらないことです」ミーチャムは言った。それが事実であってほしいと願いながら。「この件であなたを煩わせたくないのです。今、おつらいときでしょうから」

「いっそ死んでしまいたい」ミセス・ハーストは低く虚ろな声で言った。「わたしが死ねばよかった」

「気休めにしかならないと思いますが、ロフタスが苦しまなかったことは、ぼくが保証します。その後の彼の様子を見ましたから」

「あの人はメモか伝言を残しませんでしたか？」

「いいえ」

「新聞には、ひと晩中、看守と話をしていたとありましたけど」

「看護助手とです」

「何か話したでしょうか――わたしのことを」

「ずいぶんいろいろな話をしたようですよ」ミーチャムにはありのままの真実を告げることはできなかった。ロフタスがバーディーの話ばかりしていたということを。ミセス・ハーストはバーディーの存在さえ知らないのだ。コードウィンクにロフタスの話をした最初の夜、彼女はこう言った。アールはなんでもわたしに話してくれますけど、奥さんの話なんか一度もしたことありませんもの。ミセス・ハーストがバーディーの存在を知れば、さぞ残酷な一撃となるだろう。だが、いずれは知らなければならないことだった。「このような状況で現実的になるのはむずかしいと思いますが、ミセス・

ハースト。でも実を言うと、どのみちアールに残された時間はほんのわずかだったのです。彼は間もなく死んだことでしょう」

「わたし、この件では——これ以上お話しできません。わたし——わたし——ジムを呼んできます」

長い間があり、それから突如、ドアを乱暴に開け閉めする音がして、背後の騒音が止んだ。

「もしもし？」ハーストの声がした。「誰だ？」

「エリック・ミーチャムです」

「弁護士の？」

「ええ」

「おれは話さないぞ。彼女から直接かかってきたと思ってたのに」

ミーチャムはかすかに驚きの声を上げ、咳でごまかした。「どうしても無理だったのです——周囲の目がありますので」

「彼女にはこんなことに弁護士を呼ぶ権利はないはずだ。気に入らないぜ」一瞬の間があった。「合意書は用意できたのか？」

「彼女はそれについてはまだ考慮中なのです」ミーチャムにはまだ〝彼女〟というのが誰なのか、はっきりわからなかった——ヴァージニアか、あるいはミセス・ハミルトンか——そして、いったいどんな合意書を作らされようとしているのだろう。さっぱり見当がつかない。当て推量で言ってみた。

「そちらの要求した金額は少し高いようですが」

「おれは金のことなんか、ひと言も口にしてないぜ」ハーストは言った。「おれは正直な男だ。もし彼女が、おれが金の話を持ち出したと言っているのなら、彼女は嘘つきだ。おれはびた一文、彼女から受け取るつもりはない。試してみるがいい。おれに金を差し出してみろよ、受け取りやしないから、なっ？」

「正確には何が欲しいんです？」

「おれの欲しいものは彼女に伝えた」

「わたしにははっきり言わないのです。ひどく取り乱していましてね」

「おれはチャンスが欲しいんだ。未来がよ。おれみたいな男にとっては、こんな町に未来はない。チャンスさえつかめば、でかいことができるんだ」

「それで？」

「だからさ、彼女が新車を買って、それをカリフォルニアまで運転する人間が必要だと考えてみろよ」

「あなたがいる」

「そうとも、そのとおりよ。あっちに着けば、彼女にはいくらでもコネがある。おれに働き口を世話するぐらい、造作もない話だ。映画の撮影所辺りでもいいし、いっそ、彼女のお抱え運転手にしてもらうって手もある」

「筋は通っていますね」

「そうさ、おれは別に無理難題を吹っかけてるわけじゃないんだよ、ミスター・ミーチャム」ハーストの声には必死な響きがあった。「彼女が取り乱すことなんて何もないんだ。おれが頼んでいるのは、こっちが助けてやってることの見返りだけなんだから」

「彼女はわたしにその内容を話してくれないのです」

ハーストはためらった。トランプをしている少年のように。ゲームに勝つことを望みながらも、自分がどれほどの切り札を持っているか、みなに見せびらかしたいという誘惑に駆られている。「家族間の問題ってやつだよ」ついに彼は言った。

「なるほど」やはり〝彼女〟というのはミセス・ハミルトンのことだったのだ。〝家族〟はヴァージニアだ。そして彼女たちとハーストを結びつける唯一の接点がロフタスなのだ。しかしミーチャムにはその接点がどこにあるのかわからなかった。ロフタスにハーストと親しげな様子はなかった。当然、秘密を打ち明けたりはしないだろう。ミセス・ハーストにさえ、真実は何も語っていないのだ。

「おれが欲しいのは」ハーストが言った。「合意書だ」

「どういう種類の合意書ですか？」

「ちゃんと紙に書いた、法的なやつだよ。契約書みたいな」

「言葉は正確に使ってください。わたしに契約書は作成できませんよ、勝手に……」

「ああ、ああ、わかってるとも」

「この件についてはいずれ話し合ったほうがよさそうですね」ミーチャムは故意にはぐらかした。

「いずれだと。おい、それはいったいどういう意味だ……」

「明後日の四時はいかがですか？　あるいは来週早々にでも」

「時間稼ぎをしようたって無駄だぜ。おれとしちゃ、今かなしかのどっちかだ。とにかく合意書が欲しいんだよ」

「いいでしょう」ハーストはミーチャムが期待したとおりの反応を示した。「車で迎えに行きますので、わたしのオフィスで話し合いましょう。三十分後でいかがです？」

「いいだろう」

「ではよろしく」

ミーチャムは電話を切り、電話帳をもとあった場所、屑籠の中に正確に戻した。そして階下の自分が座っていたテーブルに引き返した。ディナーが待っていたが、それは彼が注文した仔牛のカツレツではなく、大皿いっぱいのフライドチキンで、ガートンがそばをうろつきながら、太った老牝鶏のように舌打ちしていた。

「ガートン」

「聞けよ、ミーチ。カツレツは最悪だ、客に出せる味じゃない。とてもじゃないが……」

「あんた、今でもコルトの自動拳銃を持ち歩いているのか？」

「仕方なくな」

「今夜、ちょっと貸してもらえないかな」

「なんのために？」

「何か所か、友人を訪ねるんだ」

「銃を持ってか、ミーチ？　そいつは解せないな。だめだね、あんたにあのカツレツを出せないのと同じように、おれの銃は貸せないね。暴発して、弾が脚にあたって切断する羽目になったところを想像してみろ。そうなったらどうだ？　そもそも、会いにいくのに銃が要るってのは、どんな友達《ダチ》なんだ？」

「それをこれから知ろうとしているんだよ」

「おかしな連中と関わっているのか、え？」

「なかにはおかしなやつもいる。極めてまともなのも」

「やれやれ、ミーチ。おれをからかっているんだな。おまえさんはおれの銃なんて欲しくないんだ」

「おそらくね」

「銃ってのは、盗人か頭のいかれた連中か、おれみたいに闇夜に金を持ち歩かなきゃならないカモのためのもんだ。で、こいつが妙な話なんだが――暗闇の中だと、ダチがダチでなくなるのさ。家への帰り道、路地の向こうからひとりの男がやってくる。おれはそいつを知ってるし、そいつのほうでもおれを知っている。しかしそいつはおれのダチじゃない。わかるか？　おれはいつもくるりと振り向いて逃げ出したくなる。それが暗闇ってもんだ。暗闇がそうさせるんだよ」

「あるいは金がな」

「ふん、ともかく、おまえさんがふざけてるとわかって安心したよ。一瞬、まじかと思った」

「そうだな。おれもだ」

ミーチャムは食事の間ずっと不思議でならなかった。自分は何を血迷ってガートンに自動拳銃を貸してくれなどと頼んだのだろう。

おれは神経質になっているんだ。ミーチャムは考えた。闇夜に金を持ち歩いているときのガートンのように。誰も友達じゃない。おれは連中を知っているし、連中もこっちを知っている。だけどおれはとっとと逃げ出したくなるんだ。

第十九章

夜になると冷え込んできて、身を切るような風が猛スピードで通りを往き来した。街灯の下で木々の枝と歩道が冷たい光を放っている。

ミーチャムは書類カバンを手に、鈍い足取りで建物に向かった。天候が変わった一時間ばかりの間にミセス・ハーストの下宿生たちが作ったのだろう、歩道からポーチの階段にかけて、三、四ヤードの長さの氷のすべり台が出来ていた。ミーチャムも滑ってみたいところだったが、書類カバンは重く、体も重かった。もしこれが別の家で、そしてアリスがそばにいたら、一緒に滑ったかもしれない。

ポーチの上の、ちょうど居間の窓の下にあたる位置に梯子が寝かせてあり、その横に籠いっぱいの松の枝と、銅線がひと巻き置かれていた。まるで誰かがクリスマスの飾りつけを始めたものの、途中で飽きて放り出してしまったかのようだった。居間の日除けは上がっていて、天井の中央につるされたシャンデリアが光り輝いているのが見えた。若い男女のグループが、トランプをしている仲間の周りに座っている。

ミーチャムは石段を上がり、呼び鈴を鳴らした。すぐさま頭上でポーチの明かりがスポットライトのようについた。明かりは数秒後に再び消え、ドアが開いてエミー・ハーストが現れた。いまだに目を腫らしているが、いくらか化粧を施し、新品らしい、痩せ型を強調するような黒いぴったりした服を着ていた。

「お入りください」

「どうも」

「台所でお話ししなければなりません。学生がお客さんを呼んでいるものですから」

ミセス・ハーストは玄関のドアを閉め、先に立って廊下を歩いた。後ろを行くミーチャムは、彼女に初めて会ったときの、流しに立ってハミングをしていた姿から受けた印象と変わらない若さと活力を感じた。しかし振り返ったその顔にはやはり、あの時見て衝撃を受けたのと同じ長年の苦労の跡が刻まれていた。

「主人は留守なんですよ」ミセス・ハーストはそっけなく言った。「街へ用事がありましてね。あなたに待つように伝えろと言われました」

「どのぐらいですか？」

「それは言っていませんでした」

「ご主人はできるだけ早くわたしに会いたがっている様子でしたが」

ミセス・ハーストは衝撃に備えてわが身を守るように腕を組んだ。「なんの用で？」

「それはご主人にお訊きになったほうがいいでしょう」

「訊きましたよ。でも教えてくれませんでした。どうせろくなことじゃないわ。そうでしょう？」

「その件についてはあまり……」

「どれほどひどい話なの？」

「わかりません」その答えは本音だった。

「この殺人事件に関することね。そうでしょう?」

「そうだと思います」

ミセス・ハーストは長椅子に腰を下ろし、覆い代わりの毛布から毛玉をつまみ始めた。床にも毛玉が散乱しているところを見ると、すでに何時間もそこに座ってつまんでいたようだ。巣作りの材料集めに励む勤勉な鳥のように。彼女は下を向いたまま、気のなさそうな調子で言った。「あなたから電話があったあと、主人は誰かに電話していました」

「誰にです?」

「ダイヤルを回しているのは聞こえましたけど、話の内容までは聞こえませんでした。そのあと、わたしのところに来て、煙草を買いに街へ行くと言ったのです」

「そして、戻るまでわたしをここで待たせるようにと?」

ミセス・ハーストは毛布を引っくり返し、今度は裏側の毛玉に取りかかった。「主人は戻らないと思いますよ」

「なぜです?」

「主人がドアを出たとき、二度と彼の姿を見ることはないだろうという気がしたのです」

汗のしずくがミーチャムのこめかみを駆け下りた。ナメクジの足跡のような、冷たく湿った跡を残しながら。彼は慎重に口を開いた。「ご主人を見つけるべきだと思います」

「やめて。彼のことは放っておいてください」

「ご主人は情報を持っています。その内容を知りたい」

「情報だなんて」ミセス・ハーストはミーチャムの言葉を繰り返した。「あなたはかつがれているんですよ。主人にそんなものがあるはずありません。マーゴリスが殺されたとき、主人はここに、この家にいたんですから。部屋で眠っていました」

「どうして断言できるんですか？」

「この目で見ましたもの。わたしが腕を切った夜だったから。ほら、まだ包帯が巻いてあるわ」

ミセス・ハーストが左袖をたくし上げようとするのをミーチャムはとどめた。「ええ、包帯のことは覚えています」

「そう、あれは土曜の夜のことでした。わたしは洗面所で睡眠薬を飲もうとしていたのですが、明かりをつけずにいたもので、一週間ほど前に学生のひとりが壊した陶製の蛇口に誤って倒れ込み、腕を切ってしまったのです。ジムに包帯を巻くのを手伝ってもらおうと思い、部屋に行きました。でも彼は眠っていて、起こすのは気が引けました。一二時半頃のことです」ミセス・ハーストは身を乗り出し、ミーチャムを不安そうに見つめた。「あなたにはジムのことはわかりません。子供みたいな人なんです。刺激のない人生を送ってきたところに、この――この事件が起きて、わたしたちにはなんの関わりもないのに、ジムは――ジムはすっかりのぼせ上ってしまいました。事件の渦中にしゃしゃり出て注目を浴びるためなら、どんなことでも口にするでしょう」

「ご主人の言葉を真に受ける者がいるかもしれません」

「彼を知っている人ならありえないわ」

「ご主人を知らない人間は大勢います」ミーチャムは考えた。おれも含めて。おれはあの男の言葉を真剣に受け取った。「あと十五分待ちます。それでご主人が戻らなければ、探しにいきます」

「どうぞご自由に」ミセス・ハーストは首を振った。「どうせわたしたちの関係はおしまいだもの。

わたしはここを出ていくつもりです。車はわたしのもので、支払いも自分でしましたから。それを運転してどこかへ行きます。ここでないどこかへ。どこに行き着こうとかまうものですか」

それはヴァージニアが語ったのと同じ言葉だった。しかしミセス・ハーストの声音にはさらに決然とした響きがあった。ヴァージニアは去ることを夢見ていた。折りたたんだ希望の層の間に、漠然とした計画をつめて。しかしエミー・ハーストは確実に去っていくだろう。自分の車に乗り込み、自らハンドルを握って、一度も振り返ることなく。彼女はたくましい女性だ。こんな女性が選ぶのが、ハーストのように感情の未熟な男か、あるいはロフタスのように身体の弱い男ばかりだとは、なんと滑稽な悲劇だろう。

「しばらくはチェルシーの妹のところに身を寄せるつもりですが、その先のことはわかりません。何を考えても虚ろでむなしいだけですもの。アールが生きていたときは、どんなひどいことが起ころうと平気でした。そこには常に生きる理由がありました」ミセス・ハーストは不意に身をかがめ、神経質な指先で床の上の毛玉をかき集め、ぎゅっと握ってひとつにした。「わたしはアールを愛していました。彼はこれまでの人生でわたしが愛した唯一の人でした。あの人は——完璧だったんです」

「いや」ミーチャムは言った。「それは違います」

「私にとっては完璧な人でした」ミセス・ハーストは流しに足を運び、毛玉の固まりをごみこし器に投げ捨てた。まるでわざと議論から遠ざかるように。水切り台の上にはまだ夕食の食器が置いてあった。グラスが二つ、皿が二枚、すべてが二人分だ。ジムのものとエミーのもの、か。ミーチャムは皮肉っぽく考えた。彼のものと彼女のもの。

「あなたはロフタスを理想化している。現実に向き合わないと、つらくなるばかりですよ」

「かまわないわ」

「今夜にも、ということはないでしょうが、来週、あるいは来年。生きて働いているうちには新しい出会いもあるでしょう。しかし生身の男は決して亡くなった男の面影ほど完璧にはなれません。だからあなたはその面影を修正しなければいけない。ありのままの寸法に」

ミセス・ハーストは振り返ってミーチャムを見つめた。「何がおっしゃりたいの、ミスター・ミーチャム」

「ロフタスも人間です。長所と同じように短所もありました」

「あなたなんかに私の彼に対する信頼を揺るがすことはできないわ」

「できます。そうしなければいけないと思っています」

「ではどうぞ。やれるものならやってごらんなさい」

「ロフタスはあなたにバーディーの話をしたことがありますか？」

「バーディー？」ミセス・ハーストの喉で脈が打ち始め、彼女はそれを隠すために片手をあてた。「誰なの――バーディーって」

「彼の妻だった女性です」

「いいえ。いいえ、アールはずっと独身でした」

「二人は三年ほど前に結婚しました。それから離婚……」

「お願い」ミセス・ハーストは言った。「お願いだからやめて」

「二人は離婚しました――彼の母親を巡ってトラブルがあったようです――その後、バーディーは西部に行き、自動車事故で亡くなりました」

まる一分間というもの、ミセス・ハーストは声も出さず身じろぎもしなかった。それから突如、片手をさっと振ったかと思うと、水切り器に置いてあった食器をすべて流しに叩き落とした。大音響が空気を切り裂き、ガラスの破片が流しから噴水の水のように飛び散った。

ガラスがいくつかミセス・ハーストにあたったが、彼女は怯みもしなければ気にもとめなかった。ただ背を向けて、その場の混乱をあとにした。極めて落ち着いた様子で。

戸口で立ち止まると、ミセス・ハーストは冷たく平坦な声で言った。「もう十五分経ったわ。さようなら、ミスター・ミーチャム」

第二十章

時刻は八時になり、教会の鐘がクリスマス・キャロルを奏でていた。気まぐれな少年聖歌隊のように、あるときは勢いよく、あるときはかすかに風が旋律を運んでくる。

ああ、小さな街よ、ベツレヘム。車で教会を通り過ぎながら、ミーチャムは鐘に合わせて歌った。思わず取りつかれたように歌ってしまったのは、その調べとは関係なく、ただの不安の表れに過ぎなかった。施しを受ける人々が教会入り口の階段に集められ、厳しい天候や他のグループの割り込みに対抗しようと固く身を寄せ合っていた。ああ、小さな街よ。

教会の二ブロック先で、ミーチャムの車のヘッドライトが通りを歩くひとりの女の姿を照らし出した。女は足が不自由だった。風に向かって突き進んでいるが、コートもスカーフもマストから引き裂かれた帆のようにむなしく後ろにはためいている。ミーチャムは縁石に車を寄せた。女は無愛想に振り返り、角縁の眼鏡越しに車を見て、再び歩き始めた。凍り道を歩き慣れた人特有の不規則な、弾むような足取りだった。

ミーチャムは数ヤード先に車を進め、停車すると、助手席に身を乗り出して縁石に一番近い窓を開けた。

「カーニー」

女は風にはたかれた目の涙を瞬きで払いながら、近づいてきた。頬と顎と鼻の頭が寒さで赤く光っている。

「乗せてくださる?」

「どうぞ」ミーチャムがドアを開けると、カーニーは車に乗り込んだ。そしてシートに身を沈めながら、寒さからくる痛みを和らげようと、ミトンをはめた両手を顔に押しつけた。

「すっかり凍えてしまったわ」

「そのようですね」

「タクシーがつかまらなかったので、歩くことにしたんですよ」

車内の暑さで眼鏡が曇り、カーニーは視界が効かないようだった。しかし彼女は眼鏡をはずそうとも拭こうともしなかった。しばらくは停泊中の船のように、霧の後ろで何も見ずに休息していることに満足な様子だった。

後輪の回転とともに車は動き始めた。

「どちらへいらっしゃるんですか?」ミーチャムは尋ねた。

「家です。アリスから電話で来てほしいと頼まれたんです。緊急だと言ってました」

「どんな種類の?」

カーニーは短く神経質に笑った。「あらゆる種類のですよ。一大事から一大事に飛び回っているような人もいれば、わたしのように、後始末のためにその周りで待機している者もいるんです」

「何があったんです、カーニー?」

「ようするに、出ていってしまったんですよ。あの二人——ヴァージニアと母親が」

「いつ?」

「ほんの少し前です。二人はアリスに用事を言いつけて外に出し、彼女が家に帰ったときには、姿を消していたそうです。アリスはすぐに私に電話をかけてきました。あなたとポールにも連絡を取ろうとしていましたけど」

「二人はどういう手段で出かけたのでしょう」

「新しい車で。あの車にはおかしなところがあると気づくべきでした。ひょいと外出して、あんなものを他の店も見て回らずに買ってくるなんて、ミセス・ハミルトンらしくないですもの。あの人はけちではありませんが、買い物には慎重ですから——ぼられるのが何より嫌いなのです」

「ミセス・ハミルトンはどこでその車を買ったのですか?」

「ショールームのをそのまま。球場の近くにある〈カイザー・フレーザー〉をご存知でしょう。二人は今朝、タクシーでそこへ出かけ、ヴァージニアが車を運転して戻ってきました——フレーザーの黄色いセダンです」

「今、その車は家にないのですね、もちろん」

「ええ。アリスが確認しました」

「なぜ彼女は二人が出ていったと考えたのでしょう」

「お金を入れた封筒を残していったのです。アリスのお給料と帰りの旅費として」カーニーは怒気を含んだ声で言い、耳から水を払い落とすスパニエルのように、乱暴に首を振った。「どうすればあんなに愚かになれるのでしょう。中年の婦人と既婚の娘が、子供どうしのように逃げ出すなんて。どうして?　なぜ二人は逃げたんです?」

「答えを考えてください」

「いいえ、ごめんだわ。この事態は——まずいわ、そうよね？」

「最悪です」

「なんてことでしょう、つくづくいやになる。一大事にはうんざりです。面倒見のいい独身おばさんの役割はもうたくさん。何か厄介なことが起きるとすぐカーニーを呼べ、ですからね。知り合って以来、ずっとそうなんです。まったく」カーニーは深く息を吸った。「さあ、今度こそ、本当ににっちもさっちもいかなくなりましたよ。わたしにはどうすることもできません」

ミーチャムは次の角で左折した。区画の端にバークレー邸の一部が現れた。しかしその大部分は、最初の夜にロフタスが佇んでいた常緑樹の生け垣の後ろに隠れている。あの夜がずいぶん昔に感じられた。

ミーチャムは言った。「二人が出発の計画を練っていた気配は感じましたか？」

「いいえ、でも今に何かが起きるとは思ってましたよ。新しい車とか、今朝届いた電報とか」

「どんな電報ですか？」

「ロサンゼルスにいる息子のウィレットから来たんです。彼は母親に電報為替で千ドル送ってきました。ミセス・ハミルトンはそのお金を受け取りに、〈ウェスト・ユニオン〉の事務所まで出向かなければなりませんでした。でも、なぜウィレットはそんな大金を送ってきたのでしょう？」

「母親に頼まれたからですよ」

「それしかないですね」カーニーは言った。「でも、なぜでしょう。ミセス・ハミルトンはこちらへ来たとき、かなりの大金を持っていました。今でも覚えていますが、彼女が到着した夜、わたしがウィレットのことを尋ねると、ウィレットは相変わらずだとかなんとか愚痴っていましたよ。彼女があまりにも多額の現金を持ち歩くから、やきもきしているって」

「大金というとどのぐらいですか？」

「正確な額はわかりませんけど、いつもびっくりするほどの現金を持ち歩いているんです。盗まれるのが全然恐くないんですよ、わたしと違って。それどころか安心するみたいです」

ミーチャムは私道に車を停めたが、降りようとはせず、代わりにこう言った。「ミセス・ハミルトンの金はどうなったのです？」

カーニーはためらった。眼鏡をはずし、くるくると回している。「多分、あげたのだと思います」

「誰に？」

「それは、ヴァージニアにです。だって……」

「ヴァージニアは一セントも持っていませんよ」ミーチャムは遮った。「出ていくのに十分な現金をものにするために、僕を共犯にして、密かにある計画を立てようとしたほどですから」

「わかりません。わたしにはとても理屈がつけられません。どれもこれも——とても常識的な話とは思えませんもの。非常識なことばかりだわ」

「今のところそのようですね」

二人は車を降り、屋敷へ向かった。肩を並べ、寄り添って歩くうちに、墓所に向かう会葬者のような奇妙な親近感が生まれた。場所は墓ではなくヴァージニアの中庭《パティオ》だったが。太陽や夏の季節に合わせて造られた庭なので、今は暗くて役に立たない。アメリカ杉の椅子には氷が薄く張り、バーベキューピットは冬の煤煙で汚れ、植物はハンギングバスケットの中で枯れていた。

家の中はかなり暑かったが、アリスとバークレーはまだ分厚いコートを着たままだった。二人とも極度の緊張で、くつろぐことなど忘れているようだった。

アリスは今にも泣き出しそうな様子だが、バークレーの顔にはやれやれといった表情以外、何も浮かんでいない。

バークレーはミーチャムに話しかけた。「さて、今度はどうすればいいだろう。警察を呼ぶか?」

「おそらくそれが最善の方法でしょう」

「気は進まないが、他の手は思いつかないし」

「こちらで追いかけてつかまえればいいんじゃないですか?」

「どうやって?」

「彼女たちが西に向かっていることはわかっています。これは重要なポイントだ。ここからモリスバーグまでは、十二号線が西に向かう唯一の道です。しかしモリスバーグから先は、南西へ六十号線を行く方法もある。つまり、二人がモリスバーグへ着く前につかまえなければならないというわけです」

「車を出してくる」バークレーはその言葉の終わらないうちにドアに向かっていた。彼が機敏に動くのをミーチャムは初めて見た。

カーニーはすでに腰を下ろして長靴を脱いでいた。「わたしは残らせてもらいますよ。アリスはお供できるでしょうが、わたしはごめんです。さっき言ったように、もう一大事にはうんざりなんです」

ミーチャムはアリスに目を向けた。「きみも来たいか?」

「よくわからないけど」

「ここに残ってくれれば、そのほうが安心だ。道は悪いし、かなりスピードを出すことになるだろうから」

アリスははにかみながらミーチャムの袖にふれた。「ここに残ってあなたの身にもしものことがあったんじゃないかと案じているほうがつらいわ」

「もしものことなんか起こるはずないさ。きみにはカーニーとここにいてほしい」

「わたし――わかったわ」

「なるほどね」カーニーは意味ありげな笑みを浮かべた。「つまり、そういうことなのね？」

ミーチャムはうなずいた。

「それじゃ、あなた方二人がうまくいくように祈るとしましょう。あなた方にはわたしとカルノヴァほど運は必要ないでしょうけど、それでも必要なことに変わりないですからね」

ミーチャムが最後に見たとき、カーニーは右膝を左膝にかけて座り、不自由な足を手でさすっていた。その老いて痛々しく頑なな姿は、これまで彼女が演じてきた役柄である独身のおばが、結局すべての甥や姪に裏切られ、ほとほと愛想を尽かしたところのように見えた。

男二人は、最初は緊張でものを言う気にならず、無言で前方の道路を見つめていた。フロントガラスのワイパーがメトロノームのように音を立てて左右に揺れている。地面に落ちる前に風に乗って巻き上がった粉雪が道を横切り、ある瞬間、白い渦巻きしか見えなくなったかと思うと、次の瞬間には風が小やみになって空気が澄み、すべてが倍もよく見渡せるようになった――広告板、電柱、この前の荒天で降り積もったあと、除雪車によって道路の両脇に一定間隔に寄せられた雪の山。

「この天候では遠くまでは行けないと思う」ついにバークレーが口を開いた。「ことにヴァージニアの腕では」

「運転しているのはヴァージニアではありませんよ」ミーチャムは言った。

「そんなはずはない。母親のほうは運転ができないんだ」

「二人には連れがいます。ハーストという男です」

バークレーの驚きの反応としては、ハンドルを握る手がきつくなっただけだった。「ハーストというのは？」

「ロフタスが下宿していた家の男です。洗剤会社に勤めているのですが、カリフォルニアへ行きたがっています」

「その説明だけではわからない」

「わたしが正確に知っているのはそれだけです。思うに彼はけちな三流ペテン師で、あなたの奥さんと義理のお母さんが人に知られたくないことを知っているのではないでしょうか。だから彼女たちはハーストを伴ったのです。運転をさせるためではなく、できるだけ町から遠ざけるために」

「その男が何を知っていると？」

「物的証拠、つまり、時間、場所、行動などから推量する限り、彼が知り得る事柄はひとつしかありません。土曜の夜、マーゴリスが殺されたとき、ハーストは自宅にいました。ロフタスもです」

「ロフタスも……？　いや、まさか。それはありえない」

「ハーストはロフタスを見張っていました。嫉妬心からです。彼は出張が多く、平日はずっと家から離れています。その間に、妻とロフタスに対して、あながち根拠がないとも言えない妄想を抱いたのでしょう。土曜の夜、ミセス・ハーストは七時半頃家を出ました。玄関先の歩道で、ちょうど町で夕食をすませて帰ってきたロフタスと出会いましたが、そのままひとりでホッケーの試合を見に行きました。彼女の話ではそうですが、ハーストは信じませんでした。彼女が夜の間にどこかでロフタスと落ち合うつもりだと思い込んだのです。もちろん彼には妻を尾行することもできました。しかしハーストというのは怠惰でいい加減な男です。彼にとっては家に残ってロフタスに目を光らせているほうが楽だったのです。わたしは彼がそうしたと信じています。彼はロフタスから目を離さなかったが、ロフタスは外出しなかった」

「きみにその証拠はない」

「ええ、これはわたしの単なる意見です」ミーチャムは言った。そして今の自分の言葉で、数時間前のリリー・マーゴリスと彼女の従兄であるレッサーのやりとりをまざまざと思い出した。〝いいえ、黙らないわ。わたしには自分の意見を言う権利があるもの〟。〝だったら、それはあくまで、きみ個人の意見ということにしておくんだ〟。〝いいですとも。わたし個人の意見を言わせてもらえば、ヴァージニア・バークレーが嫉妬で逆上して夫を殺したのよ！〟。

ミーチャムは声に出して言った。「実際に起こったことの真相となると、わたしたちには決してわからないのかもしれません。おそらく、どんなことにも完全な真実など存在しないのでしょう。ただいくつもの種類、違った色や味わいがあるだけで。アイスクリームのようにね。人はその中で最も気に入ったものを選ぶのです。煙草を吸われますか？」

「いや、運転中はけっこう」

ミーチャムは光でバークレーの目が道路からそれないように、両手でライターを覆いながら自分の煙草に火をつけた。風は弱まりつつあり、大きさを増した雪片が湿気を含んでふわふわと回転し、落ちた先にやたらとべたべた絡みついた。フロントガラスのワイパーはそのリズムを失い、急に動いたかと思うと、遅くなっては止まり、また猛烈な速さで動き続けた。まるで何かに取りつかれた人間のようだった。

ミーチャムは再び口を開いた。「カーニーが言ったとおり、何もかもが常軌を逸しています。ロフタスは分別のある知的な若者でした。それなのに、金を受け取り、犯してもいない殺人の告白をして、それを裏付けるのに十分な状況証拠をでっち上げた——血痕のついた服、マーゴリスのコテージの内部に関する知識。犯行に使用されたナイフの種類やその置き場所、部屋の温度、マーゴリスが刺された回数なども熟知していた。これだけの証拠を捏造するには誰かの助けがなければ不可能です」

「誰の助けだと？」

ミーチャムは答えなかった。

「わたしの妻が助けたと言いたいのか。そうだろう？」

「筋から言えば——そうなります」

「しかし服についた血は——どうやってロフタスにそんなことができたんだ？　保安官本人が、あれはこすりつけたものではないと言っていた。傷口から飛び散ったもので、一リットルか、それ以上あったと」

「それがわたしがすぐにも解き明かしたい二つの疑問のうちのひとつです。血液はどこから来て、金はどこへ消えたのか」

「きみは妻が知っていると考えている」

「おおいにあり得ることです」

「それは明確に私見としたほうがいい、ミーチャム。きみはあらゆることに意見を持っているようだが」

「持っているというよりも」ミーチャムは言った。「わたしのもとに放り込まれるのです」

「わたしについての意見をまだ聞いていないが」

「ありません」

「それは妙だ。知ってのとおり、わたしには昔ながらの動機がある。妻がマーゴリスの愛人だった」

「わたしはそうは考えていません」

「いずれにしても、お気遣いに感謝するよ」

「気を遣っているわけではありません。根拠はリリー・マーゴリスの言葉です。マーゴリスには本命の愛人がいた――彼女はそう言いました。しかし、それはヴァージニアではなかったと」

「本命でなければよいとでも？」

「この点に関して興味がおありだと思いましたので」

「あるとも」バークレーは低い声で言った。「同時に失望してもいる。ヴァージニアがわたしたちに与えた悲しみからなんの幸せも得ていなかったことに。普通は誰かが何かを得るものだ。ところがどうだ、マーゴリスは死に、ヴァージニアは逃げ、わたしは彼女を追っている。嫌々ながら、なんの希望もなく。もし彼女を見つけたとして、それから？　それからどうなる？」彼は繰り返した。「わたしには見当もつかない」

それはミーチャムも同様だった。この先の一時間が来年と同じくらい、全く想像のつかない、はるか先のことに思われた。

車は小さな町を走り抜けていた。鉄道の駅の標識で、アルゴンキンという名の町だとわかった。積もったばかりの雪が生焼けのケーキにかかった糖衣のようにその醜さを隠していた。

「モリスバーグまであと三十マイルしかない」バークレーは言った。「どうやら追いつけそうもないな」

「なんとかなるでしょう」

「そうは思えないが」

結局、バークレーは間違っていた。アルゴンキンを通過して半マイルほどの地点で、ミーチャムが明るい黄色のフレーザーを見つけたのだ。その屋根は除雪車で路肩に寄せられた雪の固まりに半分埋もれていた。フレーザーの正面にはレッカー車が停まり、赤い方向指示器がブイのライトのように点滅して、近づいてくる車両に注意を促している。

バークレーがレッカー車の数ヤード先に車を停め、ミーチャムは降りて引き返した。

レッカー車の運転台には白髪頭の不機嫌そうな女が座っていた。腹立たしげに胸の前で腕を組んでいる。外では、革の帽子をかぶり防寒ジャケットを着た十代後半の少年が、しきりにシャベルを動かしてフレーザーのバンパーから雪を掘り返していた。

「手を貸そうか?」ミーチャムは声をかけた。

少年は顔を上げ、首を振った。「いいよ」

「せっかくの新車がこんな目にあうとは災難だな」

「たいして壊れてはいないんだ。あたったのは雪だけだから」

女がレッカー車の窓を開けて顔を突き出した。「その人、なんて言ってるの、ビリー」

「なんにも」

「保険会社の人じゃないの？」

「知らないってば」

「考えてもごらんよ」女が刺々しく言った。「考えてごらん、もし今夜、おまえの父さんが家にいたらって。でも、だめ。父さんはいない。父さんは行かなくちゃならなかった。そして……」

「おい、母さん、頼むから愚痴を言うのはやめてくれよ」

女の唇はまだ動き続けていたが、何を言っているのかは誰にも聞こえなかった。再び窓を閉めてしまったからだ。

ミーチャムは少年に尋ねた。「事故で怪我人は出たのかい？」

「女の人がひとり、前の席につんのめって、フロントガラスに頭をぶつけちまった。たいした怪我じゃなかったけど」

「その人たちは今どこにいるのかな？」

「店で代車を待ってる。この先五百ヤードぐらいのところだよ。自動車の修理工場とハンバーガースタンドをやってるんだ」

「わかった。寄ってみるよ」

少年は雪かきを再開し、ミーチャムは車に戻りかけた。

女はまたレッカー車の窓を開けていた。「やっぱり保険会社の人なんだよ」

「どっちだっていいじゃないか」少年が言った。

「もう八時過ぎだ。〈ゲスト・スター〉を見損ねちまった。おまえの父さんは水曜の夜が一番だと知ってるんだよ。それなのに、あたしはこんな吹雪のまんなかに座ってさ、本当なら……」

雪が徐々に女の声をかき消した。猫の足跡を覆うように。

第二十一章

ハンバーガースタンドは、古いレンガ造りの農家の正面に建て増しされた大きな部屋だった。オイルクロスの掛かったテーブルが三卓、椅子が十二脚と、長い木製のカウンターがある。カウンターの片側の壁に手製の無骨な棚が取り付けてあり、入り口に向けて小さなテレビが置かれていた。画面に映っているのはボクシングの試合だった。クリンチになった二人のボクサーが、組み合ったまま体を密着させ、頭を寄せ合っている。その姿が互いの肩ですすり泣いているように見えた。

ウェイトレスは山と積まれたカップとソーサーをうわの空で拭きながら、目を画面に釘付けにしている。

ハーストはひとりでカウンターに座っていた。前にサンドイッチとコーヒーが置かれているが、ボクサーに夢中で手もつけない。その顔にはウェイトレスと同じく、妙に茫然とした表情が浮かんでいた。まるで画面の動きに我を忘れているようだった。ドアが開き、ミーチャムとバークレーが入ってきても、振り向きもしなければ、瞬きさえしなかった。

ヴァージニアと母親の姿はどちらも見当たらない。

「ひとりは血だらけになってるわ」ウェイトレスが言った。視線は向けないが、明らかにハーストに話しかけている。「どうしてもっと楽しくなる試合をしてくれないのかしら」

「やらせておけよ」ハーストが言った。「どうせ真剣じゃないんだ」

バークレーとミーチャムはカウンターに腰を下ろしたが、ウェイトレスは気づかないか、あるいは気づかないふりをした。

「真剣勝負に見えるけど」

「最初から最後までいんちきさ、レスリングと同じだよ。こいつら、血にケチャップを使ってるんだぜ」

「それ、本当なの？」

「本当だとも。おれはデトロイトで一番でかい放送局のえらいやつと知り合いなんだ」

「怪しいもんだわ」

「嘘じゃないって」

「あたし、ケチャップの匂いって大嫌い。今まで働いてたいろんな店を思い出させるんだもの」ウェイトレスは突然くるりと振り向いてミーチャムに話しかけた。「メニューはないんですよ。あの上のほうの鏡に書いてあるものだけです」

ハーストが同時に振り向いて、ミーチャムに気づいた。

「やあ、ハースト」ミーチャムは言った。

ハーストの無気力な表情に変化は見られなかった。彼は何ひとつまともにできる男ではなかったし、自分でもそれを期待していなかった。ここでしくじったのも驚くことではなかったのだ。ハーストは咳払いをした。「誰かが探しているとは思わなかった。おれとしては……」

「ミセス・ハミルトンはどこにいる？」

「手洗いだ。娘も一緒に。顔でも洗ってんだろう」ハーストはバークレーに視線を向けた。警官だと勘違いしたようだ。「車はたいして傷ついちゃいない。ヘッドライトはつぶれちまったみたいだが。でもおれのせいじゃない。車が横滑りしたんだ」

「あんたは横滑りするように生まれついているんだ」ミーチャムは言った。「そして一生そこから抜けられない」

ハーストはミーチャムの言葉を無視して、バークレーに向かい、自分の正当性を熱心に訴え続けた。その態度は重罪を犯そうとして軽罪でつかまった、けちな犯罪者にそっくりだった。「おれは車を盗んだわけじゃない。彼女が西海岸まで車で行くのに雇われたんだ。このポケットの中に契約書がある。全部紙に書き留めてある。紙に書いたものは合法なんだろう、ミスター・ミーチャム？」

「見てみよう」

〝契約書〟というのはメモ帳から破り取った一枚の紙だった。サインはミセス・ハミルトンのものだが、残りは明らかにハーストの手で書かれた下手な文字だった。筆圧が強すぎるため、所々インクが飛び散り、紙にはペン先による穴があいている。「わたし、すなわち下記の署名者は、一九五〇年十二月十三日、ジェームソン・ラルフ・ハーストをわたしの新車フレーザーの専属運転手として雇い、さらに向こう二年間、月一五〇ドルの報酬及び生活費全般（部屋代と食費）をもって雇用することに同意します。署名、レイチェル・ミルズ・ハミルトン」

ハーストはミーチャムが紙を読むのを見守った。「そいつは法的な書類だろう？　文句はおれが自分で考えたが、それでもそいつは合法だ」

「ずいぶんとうまくやったものだな」ミーチャムは紙を折りたたみ、自分のポケットにしまった。

「おい、返せよ。おれの契約書だぞ。おれにはそいつが必要なんだ。カリフォルニアに着いたら……」

「あんたは絶対にカリフォルニアにはたどり着かない」

ハーストはかすかに青ざめた。「着くとも。いつか着くとも。いつかおれは……」

「なるほど、いつかはね」ミーチャムは言った。ハーストの日々はいつかいつかの連続だったのだと彼は考えた。確実な明日も再来週もない、あるのはいつかいつかの薄暗い道だけだ。

ヴァージニアが母親の先に立って手洗所から出てきた。額の右側に青みがかったこぶがあり、右目の周りがかすかに黒ずんでいる。髪はつややかで、顔には白粉がはたいてあり、口紅も塗ったばかりだ。その姿は葬儀のために整えられた亡骸のようにこざっぱりとして生気がなかった。彼女はバークレーの顔を見るや踵を返し、母親の脇をすり抜けて手洗所に戻り、ドアを閉めてしまった。

ミセス・ハミルトンはそのままカウンターの男たちのところに歩いてきた。しかし、その足取りはぎこちなく、身もかすかに傾いでいた。揺れる船から降りたばかりで、まだ陸地に適応できないとでもいうように。

ミセス・ハミルトンはヴァージニアのものらしいビーバーの濃い毛皮のコートを着ていた。襟が耳まで届き、裾は雪靴まで達している。サイズの合わないコートの前を両手できつくかき合わせている様子は、その厚ぼったい毛皮で体がばらばらになるのを防ごうとしているようにも見えた。

ミセス・ハミルトンは微笑んでいた。しかしその微笑は身にまとったコート同様、借り物のようだった。

「あら、ポール。わたくし――ここであなたに会うとは思わなかったわ」

「そうでしょうね」バークレーは言った。

「その——なんと言ったらよいか。つまり……」

「ご気分はいかがですか?」

「も、もちろん大丈夫よ。とても元気だわ」

「そうは見えませんが」バークレーは鋭い口調で言った。「すぐに車で家まで送ります。あなた方三人とも」

「おれはごめんだぞ」ハーストが言った。

「きみもだ」

「いやだね。こんな遠くまで来たんだ、引き返すなんて冗談じゃない。おれはエミーのやつに、二度とおれの姿を見ることはないだろうと言ったんだ。あのドアからのこのこ入っていって、あいつに間抜けだと思わせろっていうのか?　いいや、おれはここに残る。おれには法的な契約書があるんだから」

ミセス・ハミルトンが向き直った。「お願い、ミスター・ハースト。あなたも気づくときよ、わたくしたちはもうこの旅を続けられないということに。多分——多分、また今度。いつか別の日にね」

「やっとここまで来たんだ。戻りたくない」ハーストはコートの袖で額の汗をぬぐった。それは光沢のあるサージに薄汚い染みを残した。「あの玄関から入っていってあいつと顔を合わせたくない。まるでおれがあいつなしじゃやってけない、うすのろだったみたいに」

「わたくしたちはみんな引き返さなければならないのよ」ミセス・ハミルトンはやさしい声で言った。言葉を理解できない動物に、口調だけでわからせるように。「ヴァージニアを連れてくるわ」

「ぼくが行きます」バークレーが言った。「あなたは座って休んでいてください。ミーチャム、ミルクを注文してやってくれ」

バークレーは手洗所へ向かった。ドアに錠はなく、かつて取り付けてあった場所に穴があいているだけだった。

「ヴァージニア」

バークレーはゆっくりとドアを押し開けた。ヴァージニアは洗面台の前に立ち、身じろぎもせず、埃で曇った安鏡に映る自分の姿を見つめていた。強い腹痛を抑えるように腹部に両拳を押しつけている。安鏡と目の上のこぶとが彼女の顔立ちを歪めていた。

「わたしって醜いのね」ヴァージニアは言った。「ほら、ごらんなさい。あなた、知らなかったでしょう、わたしがどんなに醜いか」

「鏡が悪いんだよ」

「そうかしら。本当に？」

「ああ」

ヴァージニアは物憂げな調子でゆっくりと、頭を前後に振った。「いいえ、そうじゃない。鏡のせいにはできないわ。それじゃ安易すぎるもの」

「きみはなんでもむきになりすぎる」バークレーは言った。「だから早く走りすぎてつまずくんだ。そのたびに他の人々が地面から助け起こさなければならない」

「それであなたは来たの？　わたしを地面から助け起こすために？」ヴァージニアは微笑んだ。鏡の中の醜い女も微笑み、顔の歪みが倍になった。「でも、かまわないで。わたしは地べたが好きなのよ。

わたしとハースト。二人のしくじり者。わたしたちはきっと、二人一緒にこのまま西へ進むべきなんだわ」

「きみたちはそう遠くまでは行けないよ」

「あなたは警察にわたしを追わせるかしら」

「仕方なくね」

「クロードの件があるから」

「そうだ」

ヴァージニアは手をのばし、鏡に積もった埃にひとさし指でXの文字を書くと、そのまま同じ字をいくつも書き連ねていった。「あなたはわたしが彼を殺したと思う?」

「わからない」

「なぜ母に訊かないの?　母が話すでしょう。なんでも知っているんだから。あなたと母はわたしとハーストと同じぐらい名コンビになるわ。母はなんでも知っているし、あなたは決して間違ったことをしない。すばらしい組み合わせじゃない?　誰も太刀打ちできないわ。ともかくわたしは勝てないし、勝とうとするのもやめたの。わたしにはとてもついていけないもの。あなたたちのように善良で立派で、絶対に悪いことをしない、したいとも思わない人々には!」

バークレーがヴァージニアの肩をつかみ、体ごと自分のほうに向かせたので、彼女は鏡の中の醜い女のかわりに夫を見るしかなかった。「この世に白い聖人と黒い罪人しかいないなんて、どこでそんな考えを吹き込まれたんだ?」

ヴァージニアは無言のまま、苦しげにバークレーを見つめた。

「そんな物差しではとても人生はやっていけないよ、ヴァージニア。凡人の過ちを赦す余地がないじゃないか」

「クロードのような？」

「クロードのような」

ヴァージニアの口がわなわなと震え始めた。周囲の筋肉が伸び過ぎて、突然弾けてしまったかのように。「わたし、絶対に――クロードには何もしなかったわ。母は信じてくれないけれど。信じるとは言ったわ。母はいつも口では、わたしを信用している、信頼していると言うの。でも、それは本心じゃないのよ。わたしを見る目つきでわかるの。いつもわたしが何かしでかした、わたしが悪いと考えている目よ。恐ろしいのは、わたし自身、母が正しい、自分が悪いと感じずにはいられないことなの。物心ついたときから、ずっとそんな調子だったわ」

「きみは悪くないさ」バークレーは言った。「それにぼくはきみを信じている。きみがマーゴリスについて何を言おうと、きみを信じている」

「本当に？　心から？」

「ああ」バークレーは時が経過するのを、外で三人の人間が自分を待っているのを意識した。しかし彼はこの場を去りたくなかった。結婚以来、彼がヴァージニアの性格をここまで完璧に理解したことはなかったし、今、この薄汚れた小さな手洗所で感じるほど身近に彼女を感じたこともなかった。

「もしクロードが生きていたら」ヴァージニアは言った。「わたしたちがただの友人で、一緒に時間をつぶしていただけだったと証明できるのに。わたしは他にすることがなかったし、クロードは誰かが戻ってくるのを待っていた。だから二人とも、ずいぶん時間を無駄にしたわ」ヴァージニアは額のこぶを指先で勢いよくこすった。バークレーにはその仕草が、彼女の他の仕草や行動や言葉と同じく、自分を罰しているように見えた。

「頭を怪我したのかい？」

「ええ」

「だったら、そんなふうにこすっちゃいけない」

「わたし、こすっていた？　そんなつもりはなかったのに」

バークレーはヴァージニアの両手を取り、固く握った。「クロードが待っていたのは誰なんだい？」

「女の人よ。その話を最初にわたしにしたのはリリー・マーゴリスなの。ある日リリーが家に来て、いいことを教えてあげる、クロードは別の女を愛しているのよと言ったの。最初は冷静に話していたけれど、そのうち自分の言葉に興奮してしまい、わたしを罵り始めたわ。わたしは診療所にいるカーニーか誰かの耳に入るのを恐れて、リリーをとめようと、彼女の口を手でふさいだの。彼女の見方は違うようだけど、でも、それが現実に起こったことよ――怖くて、恥ずかしくて、それでリリーを黙らせずにいられなかったの。カーニーにはすべてを聞かれたわ、もちろん」ヴァージニアはかすかな皮肉を込めて付け足した。

「カーニーはいつもそうなの。わたしの素行次第では、母に手紙で連絡すると言われたわ。カーニーはわたしが嫌いなのよ。なのにごまかしてばかり。母と同じで、いつもふりをしているの。あの陽気な態度――親切で寛大な性格――全部見せかけなのよ」

バークレーは賛成も反対もしなかった。しばらくするとヴァージニアはまた話し始めた。

「あとになって、わたしがクロードに、彼が長い間誰かを愛してきたのは本当なのかと尋ねると、彼はそうだと答えたわ。本当だけど、残念ながら今度は彼女は戻ってこないと。わたしたちはそのことで口論やそれらしいことはしなかった。わたしは彼に同情さえしたのよ。来ない人を待つというのがどんなものか、わたしにはわかるから」

「きみはずいぶんたびたび、ぼくを待っていたのかい、ヴァージニア」

「あなたは知っているはずよ」

「しかし、ぼくはいつも来ていたんだよ。次にきみが待つときは、それを思い出してくれ」

「忘れない。約束するわ」

「よし、ヴァージニア。一緒に家に帰ろう」

「いいえ、お願い。わたし、現実に向き合えないわ」

「そうするしかないんだ」

「この先どうなるかわからないもの。あの人たちはわたしをどうするの？　母をどうするの？」

「それはぼくにも答えられない」

　バークレーがドアを開けて押さえると、ヴァージニアはゆっくり横を通り過ぎた。片手を額のこぶにきつく押し当てている。まるでそれが悪事の象徴であり、償いに痛めつければ縮んでいくとでもいうように。

第二十二章

通されたのはバークレー邸の奥にあたる部屋で、ミーチャムが足を踏み入れるのはこれが初めてだった。正方形の小さな部屋は、本も絵もなく、がらんとしている。家具といえば、蛍光灯とソファ、張り替えの必要がありそうな揃いの椅子一脚しかない。一方の壁が一枚ガラスの窓になっていて、昼には町の背後の小高い山々が見渡せるが、夜間の今は室内の様子が映っているだけだった。そしてそこにはソファの両端に他人のように離れて座っている母娘の姿があった。二人ともミーチャムを見つめている。互いを紹介されるのを待つかのように。ミーチャムは当惑した。こちらはヴァージニア、そしてこちらはレイチェル・ハミルトン。こんな紹介をどうやってやれと言うのだろう。

「あなた方お二人と内密で話したかったのです」ミーチャムは言った。「公式な声明を発表する前に弁護士に相談するのは、あなた方の権利であり特権ですから」女たちのどちらも聞いているようには見えなかったが、とにかく彼は続けた。「ミスター・ハーストはすでに自分の知っていることを白状しました。ロフタスが土曜日の夜、ずっと本人の部屋にいたこと、ハースト自身がこの情報を持って、昨日の夜、こちらを訪ねたこと、そしてミセス・ハミルトン、情報を口外しないことを条件に、あなたが彼をお抱え運転手として雇うのに同意したこと。間違いありませんか?」

ミセス・ハミルトンは固く乾いた唇から絞り出すように言った。「ご存知のはずです」

「なぜ同意なさったのです？」

「事件を蒸し返されたくなかったからです」

「ハーストの話が事実だと確信した理由は？」

「それは――彼が言ったことを信じたからです。それだけです」

「あなたには彼の言葉を信じるに十分な理由があったのです」ミーチャムは言った。「あなたはほぼ最初から、ロフタスが無実であることを知っていた」

ミセス・ハミルトンは答えなかった。

「カリフォルニアへ去るというのは誰の案ですか？」

「わたくしの考えです」

「逃げてあちらに留まれば、この事件に片がつくとでも？」

「――望みはあると思いました」

「誰がマーゴリスを殺したのか知っていますか？」

ミセス・ハミルトンはヴァージニアに視線を向けようとはしなかったが、右手を半分上げ、無意識にかばう仕草をした。「それについては何も存じません」

「おっしゃいなさいよ」ヴァージニアが言った。「この人に、わたしがやったと話せばいいわ」

「あなたは黙っていなさい、ヴァージニア」

「お母さんはこれまで何もかもひとりで操ってきたわ。でもわたしにだって権利が……」

「お黙りなさい、ばかな娘《こ》ね」ミセス・ハミルトンはそう言ったあと、自分の言葉を後悔したように口調を和らげた。「わからないの、わたくしはあなたを助けようとしているのよ」

「ポールはわたしに真実を話すように、正直になるようにと言ったわ」

「正直に？　誰だって正直になりたいに決まっているわ。でも、たいていの人にはその余裕がないの。こっちで少し、あっちで少しと、小出しに見せるだけよ。それも信頼できる人の前でだけ」

「わたしがそのうちのひとりですよ」ミーチャムは言った。

「わたくしにはそうは思えないわ、ミスター・ミーチャム」

「ご自分の出生証明書のコピーを持っている者に対して、年齢は偽れませんよ、ミセス・ハミルトン」

「あなたはコピーをお持ちなの？」

「何枚かは。少なくともそれに相当するものを」

「わかりました」蛍光灯の光を受けて、ミセス・ハミルトンの顔は透明に、それでいて妙に硬質に見えた。肌は水晶に、目はビー玉に変化したようだ。声さえ結晶と化したように鋭く固かった。「これだけは理解していただきたいのです、ミスター・ミーチャム。わたくし、この件に関しましては徹頭徹尾、娘のためになるように行動してまいりました。娘がトラブルに巻き込まれたと聞いた最初の瞬間から、計画を練り始めたのです。昔から何度もそうしてきたように。もっとも、娘の敵意は増す一方でしたが」

話す間、ミセス・ハミルトンがヴァージニアに視線を向けることはなく、それどころか、彼女がまだ部屋にいることを意識するそぶりさえ見せなかった。

「これまでの人生、わたくしは娘のためにできる限りのことをしてきました。娘は育てにくい子供でした。それはひどく手がかかりました。生まれたその日から、困難の連続だったのです。わたくしはそのひとつひとつに、持てる力のすべてを出し切って対処してきました。これ以上続ける力は残っていません。今のわたくしは疲れ果てた老女にすぎません。ヴァージニアは自分の思うとおりに生きていけばよいのです。過ちを犯したら、自分自身で正さなければなりません。もうわたくしがそばにいて手を貸すことはないでしょう」

ミセス・ハミルトンは苛々した様子で黙り込んだ。室内に聞こえるのは抑えた息遣い、窓枠に吹きつける風の音、電灯のかすかにうなる音だけとなった。

「あの夜、ポールから電報が来たとき、わたくしはベッドで眠っていました。ずいぶん昔に思えるけれど、ついこの前の土曜日のことなのね。あるいは、日曜日の早朝、西海岸の時刻で午前一時と言ったほうがいいかしら。わたくしはすぐさま電報を二本打ちました。一本はヴァージニアに、一本はポールに。わたくしが到着するまではいっさいの発言と行動を控えるようにと助言したのです。とは言え、わたくしの頭に明確な計画があったわけではありません。ヴァージニアが無実か否かについてさえ、確信を持てずにいました。わたくしにわかっていたのは、娘がトラブルに陥っていて、助かるかどうかはわたくし次第だということだけです。その夜はもうベッドに戻りませんでした。飛行機の予約を取り、荷造りをして、銀行口座を調べ、それから息子のウィレットに電話をしました。翌朝、ウィレットに車で銀行まで送ってもらい、一万ドル引き出しました。そのうち千ドルは現金、残りはトラベラーズチェックで。ウィレットはわたくしを正気でないと考えたようですが、わたくしには話がどう転ぼうと費用はかさむことになるとわかっていました。そして準備を整えてやってきたのです。日曜の夜到着して、翌朝早く、ヴァージニアに会いに行きました。そこでわたくしは愕然としました」

ミセス・ハミルトンは初めてヴァージニアを真っ向から見た。そして自らの言葉を繰り返した。

「わたくしは愕然としました。少なくとも娘の口から確かな事実だけは聞けると思っていたからです。しかしそれは間違いでした。娘は何が起こったかも覚えていませんでした。それも酔っぱらっていたために。何ひとつ主張できなければ否定もできないのです。わたくしは不安を表に出さないように努めましたが、失望を禁じ得ませんでした。娘に不利な証拠は圧倒的に多く、彼女は常々死ぬほど怖がっているときにするのと同じ振る舞いをしていました。厚かましく尊大な態度を取り、役に立ってくれそうな人をわざと敵に回していたのです。保安官や女看守、それにミスター・ミーチャム、あなたを。そうです、わたくしのことさえも。あの朝、娘のもとを去ったとき、わたくしが自暴自棄になっていたのも当然ではないでしょうか」

「わたくしは廊下に出ました。保安官のオフィスのすぐそばのベンチに若い男が座っていました。一度も見たことのない男で、それは向こうも同様です。今になって考えれば、彼はしばらくそこに座って、わたくしたちの話を聞いていたに違いありません」

「そのとおりです」ミーチャムは言った。「わたしも帰り際に彼がそこにいるのを見ました」

「では、あなたはその男の正体をご存知なのね」

「ええ」

「彼はわたくしに話しかけてきました――天気のことか何かを――そしてわたくしにヴァージニア・バークレーの母親かと尋ねました。わたくしがそうだと答えると、ヴァージニアのことで重要な話があると言いました」

「計画を立てたのはロフタスですか?」

「そうです。もしわたくしがその案を思いついたとしても、実行するのは不可能ですわ。町中を歩き回って、ロフタスがしたのと同じことをできる、また、しようという男を探し当てるなんて」

「あなたには彼の計画が筋の通ったものに見えましたか？」

「ええ、あのときは」

「恐れたり怪しんだりはしなかったのですか？　彼を狂人だとは考えませんでしたか？」

「あなたは彼をご存知だったのでしょう、ミスター・ミーチャム。ロフタスは狂人ではありませんでした。ただ、すでに失っていた命の他に失うものはなかったのです。そしてわたくしは払う余裕のあるお金以外に失うものはなかった。これは彼が語ったままの言葉です。あのときのわたくしには、とても論理的に聞こえました。今となっては違いますが」ミセス・ハミルトンは記憶の痛みを和らげるかのように、手の甲を額に押しつけた。「わたくしたちは合意に至りました。わたくしは――わたくしは彼を買ったのです。出かけていって犬でも買うように。それが彼の望みだったとしても、言い訳にはなりません」

「なぜ彼には金が必要だったのでしょう」

「誰か別の人のためにです」

「それが誰かは言いませんでしたか？」

「言いませんでした。そのお金が、誰かが人並みな暮らしを送る役に立つとしか。わたくし、この二日間というもの、そのことが頭から離れませんでした。果たして、彼の望みは叶うのだろうかと」ミセス・ハミルトンの両手は結んだり開いたり、せわしなく動いていた。「ロフタスは、段取りはすべて自分がつけると言いました。で、わたくしはお金を持って、四時にアーバー・アンド・ポンティアックのバス停で彼に会うことになりました」

「それはここからほんの一ブロック行ったところですね」

「ええ」

「ロフタスから殺しの件で利用できそうな情報を求められましたか？　マーゴリス所有の狩猟用ナイフとかコテージ内部の造作とか、そういったことについて」

「いいえ。いずれにしてもわたくしには教えられませんでしたわ。存じませんもの」

ミーチャムは視線をヴァージニアに転じた。「あなたは知っていましたよね」

「ええ、わたしは前にコテージに行ったことがありますから」ヴァージニアは言った。「それがあなたの言う意味ならね。でもわたしはロフタスには何も話しませんでした。話せるわけないでしょう？　わたしが彼に会ったのは昨日の朝だけなんですよ。あの部屋で、あなたや保安官と一緒だったわ。覚えていらっしゃる？　保安官はわたしにロフタスを知っているかと尋ね、わたしは前にどこかで会ったことがあると答えたのよ」

「そしてロフタスは、それは土曜日の夜、酒場《バー》でだったと答えた。〈サムのカフェ〉だったと」

「ええ」

「事実ではなかったのですね？」

「そのようね」

「しかしロフタスはあなたがあの酒場にいたことを知っていた。その場にいた男に気軽に話しかけたことも。言葉の内容まで正確に知っていましたよ。『いやになっちゃう、ここは臭いわね』。どうすればあなたがそう言うのを聞き、なおかつハーストに見張られながら自分のアパートにいるようなことができたのでしょう」

「知りません」

「誰かが彼に話したに違いありません。あの酒場にいて、あなたの姿を見、声を聞き、あとをつけさえしたかもしれない何者かが。あなたとマーゴリスのあとをつけたがるなんて、誰なんでしょうね、ヴァージニア」

「そんな人、いるものですか」

「心当たりはないですか?」

「ないわ!」

「わたしにはあります。たとえば、リリー・マーゴリス。だが彼女はたまたま数千マイルも離れたところにいました。もうひとりはマーゴリスの友人のミス・ファルコナーです。あるいはカーニー。カーニーはあなたの暮らしぶりに強い関心を持っている。しかしまだ別の可能性がある。ポール・バークレーです」

「ポールがあそこにいたのなら、わたしが姿を見ていたはずよ」ヴァージニアが低い声で言った。「彼をごたごたに引きずり込まないで。わたしがすべての原因です。だから喜んで罰を受けます——母とわたしとで。そうよね、お母さん?」

二人の女は、底知れぬ深海で敵潜水艦の潜望鏡を通して見るような目で互いの顔を見やった。やがてミセス・ハミルトンはため息をついて顔をそむけた。「ええ。そうですとも、ヴァージニア」

「ポールは殺人についても、ロフタスとの取り決めについても、何も知らなかった。そうなのね、お母さん」

「ええ、そうよ、何ひとつ」ミセス・ハミルトンは膝の上で固く手を握った。せわしなく動く二匹の小動物を力づくでおとなしくさせようとでもするように。「わたくしは四時にロフタスとバス停で会いました。お金を持参していました。トラベラーズチェック六冊を、三つの違う銀行で現金化したのです。不要な質問や疑惑を避けるためでした。わたくしはカーニーに電話をかけ、これから二本立て映画を見ると告げて、ミスター・ミーチャム、あなたをお茶に招くように言いつけました。彼が――ロフタスが行動を起こすときにあなたが居合わせるようにするというのは、本人の発案でした。保安官に話をする前に、まずあなたで試したかったのだと思います」

「よその町で行われる試演のようにね」ミーチャムは言った。「まんまとうまくいったわけだ」

「ええ、何もかもとてもうまく運びました。昨日の夜、ハーストが連絡してくるまでは。彼はこの家に来て、わたくしと話をしました。そのときわたくしはヴァージニアをこの町から連れ去らなければならないと悟ったのです。娘が無罪であろうと有罪であろうと、わたくしには永遠にわからないでしょう。彼女の記憶は永遠に封印されるかもしれないし、あるいはある夜夢からさめて、すべてがはっきりするのかもしれません。彼女を見てやってください、ミスター・ミーチャム。わたくしのかわいい娘を。この穏やかな目の奥のどこかに、彼女が見たりふれたり聞いたり感じたり行動したことのすべてが記憶されているのです。全部そこにある。でもそれらに前後関係はなく、時間も距離も存在しないのです」

ヴァージニアは母親を見つめたが、その目に穏やかさはみじんもなかった。「わたしのことを子供か、サイコパスのように言うのね」

「あなたはわたくしの子よ」

「本当に？」

女たちは互いにふれ合えるほど近い距離に座っていたが、ミーチャムは二人の間に大きな隔たりがあると感じた。航海するには荒れすぎている海の、横断するには山が多すぎる陸地の、そして思い出すには長すぎる年月の広がりが。

ミセス・ハミルトンはその広がりを横切り、手をのばした。「ヴァージニア……」

「わたしがある夜夢を見ることがあっても、お母さんには絶対にその話をしないわ」ヴァージニアは言った。「約束する」

「またそんなことを……」

「絶対に誰にも言わないわ」

「――ええ。そうね、それが一番いいのかもしれないわ」ミセス・ハミルトンはミーチャムに視線を向けた。「次はどうすればいいのかしら、ミスター・ミーチャム？」

「保安官を呼ばなければなりません」

「わかりました。それから？」

「彼が取るべき行動を決めるでしょう。あなたは殺人に関する証拠を今まで伏せてきた。これは重罪です」

「あら、まあ。わたくしが重罪を犯したとはね。ウィレットがさぞ驚くでしょうよ」ミセス・ハミルトンは陽気とも聞こえる口ぶりで言った。「さて、その次は弁護士を雇わなければね」

「ええ」

「でも、あなたじゃありませんよ、ミスター・ミーチャム」

「そうでしょうね」ミーチャムは微笑を浮かべた。「承知しています」

「あなたがわたくしたちにうんざりしているのはわかっています。もともとなんでもない事件を、わたくしたちがよってたかって複雑にしたと考えているのよ。わたくしたちの悩みなど、骨折だのミサイルだの、あなたが見聞きするものに比べれば、まったく現実的ではないと」ミセス・ハミルトンは立ち上がり、ドアに向かった。「アリスの面倒を見てくださる？」

「やってみます」

「アリスはいい娘よ」考え込むような声だった。「もしわたくしが……。さあ、保安官に電話をかけないと。あなたは帰ってくださってけっこうよ、ミスター・ミーチャム。ごきげんよう」

「おやすみなさい」

ミーチャムは部屋を出て、廊下を歩いた。振り向かなくても、ミセス・ハミルトンが自分を見ていることがわかった。うなじに感じた視線は、氷の感触のように冷たく、痛かった。

第二十三章

アリスはミーチャムの車の中で彼を待っていた。金髪を黒いスカーフで包んでいたので、彼にはドアを開けるまで姿が見えなかった。

「やあ」ミーチャムは言った

「こんばんは」

「どこかへ行くのかい？」

「どこでもいいわ」アリスは答えた。「あなたが行くところなら」

「わかった」ミーチャムの車は私道をゆっくり進み、通りへ出た。彼は身のうちに強い力が漲るのを感じた。まるで何百もの車輪が一度に全方向に回転しているような感覚だ。そのせいで声が震えはしないかと、話すのが恐ろしくなるほどだった。しかしようやく口を開いてみると、我ながら極めて冷静で落ち着いた声が出た。「ぼくは家へ帰るつもりだ」

「だったら、そこがわたしの行くところでもあるわ」

「それはやめたほうがいい」

「わたしは二十三よ」アリスの声には初々しい気負いがあった。まるで二十三が他とは違う特別な年齢で、その歳になれば偉大な知恵と正しさが与えられるとでもいうように。

「ぼくもかつては二十三だった」ミーチャムは言った。「他の多くの人々同様にね。そして、いつも間違いを犯していた」

「わたしは違うわ」

街の中心部は、通りを幽霊のように滑る車と寒さで着ぶくれた学生たちでごった返していた。鐘楼が九時十五分を告げるなか、ミーチャムは小さな白いメゾネットの前で車を停めた。

二人は手を取り合って、まだ雪かきをしていない歩道を渡り、メゾネット右側のポーチの階段を上がった。呼び鈴の上のカードにはエリック・ミーチャムと記されている。ミルク瓶が二本、ドアの外の、雪の吹き溜まりに立っていた。凍ったミルクが瓶の頭を押し上げている。夏の雨のあと、ひと晩で生じた奇妙な白カビのように。

「ミルクを取り込むのを忘れたようだ」

「いつも冬にはこんなふうになるの？」

「ひどく寒い場合は」

「面白いわ。いろんなことにたくさん慣れないといけないわね、そうでしょう、ミーチャム」

「ああ」ミーチャムはドアを開けようとしたが、鍵穴に刺し込んだ鍵が回らない。三度試みて、ようやくドアが開くと、室内の暖かい空気がさっと吹いて、愛想のよい女主人のように彼らを迎えた。

ミーチャムは廊下の電気をつけた。「あまり片づいていないんだ。ぼくにとっては十分なんだが、女性からすると……」

「とてもきれいじゃないの」

「そうかい？」

「本当に、これ以上、きれいになりようがないと思うわ。わたし……。ああ、ミーチャム。ミルクが凍っているとか、部屋が片づいているとか、そんなことがどうしたっていうの？」

ミーチャムがアリスの顎の下で結ばれたスカーフをとくと、それは木の葉のように音もなく、ひっそりと床に落ちた。

「きみはきれいだ、アリス」

「ああ、そうだといいけど。もしあなたがわたしの見かけを嫌いだったら、生きていけないもの」

アリスは全力でミーチャムにしがみついていた。寄る辺なく伸びてきた一本の蔓が、探し求めていた木にようやく触れたところのように。ミーチャムはアリスを固く抱きしめ、キスをした。体内の車輪が猛スピードで動き始め、その喧しさに耳ががんがんした。電話が鳴ったときも、最初は新たな別の音だと気づかなかった。だが音は次第に鋭い主張となって彼の頭を痛みのように貫いた。

アリスはミーチャムの腕の中でもがくと、邪魔者を振り払うように首を振った。「あれは――電話じゃないかしら」

「放っておけばいい」

「女の人たちはたびたび電話をかけてくるの？」

「たまにね」

電話は鳴り続けている。五回、六回、七回。

「出てもいいのよ」アリスは言った。「でも、もし女の人だったら、あなたは今とても忙しくて、これからもずっと忙しいと言ってやって」

「どのぐらい？」

「何年も。永遠によ」

「わかった」ミーチャムは廊下のテーブルから受話器を取り上げた。手が震え、足がすくむのを感じた。「もしもし」

「もしもし、ミスター・ミーチャムですか?」

「そうです」

「ヴィクター・ガリノです。覚えておられますか?」

「もちろんです。今どちらに?」

「自宅ですよ、キンケイドの。夕方からずっと、あなたに連絡を取ろうとしていたんです。家内もあたしもミセス・ロフタスにはほとほと手を焼いちまいましてね。金の件で」

「なんの金です?」

「アールの七百ドルの残りですよ。あなたはあれを奥さんに送るべきじゃなかった、ミスター・ミーチャム」

ミーチャムはコートの内側の胸ポケットに手をふれた。ロフタスの金の入った封筒がまだそこにあった。

「奥さんが手に負えなくなっているんですよ」ガリノは続けた。「酒だけじゃありません、目についたもの手当たり次第なんです。レコードならレコードで何十枚、一枚もかけやしないのに。それと家内にドレス、それもやたらとでかい、二人分ぐらい入るサイズの。そしてあたしには新しい帽子とスタンドとひと箱分のワイン、まるまるひと箱……」

「その件でわたしにどうしろと?」ミーチャムは言った。

「こっちに来て、金を取り上げてください。まだ残っている分を。あたしは奥さんにその金を預からせてほしいと頼みました。それが奥さんのためだからと。奥さんはいやだと言いました。あたしに預けたら、二度といっぺんに一ドル以上拝めなくなる、昔、バーディーに小遣いを与えられていた頃みたいに、とこうです。あたしには奥さんから金を取り上げる権利はありません。しかし、あなたは違う、ミスター・ミーチャム。奥さんに金を送ったのはあなたなんだから、取り返すこともできるでしょう。法的にも問題ないはずだ」

「いえ、そうはいきません。わたしはミセス・ロフタスに一セントも送ってはいませんから」

電話の向こうに沈黙が流れた。それからまたガリノの声がしたが、受話器にではなく、脇にいる誰かに話していた。「送ったのは彼じゃないと言ってるよ、おまえ」

「そんなはずないわ。だったら他に誰が……」

「多分、借りたんだろう」

「誰から？　誰が奥さんにお金を貸したっていうの？」

「盗んだわけがないんだから」

再び沈黙が流れ、ガリノの細君がかろうじて聞き取れる声で言った。「これからは財布をそこらに置きっぱなしにできないわ」

ミーチャムは鋭い口調で受話器に話しかけた。「ミスター・ガリノ？」

「聞こえてますよ、ミスター・ミーチャム。家内と話してたもんで。お騒がせしてまことに申し訳なかったと言ってます。それと――それと、おまえ、他に何かあるかね？」

「メリー・クリスマス」細君が言った。

「ああ、そうだった、メリー・クリスマス」ガリノは厳めしく言った。

「ちょっと待ってください、ミスター・ガリノ」

「いや、お恥ずかしい、こんな大間違いをしちまって。てっきりあなたが送ったものと思って……」

「気にしないでください。ミセス・ロフタスは今在宅ですか？」

「はあ」

「引き留めておいてください」

「どっちみちこの時間には酔いつぶれて外出なんてできませんよ」

「ミセス・ロフタスと話がしたいのです」ミーチャムは言った。「とても重要なことです。すぐに出られますので、一時間ちょっとでそちらに着くでしょう」

ミーチャムは受話器を置くと、アリスに向き直った。彼女は固い笑顔を浮かべていた。

「あなたは今夜一度わたしを置き去りにしていったわ。もう二度と置いていかれるのはいや」

「冬の田舎を長時間ドライブするのは好きかい？」

「とっても」

「本当に？」

「大好きよ」アリスは膝を折ってゆっくりかがむと、床のスカーフを拾い上げた。そしてそのままの姿勢で言った。「いっそのこと、ここに座り込んで大泣きしたいわ」

「頼むからやめてくれ」ミーチャムはアリスをそっと引っ張り上げた。「いいかい、きみは二十三なんだよ」

「わたしのことを笑っているのね」

「いや。さあ、スカーフを結んであげよう。やらせてくれるかい?」

「ええ」アリスはミーチャムが彼女の顎の下でぎこちなくスカーフを結ぶのを見守った。「ミーチャム、わたしたち、どうしても行かなければならない?」

「仕方がないんだ」ミーチャムは廊下の電気を消し、束の間、二人は暗闇の中で向き合った。しかし互いにふれはしなかった。「怒っているんじゃないね?」

「怒ってないわ」アリスは首を振り、むしろ悲しげに言った。「でも、わたしはもう自分が二十三だとは思えないわ。もっと年を取った気がするの」

第二十四章

　ガリノの地下室には明かりがついていて、ミーチャムとアリスのいる歩道からでも台所の様子がよく見えた。ガリノの細君がリノリウムの大きなテーブルに向かっているが、その姿は身じろぎひとつせず、耳をすましているか、あるいは何事か起こるのを待ってでもいるようだった。

　ガリノがドアを開けた。彼の腕には子猫が丸まって眠っていた。

「お早いお着きですね、ミスター・ミーチャム」

「ええ。こちらはミス・ドワイヤーです。こちらはミスター・ガリノ。ミス・ドワイヤーはわたしの婚約者です。一緒に来てもらいました」

「さあ、どうぞお入りください」ガリノは身を引いて二人を中へ通した。その拍子に子猫が目を覚まし、ガリノのセーターの荒い編み目に爪を掛けたり引っ込めたりし始めた。まるで、小さなピンク色のビロードの針山に、刺しては抜かれる玉虫色の針のような動きだった。「今、鍵を取ってきます」

「子猫をお預かりしますわ」アリスがはにかみながら言った。

「ああ、子猫がお好きですか？」

「ええ、とっても」

「こいつはね、一番ちびなんです。いつも食べるのがびりで、寝るときも他のに下敷きにされているんです。それが不憫で、つい甘やかしちまうんですよ」アリスが古い枝編み細工の揺り椅子に腰を下ろすと、ガリノはその膝にむずかる子猫を置いた。「家内にコーヒーをいれるように言ってきます」

「もう火にかけましたよ」細君が台所から答えた。言いつけられるまでもないと、腹を立てているような声だった。

「ちょっとこっちに来てくれないか、おまえ」

「人前に出られる恰好じゃないのよ」そうは言ったものの、細君は腰のあたりでスカートを撫で下ろしながら戸口まで来た。「今日はてんやわんやでしたからね。身なりにかまってる暇がなくて」

ミーチャムが二人の女を紹介すると、互いに作り笑顔を浮かべながら慎重に相手を見つめていたが、やがて警戒を解いたようだった。「この人にはここでわたしと一緒にいてもらいましょう」細君は夫に言った。「この人だって階上《うえ》には行きたくないでしょう、あんな……」

「おい、おまえ」

「一日にどれだけ、そんな猫なで声を出すの？　正直に、黙れと言えばいいじゃないの」

「そんな横暴なことはできないよ」ガリノは穏やかに答えた。男二人は廊下に出て、ガリノがドアを閉めた。

「ミセス・ロフタスはまだ自分の部屋にいるのですか？」ミーチャムは尋ねた。

「ええ、十五分ほど前に階上へ行って見てきました。奥さんは酔っぱらってますよ、また。だけど予想していたほどじゃなかった。ドアの向こうで独り言を言いながら歩き回っているのが聞こえましたから」

「アールが死んだことは知っているのでしょうか」

「あたしには言えませんでした。今日はあの金を使いまくってひどくご機嫌でしたからね、水を差すわけにはいかなくて。自由に使える金を持ったのはずいぶん久しぶりなので、我を忘れちまったみたいです。一ドルしか持たないところに百ドルも転がり込むと、永遠になくならないような気がするんでしょうな」

「わたしの推測が当たっていれば、その金は百ドルをはるかに超えているでしょう」

「それじゃ、あなたはどうやって奥さんがその金を手に入れたか、ご存知なんで?」

「入手した方法はわかりませんが」ミーチャムは言った。「出処は知っています」

「だけど、盗んだわけじゃないでしょう?」

「ええ」

「もちろん、そんなふうには考えませんでしたがね」しかしその声には安堵の響きがあった。

ミセス・ロフタスの部屋のドアには鍵がかかっていた。ガリノはドアの鍵を手にしていたが、一度ノックをして、さらにもう一度してから、それを使った。

老婦人はドアに背を向け、古ぼけたソファに横座りしていた。指を優雅にのばし、銀製の長いホルダーで煙草を吸っている。

ミセス・ロフタスは頭も動かさずに言った。「わたしにはもうプライバシーというものがないの?」

ガリノの顔がやや青ざめた。「お酒を飲んでいるときは煙草を吸わないでくださいとお願いしたはずです」

「ふん、偉そうに。自分の頭の上の蠅も負えないくせに。わたしが若い頃、あなた方のような人をそう言ったものですよ、ヴィクター。今度はなんの用なの?」

「奥さんに会いたいってお客さんがいるので、お連れしたんです」

「お客さんならもう会いましたよ」ミセス・ロフタスは煙草の灰を灰皿の方向に弾いた。灰はいくらか床に落ち、残りが服にこぼれた。服は新品のようだが、ミーチャムの見たところではすでに二つ三つ、焼け焦げの跡がついている。老婦人が身に着けているものはすべて新品らしかった――ウエストに紫色のベルベットの花をあしらった深紅のドレス、薄手の黒のストッキング、足首に留め紐のついたスエードのパンプス、そして光沢のある黒い羽根で作った帽子。そのどれひとつとして、彼女のサイズに合うものはなかった。頭に乗った帽子はカラスが渋々とまっているところに見えたし、ストッキングはたるんで膝のあたりに皺が寄っている。たっぷりと襞のあるスカートは、肉付きの薄い尻の下からバレリーナのチュチュのように飛び出していた。

部屋にはウィスキーと煙の匂いが充満していた。それは煙草の煙よりもさらに鼻を刺す匂いだった。ミーチャムは老婦人が暖炉で何か焼いていたのだと気づいた。火の中心は焼け落ちて、グレーと黒の灰の山となっている。しかし周囲にはいまだ何かがくすぶっていた。

「お出かけになるところだとは知りませんでした」ガリノは言った。

ミセス・ロフタスはガリノに向かって首を傾けた。ゆっくりと、頭上のカラスを驚かせまいとするように。「わたしは出かけなどしませんよ、ヴィクター」

「そうだとありがたいんですがね」

「言ったじゃないの、わたしは……」

「外は寒いし、もう遅いし、第一、バーは間もなく閉店ですからね」

老婦人の瞳がかすかに揺れた。「あら、こんな夜に外に出かけようなんて夢にも思いませんよ」

「約束してください」

「こんな夜に外出するなんて考えつきもしなかったわ。実際、わたしは寝るところだったのよ。でもその前に新しい服を着てみることにしたの」

「すてきなドレスですね」

「本当にそう思う？　サイズは合わないのよ。でもそれは問題じゃないの。わたしがこれを買ったのは」ミセス・ロフタスは極めて理性的な調子で付け加えた。「色がいいからなの。とても元気の出る色で、着ると生き生きした気持ちになるのよ」

「エラのやつに言えば、サイズを詰めてくれますよ」

老婦人はガリノを冷ややかに見つめた。「それじゃ、本当はやっぱりこれが気に入らないのね」

「いや、気に入りましたとも。あたしはただ……」

「ここはわたしの家よ、あなたに自分のやり方を無理強いする権利はないわ。服についての意見を押しつける権利もね、ミスター・ガリノ」

「奥さんはもう寝たほうがいいです。さもないと……」ガリノは自分の手に目を落としながら口ごもった。

「さもないとなんなの、ミスター・ガリノ」

「さもないと、エラが奥さんをベッドに押し込めなきゃなりません」

老婦人はしばらく無言で思いをめぐらせていたが、やがて勝ち誇った口調で言った。「寝るわけにはいきませんよ。お客さまがいらっしゃるんだから」彼女は煙草のホルダーでミーチャムを指した。煙草は燃え尽きてなくなっていた。「で、あなたはどちらさまなの？」

ミーチャムはもう一度名乗った。

「まあ、お掛けなさい。ともかく、どこかにお座りになって。みんなで軽く一杯飲みましょうよ、あなたもね、ヴィクター」

「いや、あたしはけっこうです。せっかくですが」

「わたしの前で、お酒をやらないふりをする必要はないわ。わたしはたまたま、あなたがしょっちゅう陰で飲んでるのを知っているのよ。たくさんの人がそうしているわ。何億という人が。だからわたしたちも一杯ぐらい飲んだっていいじゃない、ヴィクター」

怒りのあまり、ガリノの浅黒い肌が頬骨から鼻梁にかけて紫に染まった。「話をする間ぐらいは待てるでしょう」

「待てないわ。わたしにはエネルギーが必要なの。ウィスキーは体の燃料だから、食物と同じなのよ。新聞の記事で読んだわ。わたしが食物を摂っていけない理由はないでしょう」

「奥さんは外出するつもりなんだ、そうでしょう」ガリノは言った。「服を試着していたわけじゃない」

「あらまあ、よりによってなんてばかげたことを！」

「どこに行くつもりだったんですか？」

「お酒をちょうだい」

「どこに行こうとしていたんです？」

「この、卑怯者の外国人が」

ガリノの目が水に広がった油の澱《おり》のように光った。「言葉に気をつけてください。あたしは奥さんのただひとりの友人なんですよ」

「まあ、とんでもない。お友だちなら、わたしにはたくさんいますもの」

ミーチャムは老婦人の正面に腰を下ろした。傷だらけで今にも壊れそうなコーヒーテーブルが、二人の間に横たわる不安定な橋のように思えた。慎重に、ひと息に一歩で渡らなければならない。

「そのお友だちというのはどなたですか？」ミーチャムは尋ねた。

「それはあなたには関係のないことよ。わたしならうるさく人につきまとって、それは誰ですか、誰ですかなんて言いませんけどね」

「あなたのお友だちがお金をくれたのですか？」

ミセス・ロフタスは顎を突き出して、尊大に見せようとした。「施しなど受けるわけないでしょう。わたしには働かなくても暮らしていけるだけのお金がありますもの」

「それはわかっています、もちろん」ミーチャムは言った。「しかしアールからのお金を受け取ることに異存はないでしょう。それはアールからのお金ですよね」

「もうわたしにかまわないで。疲れたわ。わたしには燃料が必要なのよ」

「いいでしょう」ミーチャムがガリノに向かってうなずくと、彼はきつく唇を結び、無言で台所に向かった。戻ってきたときは、ウィスキーを縁までそそいだプラスティックのタンブラーを持っていた。

ミセス・ロフタスはそれを三口で飲んでしまった。「あの新聞記事は本当だったわ。これは燃料よ。ああ、もう体が温かくなってきた」

ミーチャムは言った。「アールは亡くなったんですよ、ミセス・ロフタス」

老婦人は震え出し、ミーチャムは一瞬、彼女がその知らせに凶暴な反応を示すのではないかと思った。しかし彼女と外の世界とを繋ぐ神経は、すでにほとんど断ち切られていた。痛みは鈍り、喜びは遠くに去った。

「わたしの話がわかりますか、ミセス・ロフタス」

「何も聞きたくないわ。ひとりにして」

「亡くなる前、アールは六千ドル以上のお金を持っていました。そのうちいくらを受け取ったのですか？」

「わたし、アールの顔を忘れてしまったわ。ハンサムな子だったけど、でも、忘れてしまった……。思い浮かべることができないの」

「誰があなたにお金を送ったのですか？　それとも、ここに持ってきたのですか？」

ミセス・ロフタスはしばらく口を動かしていたが、言葉にはしなかった。やがてついに声を出したが、それはミーチャムの質問に対する答えではなく、燃えさしから立ち昇る煙のように彼女の内側からわいた疑問の言葉だった。「とてつもなくつらい人生、悲惨な人生でした。アールはついてるわ。わたしはあの子にとっていい母親じゃなかった。何かがわたしの身に起こったのです。なんだったかしら？　思い出せないわ。でも何かが起きたのです。きっと病気にでもなって、治療する元気もなかったのでしょう」

ミーチャムはロフタスが母親について述べた、刺すような言葉を思い出した。たったひと口飲んだだけで、酔っぱらってしまったんです。もともと大酒飲みだったのを、三十年近く経って初めて知ったわけです。その瞬間、母の前から世界は消え失せました。それ以来一度も見ていないのです。この先も二度と目にすることはないでしょう。

「アールは理解してくれませんでした」ミセス・ロフタスはささやくように言った。「ときおりひどいことを書いてよこしたわ。わたしが約束を破ったとか、必死に努力しなかったとか。あの子の手紙はすべて燃やしてしまいました。バーディーがそうしろと言ったから」

「誰が言ったですって？」

「バーディーよ。今夜。わたしがここに座っていたら、急にバーディーがあのドアから幽霊みたいに入ってきたの」老婦人は鍵のかかったドアに期待するような視線を向けた。まるで幽霊を再び呪文で呼び出したがっているようだった。彼女を取り囲む影たちよりはるかに現実的で親しみ深い幽霊を。

「お願いです、ミセス・ロフタス」ミーチャムは厳しい声で言った。「どうか落ち着いてください。落ち着いて話して……」

「過去は忘れなさいとバーディーは言ったわ。全部燃やしてしまえって。そして彼女は正しかった。今から状況は変わってくるわ。わたしは遠くへ行くの、新しい人生を始めるのよ。バーディーはゴシップだらけの町でこんなふうにその日暮しの生活を送っているのはよくないと言うの」バーディーがこう言った。バーディーはこう言う……。その言葉は特殊な文句を使った新しい宗教のようにミセス・ロフタスを魅了したらしい。「バーディーはわたしに田舎に住むべきだと言うの。周りにたくさんの木や花があって、庭に犬がいる大きな家で」

ミーチャムは老婦人の注意を集中させようと、テーブル越しに身を乗り出した。「バーディーが今夜ここに来たんですね？」

「あなたにそれを言ってはいけないと思うわ。バーディーはヴィクターに知られたくないのよ。詮索好きな人がきらいなの」

「わたしは詮索しているわけではありません。だが、あなたは勘違いをなさっているに違いありません、ミセス・ロフタス。その人がバーディーであるはずはありませんから」

「わたしはバーディーを知っています。すぐに彼女だとわかりましたよ、口をきくまでもなく」

「アールが彼女は西のほうで交通事故で死んだと言っていましたが」

ミセス・ロフタスに驚いた様子はなかった。「アールはときどき、ささいな嘘をつくんです」

「これはささいな嘘ですまされる問題ではありません。もしロフタスがバーディーの死について嘘を言ったのなら、誰かが彼女を探そうとするのを故意に邪魔しようとしたことになります」

「おやまあ、わたしは見なくてもバーディーだとわかりましたよ。彼女は確かに生きていますとも。年は取ったと言わざるを得ないけれど」ミセス・ロフタスは陰険に付け加えた。「ええ、ええ、彼女も老けましたよ。それに少しは苦労してきたから、私のような不幸を背負った人間のこともいくらか理解できるようになったみたい。変わりましたよ、バーディーは。彼女が言うことにはわたしも変わったそうだけど」ミセス・ロフタスはガリノのほうに首を傾げた。「あなたもそう思う、ヴィクター?」

「ああ――はい」ガリノは青い顔で答えた。「とても変わられました」

「それはすてきにという意味じゃないわね」ミセス・ロフタスはゆっくりと言った。

「すてきに変わられたという意味です」

「少なくとも、わたしはまだ太っていませんからね。女は年を取ると太るものだけど」

食べなければ太るわけもないとミーチャムは考えた。「バーディーがあなたにお金を渡したのですか?」

「送ってきたのよ。今朝、郵便で届いたの。小切手で、短いメモと一緒にね。二百ドルよ」

「で、それから？」

「それからどうしたかですって？　使ったに決まっているでしょう」

「全部ですか？」

「全部じゃありませんよ」老婦人は軽蔑するように言った。「わたしだってばかじゃないんです。十二ドルは残しておきました」

「十二ドルでその田舎の大きな家とやらに行けるとお思いですか？」

「バーディーは心配することはないと言っています。彼女が万事うまくやるからと。アールがそう頼んだそうです。家の場所は彼女が知っています。今夜彼女が車で連れっていってくれるんですよ。長いドライブになるかもしれません。もう一杯いただけるかしら、ヴィクター」

「おやめになったほうがいいですよ」ガリノは言った。

「一杯だけ。そしたらボトルを捨ててしまうわ。わたし、お酒はやめるつもりよ――知ってた？　やめるわ。バーディーに約束したし、あなたにも約束するわ」

ガリノは台所からボトルを持ってきて、ミセス・ロフタスに一杯ついだ。そして彼女がそれを飲む間、そばに立って見守っていた。殻の中でとうに腐ってしまった卵を温める牝鶏のような、物悲しい忍耐強さで。

「さあ、ボトルを捨てますよ、約束したとおり。ほら、ボトルを寄越しなさい」

ガリノは半分からになったボトルに再び栓をして、ミセス・ロフタスの膝に置いた。ガリノが腕を差し出すと、老婦人は彼の古いセーターの袖にすがって立ち上がり、暖炉に向かってふらふらと歩いていった。竹馬に乗った子供のように、新品の尖ったヒールのパンプスで危なっかしくバランスを取りながら。

「わたしが約束を守るとは思わなかったんでしょう、え？　あなたは誤解してたのよ、ヴィクター」老婦人は愛しいものでも扱うような手つきで、火の絶えた火床の中央にボトルをまっすぐ立てた。それからソファに戻ったが、息遣いは荒く乱れ、ひと部屋ではなく、長大な距離を何年も歩いてきたかのようだった。

ミセス・ロフタスは慎重に腰を下ろしたが、その目はガリノの視線を避けていた。ガリノは何も言わなかった。彼は暖炉に歩み寄ると、ボトルを取り、再び台所に持ち去った。部屋の沈黙には耐えがたいものがあった。そこにはまだ語られぬ不穏な言葉が潜んでいた。

「ずいぶん出過ぎた真似をするのね、ヴィクター」ついにミセス・ロフタスが口を開いた。

ガリノの表情は固かった。「奥さんはこの部屋を吹き飛ばしてしまうかもしれません。あれは燃料なんですよ。忘れたんですか？」

「あなたはわたしに背いたんだわ」

「あたしはここを吹き飛ばされたくないんですよ」

「あなたとエラの二人で。わたしに残された友人はひとりだけ」

「バーディーは決してあなたの友人なんかじゃありませんでした」ガリノは言った。「あたしはあの諍いを覚えています。あなた方はのべつ幕なし喧嘩ばかりしていた」

「事情が変わったのよ」

「彼女が連れていってくれるという、木と花が植わっていて庭に犬がいる、その大きな家とやらはどこにあるんです?」

「正確な場所は知らないわ」

「そこは普通のお宅なんですか?」

「どういう意味なの、普通のって。もちろん、……。どういう意味?」

「もしかしたらそこは――お年寄りがたをお世話している場所なんじゃないかと」

「養老院ね」

「いや、そんなつもりじゃ……」

「養老院のことを言ったのよ」ミセス・ロフタスは金切り声を上げた。「アールは許しませんよ、そんなこと。わかる? あの子が絶対に許さない!」

「アールは死んだんです」

「でもわたしの世話をするようにとバーディーにお金を渡したわ。そしてバーディーはそうするとあの子に約束したの。約束したのよ」

「奥さんのお宅では約束ばかりが増えていくんですね」

「出てって!」ミセス・ロフタスは泣き叫んだ。「もうあなたの話なんか聞きません!」

「もしバーディーが現れなかったら? そしたらどうなさるんです? そのときはここに留まるんでしょうな、たとえ不本意でも。あたしのこともご不満なんでしょう、なにせ卑怯者の外国人ですからね」

「いい加減にしてください、二人とも」ミーチャムが割って入った。「こんな言い争いを続けてもなんの解決にもなりません。ミセス・ロフタス、わたしの言う意味がわかりますか?」

老婦人は弱った動物のようにのっそりと顔を上げた。「バーディーは来てくれるわよね？」

「来ますよ、必ず」ミーチャムは確信を持って答えた。「荷造りをすませて出発の用意はできましたか？」

「ええ」

「まず教えてください。バーディーが送ってきた小切手はどこで現金にしたのですか？」

「それは——通りの先のちょっとしたとこよ」

「店ですか、酒場ですか」

「その——居酒屋で。たまたま通りかかったものだから、それで……」

「なるほど、わかりました。その居酒屋の名前は？」

「〈ピーターソン〉よ。不正な小切手じゃないわよね。お金はもう使ってしまったもの、返せないわ。ミスター・ピーターソンを騙すのはいやですよ。彼はわたしを助けてくれるんだもの、わたしが——わたしの気分が悪くなったときに」

「小切手の件はおそらく問題ないでしょう」

「そうでなくては。ミスター・ピーターソンは最初、あれを現金にするのを渋ったの。わたしが義理の娘から届いたと話したから。彼は言ったわ、そんなはずはない、ミセス・ロフタスのサインがないって。それでわたしは彼に説明しなければならなかったの。アールとバーディーは離婚して、バーディーは今、旧姓のファルコナーを名乗っていることを」

「なんですって？」

ミーチャムの語気の強さに、老婦人はすっかり怖気づいてしまった。「きっとバーディーはわたしがこんなにお喋りするのを気に入らないわ」

「彼女はその小切手になんとサインしたのですか？」

「ジェ——ジェマイマ・ファルコナー」

「ジェマイマ・ファルコナー」ミーチャムは繰り返した。聞き覚えはあるが、はっきりと思い出せない。友の声のこだまのように。

「彼女は絶対に誰にも自分をジェマイマと呼ばせなかったわ。黒人みたいに聞こえると思っていたのね。わたしたちは彼女をバーディーと呼んでいた——学生時代のあだ名で」

　ミーチャムは様々な人から聞かされたバーディーの描写を思い出した。ガリノから。「バーディーと呼ばれていました。ばかばかしい名前ですよ。彼女には鳥《バード》を連想させるところなどこれっぽっちもなかったんですから。大柄な女でね。アールより年嵩で、怒らせさえしなけりゃ、なかなか朗らかな性格でしたが……いかんせん、癇癪持ちでね」ミセス・ロフタスから、ミーチャムがバスターミナルで保護した夜に。「彼女のことはひと言も言わなかったんです。家に連れてきて、こう言うまで。これがぼくの妻だよ。目の前に立っていたのは、髪を赤く染めた、きつい顔つきの、少なくとも四十にはなっている女でした。四十ですよ、アールはまだほんの子供だったのに」リリー・マーゴリスの家でレッサーから。「ぼくが抱いた印象では、ミス・ファルコナーは極めてまともな女性だった」「リリーが以前からクロードに決まった愛人がいると考えていたのは知っていますが、それがこのミス・ファルコナーだとはわたしにはとうてい思えませんでした」レストランでガートンから。「二、三年前、よくここへ恋人と来てたんだ。背の高い、陽気そうな赤毛の女だったよ」そして、ロフタスの最後の夜をともに過ごし、話を聞いてやった看護助手のギルから。「バーディーはこうだった、バーディーはああだったって。彼はその女にぞっこんだったに違いありません」

あの最後の夜、自ら決意し、準備した死が迫るなか、ロフタスはなんとかバーディーを守ろうとした。彼に残された唯一の武器、嘘で。バーディーが西部で交通事故に遭い死んだことにして、誰かが彼女を探したり、正体や居場所を嗅ぎつけたりすることのないようにした。嘘でバーディーを覆い隠したのだ。冬の夜、雪が歩行者を覆い、背後に残った足跡まで曖昧にしてしまうように。

今、その白い隠れ家から足を踏み出し、バーディは鮮やかに生身の姿を現した。血管には血が流れ、手に金を握りしめ、唇に約束を宿している。木々に囲まれた大きな家、そして希望に満ちた新しい生活。バーディーのせりふだ。なぜだろう。なぜバーディーはそんなことを言いに戻ったのだろう。ミーチャムは老婦人を見た……。彼女は銀のホルダーに新しい煙草を詰めるのに夢中になっていた。このたわいない、誰にでもたやすくできる作業に全身全霊で没頭している。ミーチャムは彼女に質問をするのは無駄だと気づいた。

「わたしがやってあげましょう」

「かまわないで。自分でできます。あなたはもうお帰りになったら?」

「それはいい考えかもしれませんね」

「すばらしい考えよ。すば、ら、し、い」

ミーチャムは立ち上がり、ドアに向かった。「新しい住所をミスター・ガリノに知らせてください」

「そうするかもしれないし、しないかもしれないわ」

「行きましょう、ミスター・ガリノ」

ガリノはその場から動こうとしなかった。「今、出ていくわけにはいきませんよ。あたしはここに残って、問題が起きないか見ています。とてもじゃないが信用……」

「心配するようなことは起きませんよ。行きましょう」

「しかし……」

「自分の面倒ぐらい自分で見られるわ、ヴィクター」老婦人はきっぱりと言った。「わたしには、け、けい、けんがあるんだから」

「それじゃ、おやすみなさい」

ミセス・ロフタスの返事はなかった。彼女は炉棚の上の小さな置時計を見つめていた。時刻を読み取ろうと、目を凝らしている。十一時だ。あるいは十二時かもしれない。それとも十時か。時計の針は二本とも左右に揺れている。十、十二、十一、十。

「さっさと決めなさい」老婦人は時計に向かってそう命じた。

第二十五章

腕時計の針は十一時半を指していた。暗闇の中、ミーチャムはもう三十分近く待っていた。地下室の階段の最下段で、古い木製の手すりに片方の肩を押しつけながら。階段は折り返しになっているので、彼のいる位置から玄関のドアは見えない。しかし階上の玄関ホールの物音は耳に入る。かすかにではあるが、ミセス・ロフタスが旅支度の仕上げをしようと自室で歩き回る音まで聞こえた。すきま風が吹きつけ、肩と首筋に凝りや痛みを感じた。ミーチャムは再び腕時計に目をやった。ようやく一分が過ぎていた。ナマケモノのようにゆっくりと、ぎこちなく。バーディーは来ないのだ。彼はそう考えた。臆病風に吹かれたか、あるいは、彼が最初に思ったとおり、すべては酔っ払いの妄想から生まれた願望の物語に過ぎなかったのかもしれない。

そのとき玄関のドアが開き、薄いカーペットの上を歩く、静かだがしっかりした足音が聞こえた。足音は、いったん止まり、ドアノブのかちゃりと回る音がした。続けて、すすり泣きの混じった老婦人の声。

「もう来ないのかと思ったわ、バーディー」

「来るに決まっているでしょう」

「ずいぶん遅いじゃないの」

「車が故障してしまったものだから」女の声は足音同様、穏やかで落ち着いていた。「これはあなたのスーツケースね」

「そうよ」

「わたしが持つわ。コートのボタンをとめて。今夜はとても冷えるから」一瞬の沈黙。「飲んでいたのね」

「ほんのひと啜りよ。あなただって今夜は寒いと言ったじゃない」

「ここを出ていくことや、わたしのこと、誰かに話さなかったでしょうね」

「もちろんよ」老婦人は平然と嘘をついた。

「全部燃やした?」

「ええ」

「それじゃ、行きましょう」

足音が廊下を近づいてきた。

ミーチャムは静かに身を起こし、階段を上がり始めた。そして折り返しのところで足をとめた。二人の女はアパートの玄関口に立っていた。バーディーはスーツケースの重みで背が曲がり、老婦人はミイラのように着ぶくれた格好でバーディーのあいたほうの腕にしがみついている。

「どちらにお出かけですか」ミーチャムは声をかけた。

二人は弾かれたようにこちらを見た。ミーチャムは感情の固まりが喉をせり上がるのを感じた。不信、そして怒り、次に悲しみ。バーディーが振り向いたほんの一瞬の間に、三人の女が彼女に溶け込み、ひとりになった。分子を形成する原子のように、必然的に、自然に。

その女の顔は、ミーチャムにとってはアリスと同じぐらい見慣れた顔だった。角張った力強い顎、やさしい口元、目はいまだに泣き腫らして赤いままだった。ミーチャムは最後に彼女に会ったときのことを思い出した。振り上げた片手ですべての食器を流しに叩き落とし、砕けたガラスが噴水の水のように飛び散ったものだ。

女は瞳に憐みのようなものを宿し、老婦人を見下ろした。「話してしまったのね。おばかさん」

「言ってないわ、バーディー。わたしは言ってない！」

「もういいのよ」

「わたしのこと、怒ってるんでしょ。連れてってくれないんだわ」

「怒ってなんかいないわよ、クララ。本当はうまくいくなんてこれっぽっちも思っていなかったもの」

ミーチャムが階段を昇りきると、ミセス・ロフタスがこちらを見た。灌木の茂みから顔を出したモグラのように、半ば茫然と、厚い衣服の間から彼を凝視している。

「帰れ！　出ていけ！　あんたのせいで旅がだいなしじゃないの。バーディー、あいつに失せるように言って。わたしたちの旅はどうなるの、バーディー」

「しばらく延期しなければならないと思うわ」ミセス・ハーストは穏やかに言った。「ミスター・ミーチャムはわたしに話があるようだから」

「でしゃばりなやつ」

「ええ、ええ。わたしもそう思うわ。さあ、部屋に戻りましょう」

ミセス・ハーストは無駄のない動きでスーツケースを持ち上げ、ホールを引き返した。老婦人がその後ろをふらふらと、泣き言を言いながらついていく。

「田舎に住みたい。庭で犬を飼いたいわ。それから……」

「しっ、今は静かにして」

「約束したじゃないの」

「約束は守るつもりよ。でも、今夜はだめなのよ、クララ」

ミセス・ハーストはアパートのドアを開け、入り口でしばし立ちどまった。時間の厚い波に足でも取られたように軽くふらつきながら。

「わたしは昔、ここに住んでいたんですよ」彼女はミーチャムに言った。「アールと。ご存知でした？」

「知っていました」

「あなたにどれほどわたしのことを知られていたか、今夜、夕食後にあなたがジムを訪ねてきたときに初めて気づきました。それで悟ったのです。ここに車を飛ばして、どうにかして自分の痕跡を消さなければならないと」ミセス・ハーストは部屋の奥に進むと、窓際の古いサクラ材の揺り椅子に歩み寄り、頭を置く部分をそっと撫でた。「これはアールの椅子だったんです。彼は赤ん坊のような人でした。これに座って揺れていると、気持ちが落ち着くと言って」

ミーチャムはハースト家の台所にあった揺り椅子を思い出した。ミセス・ハーストは、夜、アールが話をしに来たときのために、あそこに椅子を用意しておいたのだろうか。

「ここに住んでいた頃のわたしたちは、喧嘩ばかりしていました。わたしたちは運に恵まれなかったんです。アールが失業して、わたしは三人分の家計を支えようと、ウェイトレスをしていました。ここみたいな小さな町では仕事は多くありません。雇ってもらえる仕事をやらないと。わたしたちは何ひとつうまくいきませんでした。アールは自分を人生の落伍者のように感じ、クララは四六時中酔いつぶれ、わたしは先の生活に地獄しか見出だせなかった。若かったんですよ、あの頃のわたしは。地獄がどんなものか、わかった気でいました」ミセス・ハーストは老婦人をちらりと見た。老婦人はソファにぴんと背筋を伸ばして座り、顔に作り笑いを浮かべていた。会話に興味を持っていることを装う聾唖者のように。「クララにはわかっているんです」

「なんの話をしているの、バーディー？」

「たいしたことじゃないわ。お酒を飲む？」

「そうだわ、わたしたち、昔の思い出を祝いましょうよ、バーディー。昔をね、お、お祝い、するの」老婦人は素人がする綱渡りのように両腕を前に突き出して、台所のほうに歩き出した。「お話の邪魔はしませんよ。わたしは楽しいお喋りを聞くのが大好きなの」

こうして二人の女を見ていると、ミーチャムには二つの強い個性がぶつかり合っていた〝昔〟を想像することができなかった。もはやそこに衝突はない。二つのうちひとつが、音を立てるには弱すぎる。壊れたドラムのように。

「結局、アールとは離婚しました。わたしは妹からお金を借りてバスでラスベガスへ行き、また独り者になってアルバナに戻ってきました。下宿屋を始めて、その縁でジムに出会いました。わたしは自分が年取って抜け殻になったような気がしていて……。ともかく、わたしたちは所帯を持ちました。きっとわたしは、機嫌を取ったり料理をしてやったり、世話を焼いてやる男なしでは生きていけない女なんですよ」

こんなにも力強い女が、ハーストやロフタスのような理性か肉体の弱い男ばかりを選んでしまうとは、なんと哀れなことだろう。ミーチャムがそう思うのはこの夜、これで二度目だった。

老婦人はまだ台所をうろつきながら、皿をがたがたさせたり、食器棚を開け閉めしている。

「ジムとわたしはけっこううまくやっていました。平凡な毎日だけど、順調でした。でも、一年ほど前、通りでアールに出会ったんです。もう少しで彼とは気づかないところでした。ずいぶん変わっていましたから。わたしたちは雑貨店の前に立っていました……。雪が降っていて、アールは帽子もかぶらず、髪がびしょ濡れでした。彼はわたしに自分は病気なのだと告げました。どこが悪いかわかったばかりで、道を歩きながら、どうすれば事を解決できるか考えていたそうです。彼がそういう言葉を使ったのです、事を解決する、と。

わたしはアールを家に連れて帰り、台所に座って話をしました。彼は自分が借りられる部屋はあるかと尋ねました。そして次の週には引っ越してきました。わたしはジムにも他の誰にも彼の素性を教えませんでした。妹だけには勘づかれ、そのことで喧嘩が絶えませんでした。でもわたしにとっては、ああするのが正しい道だったんです。わたしたちは夫婦として暮らしたわけではありません。お互いを必要とする友人どうしとして暮らしたのです。わたしが不安だったり淋しいとき、彼はわたしに話しかけ、彼の具合が悪いときには、わたしが面倒を見ました。そして彼の住まいを清潔に保ち、彼が十分な食事をとれるように気を配りました。アールとわたし、二人はとても穏やかで幸福なときを過ごしました。わたしの心の奥にはいつも、いつか誰かが彼のために奇跡的な治療法を発見してくれるだろうという希望がありました。彼の病状が悪化すればするほど、希望は大きくなり、ついには彼を元気にさせること以外、何も考えられないようになりました」

ミセス・ハーストは窓の外の、暗くひと気の絶えた通りを見下ろしていた。「もしわたしがあんなに強く願わなかったら、アールは今でも生きていたでしょう」

「その考えはぼくには理解できない」ミーチャムは言った。

「わたしはクロードのところにお金を借りに行きました」

「ロフタスのための金ですか」

「ええ、彼を連れていくための。新聞でニューヨークの癌センターの記事を読んだのです。そこではアールの病気の研究をしているそうです。アールをそこへ連れていくことができれば、彼にもチャンスが生まれると思いました。わたしは一文無しで、売れるものといえば古い車だけ。お金を貸してくれる知り合いもいませんでした。クロード以外には。クロードのところに行くことを考えれば考えるほど、それがもっともなことに思えてきました。わたしたちは古くからの知り合いでした。リリーが彼に出会うずっと前からのです。別れたときも、特に揉めたわけではありません。自然の成り行きでした。わたしはそう考えていました。

ちょうど一週間前の今日、わたしはクロードのオフィスを訪ね、外で彼を待ちました。彼の車に乗って、そこですべてを打ち明けました。なんという恐ろしい間違いを犯したのでしょう！」ミセス・ハーストは苦々しげに言った。「もしわたしが新しい家やら旅行やらのために借金を頼んだのであれば、首尾よく借りることができたでしょう。でもクロードは自惚れの強い男でした。わたしが彼以外の男を愛しているということが、そしてその愛が彼とわたしでは決して分かち合うことのできない類のものだということが信じられなかったのです。クロードはわたしが自分とよりを戻したがっているのだと言い張り、わたしはわたしでアールに対する気持ちや、彼の病状がいかに深刻かを必死に訴えました。クロードは聞く耳を持ちませんでした。わたしは車を降り、歩いて家へ帰りました。身の内が怒りで煮えくり返り、頭が割れそうに痛くて、今にも爆発するのではと思うほどでした。怒りというのは、自分自身よりも誰かのために、より強く感じるものですね」

ミーチャムはそのとおりだと思った。ミセス・ハーストの話に耳を傾けながら、彼は自らの脳裏に同じぐらい激しい怒りと恨みを感じていた。マーゴリスに対して。さらには弱者を虐げるすべての横暴と暴君に対して。

「次の二日間はいつものように過ごしました。日常の仕事を無難にこなしていたと思いますが、お金のことや、クロードがその気にさえなれば、いかにたやすくわたしにそれを貸せるか、それがどのぐらいアールにとって重要なことか、考えずにはいられませんでした。土曜の夜、ジムが一週間ぶりに帰ってきましたが、セールスのほうはうまくいかなかったようです。彼はわたしがアールを気にかけすぎると文句を言い始めました。わたしは居たたまれずに家を出て、ひとりでホッケーの試合を見に行きました。以前、わたしがあなたにしたお話のほとんどは本当のことです。試合が終わったあと、家に帰ろうと車で街を走っていたとき、クロードの姿を見かけました。彼はちょうど〈トップハット〉の正面で停めた車から降りてくるところでした。わたしの知らない若い女が一緒でしたけど、クリスマスツリーのように全身を飾り立てた女でした。わたしは車を停めました。特に目的があったわけではありません。主な理由は家に帰りたくなかったからだと思います。それにやはり興味があったのです。好奇心から、最初はそれだけでした。

二人は肩を並べて〈トップハット〉に入っていきました。わたしは待ちました。長い間待ちました。中にいる二人が飲んだり笑ったり、踊ったりしているところを思い浮かべながら。そういうことって、健康でいくらかお金のある人だけの特権でしょ。わたしはアールと自分が中で楽しく過ごしているところを想像しようとして、もう少しで笑い出しそうになりました。あんまりおかしかったから。

車に座っている間、わたしは次から次にばかげたことを考えていました。例えば、お店の中に入っていってクロードの前に立ちはだかり、新しい愛人の目の前でお金を無心するとか。クロードの車は道の向かい側に停めてありました。その運転席に乗り込んで走り去り、どこかで売り飛ばすことすら考えました。盗みを思いつくなんて！　それまで盗みを考えたことなど一度もありませんでした。子供の頃でさえ。でもそのときは考えたのです。頭の中が支離滅裂になり、わたしがアールのためを思ってすることはすべて善で、彼に害を与える者はすべて悪人だと感じました。

もしかしたら、わたしは本当に車を盗んでいたかもしれません。実際にそうしなかったのは、女が〈トップハット〉から出てきたからです。彼女はひとりでしたが、わたしの横を通り過ぎたとき、酔っぱらっているのがわかりました。千鳥足で、独り言を言っていましたから。彼女は通りをどんどん歩いていって、別の酒場《バー》に入りました。わたしがあとをつけて店に入ると、彼女はカウンター席に立ち、傍らの男に話しかけていました。ビールを飲みたいけれど、財布を置いてきてしまったと言っていました。それから、このバーはひどいところね、とも」

「実際には、〝ここは臭いわね〟ですよ」

「そう、それが彼女の言葉だったわ」

「そういう経緯で、ロフタスはあの酒場での出来事を正確に知ったのですね。あの場にいたからではなく、あなたから聞いて」

「わたしがアールに話しました」ミセス・ハーストはつらそうに言った。「彼がそうさせたのです。

彼はわたしが仕出かしたことを知るとすぐ、すべての計画を立てました」

「マーゴリスも酒場に入ってきたのですか？」

「ええ、でも長居はせず、すぐに女の腕をつかんで外へ連れ出しました。閉店時刻間際でしたから、大勢の人が出ていき、わたしも外に出ました。すると、クロードが女を車に乗せようと四苦八苦しているのが見えました。彼女は完全に正体を失っていましたし、クララのように小柄ではありませんから、扱うのは大変でした。わたしはこの女は誰なのだろうと思いました。そして考えました。彼女にも誰か大切な人がいるに違いない、親か、身内か、あるいは夫か、ともかく彼女がクロードのような男とこんなふうに一緒にいるのを見たくない誰かが。そのとき、二人のあとをつけるべきだという考えが頭に浮かびました。この状況のどこかに、お金を得る機会が潜んでいるかもしれないと思ったのです。アールのためのお金が」

ミセス・ハーストは冷静に、真摯に語り続けた。事の一部始終を説明し、動機を明らかにすることが、彼女にとって極めて重要であるとでもいうように。ミーチャムには、その説明が彼のためでも彼女自身のためでもなく、ただひとえにアールのためのものであるように思えた。

「二人は川沿いにあるクロードのコテージに行きました。わたしは躊躇なく中に入りました。女は長椅子で眠っていて、クロードは暖炉に火を起こしていました。彼はわたしを見ると、いったいどうやって入り込んだのかと咎めました。わたしはそれには答えませんでした。ただ、もう一度、お金がほしいと言いました。くれなければ、リリー、警察、女の両親、その他思いつく限りのところに電話すると。クロードは鼻で笑いました。警察はこんなことに興味はないし、女に親はいないし、リリーは南米にいると。それを聞いたとき、わたしはすべてを失ったと思いました。希望もチャンスも、何もかも。世界中がわたしとアールを目の敵にしている、世界中がわたしたちを笑いものにしている、クロードのように。わたしは暖炉に近づきました。クロードはわたしに背を向けて、再び火をかき立てていました。『ずいぶんと老けたもんだな、エミー』彼は言いました。『そろそろ髪を染めたほうがいいんじゃないか』それが彼が口にした最後の言葉でした。わたしがナイフで刺すと、クロードは身を捩じるようにして、ほとんど女の真上に倒れ込みました。女のドレスとコートに血が飛び散りましたが、彼女は目を覚ましませんでした。わたしは再びクロードを刺しました。さらに三回、四回と。そして立ったまま、彼が死ぬのを見ていました。彼に申し訳ないとは思わなかったし、この先が恐ろしいとも思いませんでした。ただ安堵のようなものを感じていました。全身の凄まじい苦痛から解放されたような」

ミセス・ハーストが怒りによる苦痛についてふれたのはこれで二度目だった。しかしミーチャムは、その怒りの背後に他のさまざまな苦痛が存在することに気づいていた。それはスポットライトが主役の姿を追う間にステージの陰に消える、その他大勢の踊り手や歌い手の一団に似ていた。彼女の人生のあらゆる時代から脈絡なく選ばれた苦痛の一団。ろくな稽古もせず、ダンスのステップは乱れ、調子の外れた金切り声を上げている。

「殺そうと思ったわけではないのです」ミセス・ハーストは言った。「すべては成り行きでした。自分でもあっという間の」

「マーゴリスの財布はなくなっていました」

「わたしがとりました。わたしが盗んだのです。そちらのほうがクロードを殺したことよりも罪深いと感じるときがあります。わたしは厳しく育てられました。子供の頃は盗んだことも嘘をついたこともありませんでした。あれは――そう、全部で四十ドルありました。お金を抜き取り、財布は帰り道、雪の中に捨てました。その頃には雪の降りがひどくなっていました。わたしにとっては幸運でした。車のタイヤの跡やら足跡やらのことはまるで頭にありませんでしたから。クロードの死体とともに置き去りにした女のことさえ、一度も考えませんでした。彼女が逮捕されたことも、最初は運がよかったと思えました。こんな結果に終わるなんて夢にも思わなかった。今、わたしの手元にはアールのためにほしかったお金があります。それなのに、それを価値あるものにするアールはいないのです。六千ドル、そしてアールはいない」

台所からグラスの割れる音と、老婦人の眠そうな声が聞こえた。「おやまあ、こんなに散らかっちゃって。ヴィクターに見つかる前にきれいに片づけないと」

「家の前まで帰って我に返り、初めて恐ろしくなりました。あんなふうにクロードを襲っておきながら、今度は自分が同じように打ちのめされて、家に入る気力もわかないのです。みんな眠っていて、明かりは消えていました。アールの部屋のドアを叩くと、彼はわたしを中へ入れてくれました。わたしは彼に何が起きたか話しました。彼は興奮することなく、ただ、何もかもうまくいくからと言い続けました。そしてコーヒーをいれてくれて、わたしがそれを飲んでしまうと、見たこと、聞いたこと、したことのすべてを事細かく話させました。アールはわたしが言ったことを手帳に書き留めました。そのときは彼が何を考えているのかわかりませんでした。彼がこう言うまで。『どこで血が手に入るかな』どこで血が手に入るかな」ミセス・ハーストは虚ろな声で繰り返した。

「どこで手に入れたのです?」

「このわたしから。わたしの腕からです。わたしはあなたに壊れた蛇口で腕を切ったと言いましたね……。あのときは何か言わなければなりませんでした。あなたに包帯を見られたのがわかっていたから。でも傷をつけたのはわたしじゃありません、アールです。十分な血をとるにはとても長い時間がかかり、アールはわたしを傷つけることで気分が悪くなりました。でも服に染みをつけるためにはどうしても血が必要で、しかもそれはわたしの血でなければなりませんでした。わたしはクロードと同じ血液型だったからです」

「どうしてそれを知っていたのですか?」

「数年前、クロードは仕事中に怪我をして、輸血を受けることになりました。医者はわたしの血を使いました。だから同じ血液型だと思います。チャンスは利用しなければなりませんでした。アールはわたしの腕に包帯を巻きました。多分、そのあとです、わたしが取り乱し、悲鳴を上げ始めたのは。なぜならアールがわたしの口を塞ぎ、何度もこう言い聞かせたからです。『ぼくがマーゴリスを殺した。きみは家で寝ていた。この件については何も知らない。ぼくが彼を殺したんだ』

わたしは恐ろしさで気が狂いそうでしたが、アールは冷静でした。彼は自分に有罪を宣告する陪審員はいないと言いました。女を守るためにクロードを殺したと主張するつもりだからと。そして警察は他の動機は何ひとつ立証できないだろうと。本当にないからです。わたしの場合は話が違う、アールはそう言いました。彼らは足跡をたどり、わたしとクロードの関係をかぎつけるだろう、わたしの動機ならいくらでも特定できると言うのです。

その夜はどうやってやりすごしたのかわかりません。翌朝、わたしはアールに言われたとおり、車でチェルシーの妹の家に行きました。それが日曜のことです。アールは警察に自首するのを月曜まで待たなければなりませんでした。拘置所に入れられる前に、売れる物は残らず売っておきたかったからです。女が逮捕されたことをわたしが知ったのは日曜の夜です。わたしはその件をアールと話し合うために、すぐに車で家に帰りました。アールは女の逮捕は彼の計画には影響しないと言いました。それは彼の間違いでした。わたしたち二人のどちらも、どれほどアールが間違っていたか、それがわたしたちだけでなく、周囲の人にどれだけ影響を及ぼすことになるか想像できませんでした。

月曜の朝、アールは早くに家を出て、中古のシボレーを売り、ありったけの持ち物を質入れしてきました。そのあと、清書して暗記した供述書をポケットに入れて、保安官のオフィスに出向きました。そこで何があったかはご存知でしょう……。廊下で女の母親、ミセス・ハミルトンに出会ったのです。アールは決して策略家ではありません。ただで何かを欲しがるようなことは一度もありませんでした。でも、ミセス・ハミルトンが娘を有罪と考えていると知り、計画を練ることにしたのです。

アールはちょうど昼前に、ひどく興奮した様子で帰ってきました。彼はわたしにいっさいを語って聞かせました。女が容疑者となったことが、わたしにとってはいかに二重の保険となるか、そのお金でクララとわたしがいかに楽に暮らしていけるか。そのうえでわたしに、たとえ何が起きようとクララの面倒を見ると約束させました。

その日の午後遅く、アールがわたしのところにお金を持ってきました。六千ドルという大金です。翌日、わたしは朝一番にディヴァインの店に行き、アールが質入れした品を買い戻しました。それらはアールにとっては思い出の品でしたから、大切に取っておいて、彼が釈放されたときに見せて驚かせたかったのです。残りのお金についてはアールの指示どおりにしました。そのうちの一部をわたしの旧姓で作っていた銀行口座に預け、あとのお金は隠しました。わたしは自分は安全だと思いました。すべては絶対確実に見えたのです。たとえアールの自白が却下されても、容疑はわたしではなくあの女にかかるはずです。そうです、わたしは安心して、希望さえ感じていました。アールは自由の身となるだろうし、そうしたらわたしたちは一緒にここを去り、彼は治療を受けて全快する。若かった頃のように、無茶な夢で頭がいっぱいでした。アールは夢などいっさい見ていなかったのでしょう。その朝、首を吊りました」

老婦人の声が別の部屋から聞こえてきた。「バーディー？　そこにいるの？」

「ここよ」

「ベッドに入るわ。もうくたくただもの」

「手伝うわ」ミセス・ハーストは台所の戸口で老婦人を迎え、腕を取った。二人の女は一歩ずつゆっくりと部屋を横切った。「今夜は一緒にいてあげられないのよ、クララ。でも手紙を出すわ。しばらく遠くへ行かなければならないけど、帰ってくるから心配しないで。わたしは戻ってくる、そうでしょう、ミスター・ミーチャム？」

きっと彼女は戻ってくる、ミーチャムはそう思った。

雪はやんでいた。空気は凛と澄み渡り、真夜中の月が道路に沿って彼らについてきた。看板が見える。

〈ここでキンケイドとはお別れです。標高九百フィート、人口一万五百五十人。ぜひまたお越しください！〉

「彼女は戻ってくるだろう」ミーチャムは言った。「一年か二年で。もっと早くかもしれない」

アリスはミーチャムにいっそう強く身を寄せてきた。去るとか戻るという言葉を口にするだけで別離の前兆となるとでも言いたげに。「あの人はそれからどうなるの？　どんなふうに変わるのかしら」

「変わりはしないだろう。基本はいつも一緒だった――バーディー、ミス・ファルコナー、エミー・ハースト――きっと次も同じさ」

アリスは不服そうに首を振った。「それじゃ希望がなさすぎるわ。人は変われるものよ。必ず変わるのよ」

「そうだろうか」キンケイドの街明かりはすでに見えなくなったが、夜空はその光を反射して輝いていた。「彼女は戻ってくるさ」ミーチャムは繰り返した。「もしジムがまだあの辺りに残っていれば彼とよりを戻すだろうし、いなければいないで後釜を見つけるだろう。彼女に頼って生きる男、彼女が母親のように世話してやれる駄目息子を」

「あなたは運命を信じているのね、ミーチャム」アリスは真剣な顔で言った。

「多分ね」

「それなら、わたしにとってはあなたこそ運命の人に違いないわ。だってわたしはあなたを選んだわけじゃないもの。あなたはいきなり、わたしの前にそびえ立ったの。まるで――そう、氷山のように」

「それは美しい例えだ」

「わたしは本気で言っているのよ」

ミーチャムは束の間、道路から目を離し、アリスを見やった。暗闇に白くぼんやりと浮かんだ顔は、アリスの、というよりも、世のすべての女の顔だった。不意に胸が締めつけられた。バーディーの前には果たしてどれだけ多くの氷山が待ち受けているのだろう。そして彼女はどんな無謀な舵取りでそれらに立ち向かっていくのだろう。

しかし、何が起きようとバーディーは生き抜いていくに違いない。彼女と、傍らにいる若い女のことを考えるうちに、ミーチャムは体の底から活力が湧き上がるのを感じた。このまま食事も睡眠もとらずに、永遠に車を走らせられそうな気がした。

訳者あとがき

もう少し辛抱すれば幸福になれたのに。あるいはもう少し頑張れば違う道が開けたかもしれないのに。この小説はそんな人々の物語かもしれません。舞台は一九五〇年代に入ったばかりのアメリカ、ミシガン州デトロイト近郊の架空の町アルバナ。話はクリスマスを間近にひかえた雪降る夜、ある殺人事件から始まります。状況は明らかに「男女のもつれ」を示唆しており、殺された男マーゴリスと一緒だったヴァージニアが逮捕されます。ヴァージニアの夫から依頼を受けた主人公のミーチャムが弁護にあたりますが、証拠も証言も彼女に不利なものばかりです。そんなとき、ロフタスという若い男がミーチャムに近づき、マーゴリスを殺したのは自分だと告白します。しかしミーチャムにはロフタスと、マーゴリスやヴァージニアとの関係がつかめません。そのうちに、事件は意外な方向へ進んでいきます。

この物語には他人を破滅や狂気へ追い込むような強烈な個性の持ち主は登場しません。むしろ、自らの弱さや欠点を持て余している人間ばかりです。ただ、その弱さが少しずつ、自分だけでなく他人をも不幸にしていき、めぐりめぐって、取り返しのつかない事態を招いてしまうのです。わがままで自己中心的な娘、過保護な母親、事なかれ主義の夫、家庭を顧みず好き勝手に生きる男とそれに引きずられる妻。世の荒波を自力で生き抜けない弱い男。失敗続きの人生を他人のせいにしてばかりいる狡い男。そんな男にしか自分の存在意義を見出だせない女。こう書き連ねていくと、駄目な人間ばかり登場するように見えますが、実際そのとおりです。ただ、月並みな言い方ではありますが、そういう弱くて駄目な人々が毎日一生懸命生きているのが世の中なのかもしれません。この物語にはいわゆる「悪役」も出てきません。結果的に「悪い」役は負っても、それは弱さや愚かさゆえであり、芯から他人に害をなそうと考えているわけではないのです。そんな悪役にもなりきれない情けない人々の物語がひたすら哀れで、それでいて愛おしく感じられるのは、彼らに対する作者ミラーの細やかな愛情があるからだと思います。登場人物のなかには、悲しい結末に終わってしまった人、終わるであろう人もいますが、一方でミラーは他の人々に救いも残しています。そこに希望を抱かずにいられません。その希望を皆さまにお伝えできれば幸いです。

動かす力としての愛

真田啓介（探偵小説研究家）

1　マーガレット・ミラー概観

昨年（二〇一四年）、マーガレット・ミラーの久々の翻訳として『悪意の糸』（創元推理文庫）が出たが、そのオビに「彼女の名前を、私たちは決して忘れてはならない」と書かれているのを見て、筆者は不思議な思いにかられた。ミラーほどの作家について、何を今さらそんなことを言う必要があるのだろう？　うかつにして、その時点で（というより、そのはるか以前から）彼女の本がすべて新刊では入手できなくなっていたことを知らずにいたのだ。

既に名声を確立したと思われた作家であっても、肝心の本の供給が途絶えてしまっては、その地位を維持し続けることはおぼつかない。本書の原題（Vanish in an Instant）のように、たちまちのうちに消え失せるというほどではないにしても。

こういう状況だと、ミラーを読むのは本書が初めて、あるいは『悪意の糸』に次いで二冊目、という読者も少なくないと思われる。作者と作品について、基本的な事項の紹介から始める必要があるだろう。

マーガレット・ミラー（Margaret Millar）は、第二次大戦中から戦後にかけてアメリカに輩出したサスペンス系の諸作家の中でも最も重要な一人で、心理スリラーの大家とされる。近年わが国でも人気の高まっているヘレン・マクロイ（『暗い鏡の中に』ほか）、シャーロット・アームストロング（『毒薬の小壜』ほか）とともに三大女流サスペンス作家と称されたこともある（マクロイは、今ではむしろ本格ミステリの作家と見られることが多いだろうが）。

一九一五年、カナダのオンタリオ州キッチナーに生れ、地元のカレッジを経てトロント大学で古典を学んだ。二十三歳で、カレッジの同級生だったケネス・ミラー（後のハードボイルド作家、ロス・マクドナルド）と結婚。若年での結婚に伴う生活苦もあって神経症を病み、入院するはめになったが、このとき夫が図書館から借りてきてくれたミステリを大量に読んで触発され、医師の反対をよそに自分でも書いてみる気になった。

一九四一年に処女作を刊行し、以後四十五年の作家生活の間に二十二冊の長篇と若干の短篇、他に普通小説等数冊を残した。彼女より三年遅れて夫もミステリ作家としてデビューし、おしどり作家として夫婦で競い合うようにして良質の作品を発表し続けた（その点、同じく夫婦で作家だったブレット・ハリデイ、ヘレン・マクロイのペアと対比されることが多い）。一九五七年から五八年にかけてMWA（アメリカ探偵作家クラブ）の会長をつとめ、八三年には多年にわたる功績を評価されてMWAグランド・マスター賞も受賞している。

私生活においては娘の飲酒癖や失踪事件、アルツハイマー病にかかった夫の介護、さらには自らの失明、と多くの苦労を重ねたが、平和や環境、動物愛護など数々の社会運動にも関わりながら毅然たる生を貫き、一九九四年、七十九歳の生涯を閉じた。

処女作 *The Invisible Worm*（見えない蛆虫）とそれに続く二作は、精神科医ポール・プライを主人公にしたシリーズで、まだ邦訳はない。作者は「やたらに殺人が起こるだけのひどい駄作」とコメントしているが、ユーモア色の濃い作品らしいので、ユーモア・ミステリが大好物の筆者などには気になる存在である。

次作から作風の転換が図られ、看板の心理的サスペンスを基調とした作品が目立つようになるが、その『**眼の壁**』（一九四三）では、交通事故で失明し家に引きこもっている資産家の娘が、自分を「眼の壁」（wall of eyes）が見張っていると言い出し、家庭内の空気を緊張させる。やがて娘は自殺未遂事件を起こし、一命をとりとめたその夜、何者かに殺害されるのだ。サスペンスフルに展開する物語の背後に、大きなトリックが身を潜めている。

『**鉄の門**』（四五）は批評家の注目を浴びた出世作で、わが国でも江戸川乱歩の激賞を受けた。成功した医師の後妻が、ある日見知らぬ男が届けにきた小箱を見るや失踪し、精神に異常を来した状態で発見される。精神病院の鉄の門の中に送られた彼女は、何を怖れ、何から逃げているのか？　不安感を漂わせる心理描写が、最後まで緊張の糸を途切れさせない。以上二作で探偵役をつとめるサンズ警部（ポール・プライ物第三作で初登場していたもよう）は独特の存在感のあるキャラクターだが、「シリーズものには二番煎じや水増しが多すぎる」という作者の警戒心からか、他に短篇一つに引退後の身分で登場するにとどまっている。

この傾向の作品の頂点をなすのが『狙った獣』（五五）で、翌年度のMWA最優秀長篇賞を受賞した。家族とも離れホテルで一人暮らしをしているヘレンに、旧友と称するイーヴリンから悪意にみちた電話がかかってきた。「水晶玉の中に血だらけのあなたが見える」と。イーヴリンは色々な相手に嫌がらせをし、人々の間に不和の種をまき散らしているようだった。やがて自殺者が出、殺人が起き、ヘレンが失踪する。凄絶なラストシーンと犯人の怖ろしいまでの孤独が胸に突き刺さり、一読忘れがたい印象を残す。

この頃から作者は円熟期を迎え、いずれ劣らぬ充実した作品群を生み出してゆく。前作からがらりと作風を変えた『殺す風』（五七）は、富裕な中年男ロン・ギャロウェイの失踪で幕を開けるが、しばらくは夫婦間の愛憎を中心とした人間関係のドラマが続き、人物描写の妙を味わいながらも、普通小説を読んでいる気分にさせられて落ち着かない。物語が半ば以上を過ぎてようやく死体が発見されるのだが、何が謎なのかもよく分からぬまま読み進むうちに、鮮やかな構図の転換があって、最後は完全にミステリとして収束するのだ。練り上げられ、計算し尽されたプロットが感嘆を呼ぶ。

続く三作は、いずれも私立探偵を起用しており（ここに夫君の作品からの影響を見る向きもある）、クライマックスに「最後の一撃」が用意されている点などが共通していることから、三部作的な扱いを受けることもある。その最初の作品『耳をすます壁』（五九）では、メキシコ旅行に出かけた二人のアメリカ人女性の一人がホテルのバルコニーから墜落死する事件が起きる。タイトルはメキシコ人のメイドの盗み聞きを表現しているが、この作以降の多くの作品で、メキシコ及びメキシコ人が重要な意味を持って登場することになる。墜死の場に居合わせたもう一人の女性が帰国後に失踪し、私立探偵がその身辺を探るうち、タイトルに絡む一件が重要な意味を帯びて立ち現われてきた。追跡劇のサスペンス、二重三重のプロットのひねり、それを彩る豊かなユーモアが、ミステリを読む楽しみを満喫させてくれる。

『見知らぬ者の墓』（六〇）は、若い人妻が見た不思議な夢の話から始まる。海辺の断崖の突端に立つ墓碑に、彼女の名前が四年前の日付とともに刻み込まれていたのだ。その日、自分の身に何か重大なことが起こっていたに違いない。調査の依頼を受けた私立探偵ピニャータが探っていくと、大金をふところに自殺したメキシコ人の存在が浮かび上がってきた。人種差別問題につながる家庭の悲劇が謎を構成しており、リュウ・アーチャーが手がけてもおかしくなかった事件である。ミラーの邦訳中最も厚い本だが、展開の妙と的確な描写のゆえにリーダビリティは高い。謎めいた各章のエピグラフの意味が、最後に判明する仕掛けも巧妙である。

トリオを締めくくる『まるで天使のような』（六二）は、ジュリアン・シモンズをはじめ多くの評者が作者のベストとして推す作品である。山奥の新興宗教の教団の尼僧からオゥゴーマンなる人物の身辺調査を頼まれた私立探偵のクインは、ワイズクラックを飛ばしながら、ある町で起きた過去の事件の掘り起しにかかるが、それを望まない人間もいるようだった。失踪した事務員と教団にはどんな関係があるのか？　私立探偵小説とサスペンス、さらには本格ミステリが渾然と一体となった、充実した内容の傑作である。新興宗教の内幕のうそさむさと、そこに救いを求めざるを得ない人々の悲しさが胸に迫る。

『心憑かれて』（六四）の主人公チャーリーは、少女相手の性犯罪の前科があり、保護監察中の身だが、小学校の校庭で見かけた少女ジェシーのことが気にかかって仕方がない。といっても、本書は彼の異常心理というよりは、彼と少女をめぐる人々の人間関係が主なテーマとなっている。結局は一人一人バラバラでしかない人間の孤独、それゆえ愛を求めずにいられないが満たされることの少ない人間の在りようが描かれ、読後感はやり切れないほど重苦しい。

『**これよりさき怪物領域**』（七〇）は恐怖小説めいたタイトルだが、その意味合いについては後述する。メキシコとの国境近くの農場主が姿を消し、雇い人のメキシコ人たちも集団で消えた。食堂には多量の血痕が残されていた。一年後、残された妻は裁判所に夫の死亡認定を求め、関係者の証言から事件の輪郭が浮かび上がってきた。ミラー作品には珍しく、物語の主要部分が法廷で展開される異色作。ある人物が「怪物」に変貌するラストシーンは戦慄的だ。あっさりしたタッチながら各人物が見事に描き分けられ、作者の筆の冴えが感じられる。構成も緊密で、一見単純に見えるプロットにさまざまな人間関係が凝縮されており、ひきしまった作という印象を受ける。

シリーズ・キャラクターの使用には抑制的な作者だが、次作以降の三作では、駆け出しの弁護士トム・アラゴンが主人公となる。その初登場作『**明日訪ねてくるがいい**』（七六）では、トムは金持ちの老婦人から離婚した元夫を探してほしいという依頼を受ける。夫は使用人のメキシコ娘を孕ませて駆け落ちしていたのだ。トムは殺人事件にも巻き込まれながらメキシコで捜索を続けるが、なかなか本人のもとへは行き着かない。しかし、その探索行じたいがある成果をもたらしていたのだ。ひねりのきいたプロットと、ウイットとユーモアに富むキビキビした筋運びが小気味よい。トムは（おそらく）母性をくすぐるところのあるキャラクターで、作者が一作で彼と縁を切れなかった気持は分かる気がする。

『**ミランダ殺し**』（七九）は、作者の持味の一つであるユーモアが前面に出た作品で、愚かしくも滑稽な人々の行状の描写に多くの筆が費やされ、ミステリ・パートは付け足しの感があるくらいだ。美人だがもう若くはない未亡人のミランダが、軽薄な女たらしの青年とメキシコに駆け落ちした。トムが二人を連れ帰るが、ミランダの愛の幻想はやまない。やがて彼女は殺人事件の容疑者になるが……。ミステリとしての趣向がタイトルの仕掛けと連動しており、訳題には微妙な問題がある。

『マーメイド』（八二）は、二十二歳の知恵遅れの娘クリーオウの物語。「大人」になろうと背伸びをする無邪気な彼女に翻弄されて、何人もの人間がトラブルに巻き込まれ、悲劇に陥る（自殺、殺人未遂、離婚、失職、等々）。トムも船から海に落ちて難儀をするが、危ういところを救助される。それらがちょっとした悲喜劇にとどまればよかったのだが、悲惨な印象をもたらしてしまっているので、「人魚」のファンタジーとも呼びにくく、ましてミステリとはいえない作品である。

以上、『悪意の糸』を除く邦訳作品について簡単に紹介してみた。世評が高いのは、『狙った獣』、『殺す風』、『見知らぬ者の墓』、『まるで天使のような』といったあたりだが、他にも高水準の作品が目白押しなので、読者の好みに応じてベストに挙げる作はさまざまだろう。ちなみに、筆者のチョイスは『耳をすます壁』、『これよりさき怪物領域』、『明日訪ねてくるがいい』というところである。

2　物語の匠の弟子

マーガレット・ミラーが心理スリラーの作家と称されるようになったのは、ジェイムズ・サンドーが一九四六年に行った講演の記録「心の短剣」が雑誌に掲載されてからのことだろう。そこでサンドーは、『眼の壁』と『鉄の門』の二作を取り上げて、ミラーをこの「現代ふうの恐怖小説」（心理スリラー）の最も目覚ましい代表選手として紹介しているのだ。その後、同じ分野でさらに一歩を進めた

『狙った獣』がMWA賞を受けたことにより、そのイメージが確立し、次第に定着していったものと思われる。

しかし、彼女の作品全体を見渡した場合、心理スリラーという一枚看板だけではとうてい間に合わない。その作風の幅は広く、『鉄の門』や『狙った獣』のようにサスペンスや恐怖を中心に据えたものがある一方で、『明日訪ねてくるがいい』や『ミランダ殺し』のようにユーモアを基調としたものもある。普通小説めいた展開の『殺す風』があるかと思えば、本格の味も持った私立探偵小説の『まるで天使のような』があるという具合。アガサ・クリスティーは、ミラーは常に何か新しいことを成し遂げると評していたらしいが、実際、作品の感触は一作ずつすべて違うといってもよい。今回訳された本書にしても、既訳のどの作品とも似ていないのだ。ミラーにも欠点はあるにしても、マンネリという批判だけはあたらない。

このようなヴァラエティを持つ作家だが、これを統一的に理解する視点はないものだろうか。そんな思いでミラーの諸作を読み返していたとき、創元推理文庫版『心憑かれて』付録のインタビュー記事の中で、作者が最も影響を受けた作家としてサマセット・モームの名をあげているのを目にして、なるほどそうかと思った。その発言をふまえて彼女の作品を見直してみると、いろいろと腑に落ちる点が多いのだ。マーガレット・ミラーをサマセット・モームの弟子——少々はねっ返りの女弟子と位置づけるミステリ文学史があってもよいのではないか。

ここでモームの作風等についてあらましを紹介しておこう。サマセット・モーム（一八七四—一九六五）は言わずと知れた英国の小説家・劇作家だが、二十世紀前半に活躍し、ミラーの学生時代からデビューにかけての時期には、流行作家の一人として成功を収めていた。長篇の代表作としては、半自伝的小説『人間の絆』（一九一五）、ゴーギャンをモデルに天才画家の生涯を描いた『月と六ペンス』（一九）、技巧を凝らした文壇小説の『お菓子とビール』（三〇）などがあるが、巧みな話術と「落ち」のある結末で読ませる短篇小説も人気で、ミラーはこちらの方を愛読していたらしい。

モームは、文学は基本的に楽しみのために書かれ、読まれるべきものだと考えており（そのため批評家からは通俗作家として軽んじられることが多かった）、ひたすらプロットを重視し、小説はまず何よりもストーリーの面白さを本領とせねばならぬとしていた。

そのような文学観の持主なだけに、モームはミステリにも大きな関心を寄せている。第一次大戦中に情報部員を勤めた体験に基づき、スパイ小説の古典となっている『アシェンデン』（二八）を書いたほか、短篇小説の中にも「手紙」、「十二人目の妻」、「マウントドレイゴ卿」などミステリ風の作品が少なくない。長篇『かみそりの刃』（四四）は宗教的なテーマの作品で、ミステリとは何の関係もないはずなのだが、語り手の「モーム」が殺人事件の謎を解く探偵小説的なテイストのエピソードが含まれていて、驚いたものだ。「探偵小説衰亡史」と題した長文のエッセイも書いていて、自分が探偵小説に求めるものは推理だと言う一方で、ダシール・ハメットやレイモンド・チャンドラーの小説の生き生きとしたタッチを称揚している。

モームは性格的には難しいところがあって、つき合いやすい人物ではなかったようだ。ミラーは先のインタビューで、彼の短篇小説は最高だと讃えながら、「モームがどんなにひどい男だったかを知ってからは、あまり彼のことを崇めたてるのは止めようと思ったけれど、それとこれとはまったく別問題ですからね」と語っている。アントニイ・バークリーの人物と作品について、クリスチアナ・ブランドが同じようなことを述べていたのも思い出されて面白い。

さて、モームの影響という観点からミラー作品を見てみると、その特徴として三つのものが浮かび上がってくるように思われる。

第一に、最も見やすい特徴として、**プロットを重視する姿勢**があげられる。結末の効果を意識したプロット構成はミラーの十八番であり、意外性を演出するために作者は最大限の努力を傾けている。プロットに仕掛けられたサプライズが、結末において——しばしば最後の一文の衝撃となって——炸裂するのだ。これはストーリーテラーである師の匠の技を受け継ぎ、さらに磨き上げた成果と見てよいだろう。モームは常に「落ち」を用意する自分の小説作法に関して、「私は自分の物語が「……」でなく、終止符ピリオドで終わるほうがよいと思った」と述べているが、ミラーはピリオドでは満足できず、感嘆符で締めくくったのだ。

プロット至上主義のモームは、実験的な「意識の流れ」などの心理主義的な行き方には冷淡だったが、ミラーの方はそうした動きにも関心を示し、心理描写の手法として取り入れて独特の効果を上げている。しかし、それはあくまで強固なプロットの枠内でのことであり、心理描写がプロットの計算を狂わせることはない。というより、心理描写もまたプロットを形づくる材料として用いられているのだ。

第二の特徴は、**良きスタイルへの志向の強さ**。モームもミラーも、ことのほかスタイルを気にかける作家である。作家にとってのスタイルとは、もちろん文体のことにほかならない。

モームの回想的エッセイ『サミング・アップ』（三八）では、数章を費やして、文章修業に苦労した思い出と、良き文章の条件についての考察が語られている。明快、簡潔、響きのよさを狙うべき、というのが彼の文章論の結論だ。ミラーもまた自分流の書き方にこだわり、一つの文章をひねり出すのに半日かかることもあったと語っている。その文章は明晰で、イメージ喚起力が強く（これは比喩のうまさによるところが大きいだろう）、また、独特のリズムを感じさせる。創元推理文庫版『狙った獣』の解説で、宮脇孝雄氏はミラーの原文を引いて分析しながら、その詩のような美しさを称えている。言葉の響きに敏感だったモームとともに、彼女も耳のよい作家であったことがうかがわれる。

第三の特徴としてあげたいのは、**人間性に対する醒めた認識**である。モームの人間観の根底にあるのは、人間というのは矛盾の固まりであり、解き明かせない謎であるという人間不可知論である。一人の人間の中にはとうてい相容れないような諸性質が共存していて、それにも拘わらず、それらがもっともらしい調和を生み出している事実が、たえず彼を驚かせたのだ。そして、同じ人間が善も悪も抱えているのだから、善人と悪人の間には見かけほど大きな差異があるわけではないという結論に至ることになる。

『これよりさき怪物領域』（*Beyond This Point Are Monsters*）のタイトルは、中世の地図に書かれていたという文句だが、あまりに素朴なその認識は、地図に表現された当時の世界観とともに否定さるべきものとして提示されている。世界はまるく、場所はみんなつながっており、怪物の住む場所と人の住む場所との間に境界などない。怪物も人間も一緒に住んでいる――というより、怪物は私たちの内部に潜んでいるのだ。『サミング・アップ』に見える「私自身について言えば、大多数の人より良くも悪くもない人間だと心得ているのだが、もし生涯でなした全ての行為と、心に浮かんだ全ての想念とを書き記したとするならば、世間は私を邪悪な怪物だと思うことだろう」という文章は、怪物の所在について同じ認識を示すものだろう。

醒めた認識は、往々にして人をシニカルにする。モームもその弊を免れなかったようだが、ミラーははっきりとそれを否定している。晩年に行われたインタビューにおける次の発言は、人々に向けられた彼女のまなざしの深さを裏づけているだろう。

（苦労を重ねたことで）ひどく現実的な人間になったとは思うわ。でも、シニカルとは違うわね、シニカルな人間というのは、ものの値段はわかるけれど、価値はわからない人のことですもの。わたしとは根本的に違うわ。本当のところ、わたしは人間の善性を信じているの。だけど、むろん人間の醜悪さも、身にしみて知っているのよ。

3　本書について

※本書の結末や細部にふれていますので、未読の方はご注意ください。

本書は、ミラーの長篇ミステリとしては第十作にあたる *Vanish in an Instant*（1952）の翻訳である。『鉄の門』と『狙った獣』に挟まれた時期の作だが、心理スリラーの系統に属するものではない。本書の二年前に出ていた『悪意の糸』も、心理スリラーとは呼びにくいものだった（犯人像にそれらしさはあったが）。この時期、作者はミステリと並行して普通小説にも意欲を見せていたが、そうした関係からか、本書はミステリとしての趣向以上に、文体や人物描写等の小説的要素で読ませる作品となっている。

〈過去の評価〉『既読「目の壁」の意識の流れとちがい、普通の文体の「成り行き」探偵なり。表紙にNovel of Murder and Suspenseとあり、「探偵小説」には非ざるべし。（中略）成り行き探偵の経路に色々の人物が現われ、生活や人間は描かれているが、別に驚くほどの文学味にも非ず。平々凡々のみ』——というのは、ほぼリアルタイムで本書（昨年度の新作「瞬時に消ゆ」）を読んだ江戸川乱歩の感想である。

乱歩はジェイムズ・サンドーの紹介文から、『眼の壁』について「作者は犯人の心理を、入念に選択された無数の断片に分けて描いているので、読者は犯人と知らずして、しかも犯人の恐怖心理を味い得るという一見不可能なことが、為しとげられているらしい」という期待をかけていたのだが、実際に読んでみるとそういう感じをほとんど受けなかった。これは、以前から心理的探偵小説の可能性を夢見ていた乱歩が、サンドーの文章を誤解して過剰な期待を抱いてしまったもので、その分失望も大きかったのである。『眼の壁』よりさらに心理的傾向の薄い本書を乱歩が評価できなかったのも、同様の理由からだったと思われる。

無いものねだりの気味のある乱歩の評価を別とすれば、本書は発表当時かなり好評を博したもようで、アントニー・バウチャーが一九五一年のはじめから五二年の前半までに出版されたミステリから推薦作十五冊を選んだうちに、本書も（ロス・マクドナルド『象牙色の嘲笑』とともに）含まれていた。年間ベスト級の評価は受けていたわけである。

〈タイトル〉ミラー作品のタイトルは、他の文学作品に典拠を持つ場合が少なくないが、本書の原題は、アイルランドの詩人W・B・イェイツの作品Blood and the Moonの一節に基づいている。該当部分を作中でロフタスが引用している。

「この忙しなく愚か極まりない世間という豚と、その豚から産まれた、見た目は堅固な子豚らは、心が主題を変えるだけで、たちまち消え失せるに違いない」（一三六頁）

（That this pragmatical preposterous pig of a world, its farrow that so solid seem, Must *vanish on the instant* if the mind but change its theme.）

原詩においては、十八世紀の哲学者ジョージ・バークリーの言葉として書かれている部分だが、そうした文脈とは関係なく、vanish on the instantというフレーズが、間もなくこの世から消えてゆかねばならぬ運命を背負ったロフタスの心に響いたのであったろう。

このフレーズは、他の場所でも変奏されている。

○アルコール依存症になった母について語るロフタスの言葉——

「その瞬間、母の前から世界は消え失せました。」（一三九頁）

（For her the world *vanished in that instant.*）

○バーディーは死んでいたという情報がもたらされた場面でのミーチャムの思い——

「角を曲がって一瞬のうちに消え失せたわけではなく、どこか見知らぬ通りの暗がりの中に歩み去

ったのだ。」（二〇九頁）

(She hadn't just *vanished for an instant* around a corner, she had walked away into the shadows of some strange street.)

前置詞の微妙な使い分けを含め、その意味合いを明快に解説できる力は筆者にないが、主要登場人物三人の描写に関わって vanish という言葉が使われている事実のみ指摘して、参考に供したい（引用した原文中の斜体は、筆者による強調である）。

〈プロット〉 本書も他の多くのミラー作品と同様、結末にサプライズが用意されている。エミー・ハースト、バーディー、ジェマイマ・ファルコナーという三つの名前が同一人物のものであったことが明かされ、その結果、マーゴリス殺しの謎（Who）とともに、それに関わってロフタスがとった行動の謎（Why・How）も解ける。

別人のごとく描いていた一人の人間の複数の顔を最後に重ね合わせるという、作者お得意の手法がここでも成果を上げているが、本書の場合、バーディーとファルコナーについては断片的な情報が間接的に（人の口から）提供されているにすぎないので、影のような二人の像がエミーに重ねられても、今一つインパクトに欠けるうらみがある。しかもそれが判明する経路は「成り行き」と言わざるを得ないので、その点では乱歩の不満も分からないではない。

しかし、ミステリ的趣向とは違った側面において、本書にはユニークなところがある。それは、この小説のプロットが「愛」によって動かされていることだ。

古代ギリシアの哲学者エンペドクレスは、世界の根源を探究した末、地・水・火・風を四元素となし、さらに動力因として「愛」と「憎」の二つをあげた。世界のすべては愛か憎かの力に動かされているというのだ。

ミステリの世界を支配している動力因は、一般的には憎だろう。主として犯罪事件を題材としている以上、それは当然のことだ。筆者が直近に解説を担当したハリントン・ヘクストの『だれがダイアナ殺したの?』などはその典型的な例で、そこでは犯人のすさまじいばかりの憎悪の念が物語を駆動していた。

本書の場合、発端となるのはエミーのロフタスへの愛である。彼女は難病を抱える彼に最新の治療を受けさせたいと願い、その費用をマーゴリスから借りようとしたが、拒否される(拒んだのはマーゴリスの報われぬ愛だ)。殺人は半ば衝動的に行われ、その場面においてすら憎悪は姿を見せない。次に発動するのは、ロフタスのエミーに対する愛で、残り少ない生命を犠牲にして彼女の罪を引き受ける決意をする。そこで事件は完結するはずだったが、ヴァージニアが逮捕されて自ら犯行を否定できないことを知るや、ロフタスはミセス・ハミルトンに自分の命を売る話を持ちかける。ここで彼を動かしたのは、彼の死後一人残されてしまうアル中の母への愛だ。ミセス・ハミルトンは、娘への愛からその申し出に応じる。……さまざまな愛が玉突きのようにプロットを進めていく。

さらに、エリック・ミーチャムの関わりがある。ロフタスの逮捕と引き換えにヴァージニアが釈放され、その時点でミーチャムはこの事件と縁が切れたはずだったが、ロフタスの依頼を受けて彼の母親を訪ねたことから事件は新たな進展を見せることになる。ミーチャムがロフタスの頼みをきいたのは、「同情と友情の気持ち」(一三四頁)からだった。「可哀想だた惚れたって事よ」(Pity's akin to love）という言い回しもあるごとく、同情はほぼ愛にひとしい。ここでもまた愛がプロットを動かしているのだ。

この世界から憎の力が消えることは未来永劫あるまいが、少なくともこの小説においては、愛が主たる動力因になっているようなのだ。登場人物の多くは悲しげな表情をしていても、作品全体がほの明るいやさしさに包まれているように感じられるのは、そのことと無関係ではあるまい。

〈文章表現〉　ミラーの文章の特長の一つとして、比喩の巧みさをあげることができる。比喩は文学表現の華であり、ダンテやシェイクスピアの例を持ち出すまでもなく、そのすぐれたものは作品の魅力の重要な一部をなしている。的確で印象鮮明な比喩は、それじたい鑑賞の対象となりうるものであり、卓抜な比喩のゆえにある場面が長く記憶に残るということも珍しくない。その技巧において、ミラーは抜群の力を持っているのだ。

本書においてもその力は随所で発揮されているが、一頁ちょっとの間にそれが矢継ぎ早にくり出されている密度の高い場面があるので、ここで振り返ってみたい。キンケイドの町のバスターミナルでミーチャムがロフタス夫人を発見し、アパートに連れ帰った後の場面（一七九～一八〇頁）である。

暖房機《スチーム》のパイプががちゃがちゃと鳴り始めた。真実の先触れをするシンバルのように。

ミセス・ロフタスの体は今にも倒れそうなおもちゃのブロックの塔のように、前後にふらふら揺れた。

老婦人は椅子に向かってそろそろと横向きに歩いていき、その背をつかんでしがみついた。とりあえずバーにつかまって体を支え、新しい力を得ようとする老いたバレリーナのように。

ドアが閉まった瞬間、ミセス・ロフタスは紙袋からボトルを取り出し、蓋をはずして、唇にあてた。その仕草はこのうえなく優雅で、最高級の陶磁器で上等のお茶を啜る貴婦人のようだった。たちまち、ある変化がもたらされた。(中略)生気が回復し、肌に赤みが射す。まるで飲んだものが血であり、それが血管に直接流れ込んだかのようだ。

仮に傍線の部分がなかったとしても、話の筋は通じる。しかし、これらの比喩が添えられたことで、情景や人物が何と生気ある姿で立ち現われてくることか。

右の引用はいずれも「……のように」で関係が明示される直喩の例だが、暗喩(メタファー)の例も一つあげておこう。

ミーチャムがリリー・マーゴリスの家を訪ねたときに、入口の両脇に立っていた二体の雪像。特に、胸には水滴の滴り落ちる長い氷柱が突き刺さり、赤く滲んだビートの口は苦悶に満ち、残った片方の目は絶望的に闇夜を見つめているスノーレディーの姿(二二二頁)。——作った子供たちは、もちろん意識してはいなかっただろう。これが父親のための墓標であり、母親の胸の内と、この先長く引きずることになる彼ら自身の傷痕を暗示していることを。

〈人間観〉　本書にはさまざまな人生の断片が描かれているが、おしなべてそれらは明るいものではなかった。努力や辛抱の不足から、愚かさから、弱さから、あるいは運のなさから、人々はそれぞれの不幸を背負い、悲しみを飼い慣らしながら生きている。作者は人間を「不幸の器」として描いているかのようだ。

そこにはさらに、たちまちのうちに消え失せるはかなさのイメージも重ね合わされている。ロフタスはその象徴的存在だが、もちろんそれは彼だけの運命ではない。たかだか数十年の差のうちに、誰もが同じ道をたどるのだ。スノーマンたちはその比喩でもあったろうか。

どこかに救いがなければならない。生きる希望を与えてくれる何かが。

たとえば、美を感受する力。知的探究心。ユーモア。そして何よりも、愛。

ミラーの作品世界では、愛は突然に訪れる。たちまち消え失せるものたちの中にあって、愛も急がなければならないとでもいうかの如く。ミーチャムとアリスも、唐突な愛で結ばれた。『見知らぬ者の墓』のピニャータとデイジー、『まるで天使のような』のクインとマーサ、そしてまた、「マガウニーの奇蹟」に登場する二人がそうであったように。

「マガウニーの奇蹟」は、本書の二年後に「コスモポリタン」誌に発表された短篇で、これにもミーチャムが登場する。この底光りのするユーモアをたたえた幻想的な作品において、葬儀屋のマガウニーは、自らの「奇蹟」で死からよみがえらせたキーティング夫人との間に唐突な、不思議な愛が成就した顛末を語るのだ。愛の奇蹟の体験者として、ミーチャムならその告白の真実性を理解できたかもしれない。

※文中の引用のテキストとしては、次のものを用いた。
エド・ゴーマンによる作者インタビュー「マーガレット・ミラーの場合」（柿沼瑛子訳、ミラー『心憑かれて』〈創元推理文庫〉所収）／マイクル・ペテンゲルによる作者インタビュー「光と翳の中で」（伊達桃子訳、「ミステリマガジン」一九九二年十一月号掲載）／サマセット・モーム『サミング・アップ』（行方昭夫訳、岩波文庫）／江戸川乱歩『海外探偵小説作家と作品』（光文社文庫版「江戸川乱歩全集」第三十巻所収）

マーガレット・ミラー著作リスト

※〈 〉はシリーズ探偵の注記。P＝ポール・プライ博士、S＝サンズ警部、M＝エリック・ミーチャム弁護士、A＝トム・アラゴン弁護士

○長篇ミステリ
1 The Invisible Worm（1941）〈P〉
2 The Weak-Eyed Bat（1942）〈P〉
3 The Devil Loves Me（1942）〈P・S〉
4 Wall of Eyes（1943）〈S〉 船木裕訳『眼の壁』（小学館文庫）
5 Fire Will Freeze（1944）

6 The Iron Gates（1945）［英題 Taste of Fears］〈S〉 松本恵子訳『鉄の門』（ハヤカワ・ミステリ）／青木久恵訳『鉄の門』（ハヤカワ・ミステリ文庫）

7 The Cannibal Heart（1949）

8 Do Evil in Return（1950） 宮脇裕子訳『悪意の糸』（創元推理文庫）

9 Rose's Last Summer（1952）［別題 The Lively Corpse］

10 Vanish in an Instant（1952）〈M〉 中川美帆子訳『雪の墓標』（本書）

11 Beast in View（1955） 文村潤訳『狙った獣』（ハヤカワ・ミステリ文庫、他）／雨沢泰訳『狙った獣』（創元推理文庫）

12 An Air That Kills（1957）［英題 The Soft Talkers］ 小笠原豊樹訳『殺す風』（ハヤカワ・ミステリ文庫、他）／吉野美恵子訳『殺す風』（創元推理文庫）

13 The Listening Walls（1959） 柿沼瑛子訳『耳をすます壁』（創元推理文庫）

14 A Stranger in My Grave（1960） 榊優子訳『見知らぬ者の墓』（創元推理文庫）

15 How Like an Angel（1962） 菊池光訳『まるで天使のような』（ハヤカワ・ミステリ文庫、他）／黒原敏行訳『まるで天使のような』（創元推理文庫）

16 The Fiend（1964） 汀一弘訳『心憑かれて』（創元推理文庫）

17 Beyond This Point Are Monsters（1970） 山本俊子訳『これよりさき怪物領域』（ハヤカワ・ミステリ）

18 Ask for Me Tomorrow（1976）〈A〉 青木久恵訳『明日訪ねてくるがいい』（ハヤカワ・ミステリ）

19　The Murder of Miranda（1979）〈A〉　柿沼瑛子訳『ミランダ殺し』（創元推理文庫）
20　Mermaid（1982）〈A〉　汀一弘訳『マーメイド』（創元推理文庫）
21　Banshee（1983）
22　Spider Webs（1986）

○邦訳短篇

1　McGowney's Miracle（1954）〈M〉　山本俊子訳「マガウニーの奇蹟」（ロバート・L・フィッシュ編『あの手この手の犯罪』〔ハヤカワ・ミステリ文庫〕所収）、他
2　The Couple Next Door（1954）〈S〉　井上勇訳「隣の夫婦」（ドロシー・ソールズベリ・デイヴィス編『アメリカ探偵作家クラブ傑作選1』〔東京創元社〕所収）、他
3　The People Across the Canyon（1962）　稲葉迪子訳「谷の向こうの家」（ミシェル・スラング編『レディのたくらみ』〔ハヤカワ・ミステリ文庫〕所収）、他
4　Notions（1987）　宮脇孝雄訳「思いつき」（「ＥＱ」一九九五年九月号掲載）

〔訳者〕
中川美帆子（なかがわ・みほこ）
神奈川県出身。英米文学翻訳家。訳書にリリアン・デ・ラ・トーレ『探偵サミュエル・ジョンソン博士』（論創社）。他名義による邦訳書あり。

雪《ゆき》の墓標《ぼひょう》
——論創海外ミステリ 155

2015年 9月30日 初版第1刷印刷
2015年10月10日 初版第1刷発行

著 者 マーガレット・ミラー
訳 者 中川美帆子
装 画 佐久間真人
装 丁 宗利淳一
発行所 論 創 社
〒101-0051 東京都千代田区神田神保町2-23 北井ビル
電話 03-3264-5254 振替口座 00160-1-155266

印刷・製本 中央精版印刷
組版 フレックスアート

ISBN978-4-8460-1455-1
落丁・乱丁本はお取り替えいたします

論　創　社

いい加減な遺骸◉C・デイリー・キング

論創海外ミステリ141　孤島の音楽会で次々と謎の中毒死を遂げる招待客。マイケル・ロード警部が不可解な謎に挑む。ファン待望の〈ABC三部作〉、遂に邦訳開始！

本体2400円

淑女怪盗ジェーンの冒険◉エドガー・ウォーレス

論創海外ミステリ142　〈アルセーヌ・ルパンの後継者たち〉不敵に現れ、華麗に盗む。淑女怪盗ジェーンの活躍！　新たに見つかった中編ユーモア小説も初出誌の挿絵と共に併録。

本体2000円

暗闇の鬼ごっこ◉ベイナード・ケンドリック

論創海外ミステリ143　マンハッタンで元経営者が謎の転落死を遂げた。盲目のダンカン・マクレーン大尉と二匹の盲導犬が事件の核心に迫る。《ダンカン・マクレーン》シリーズ、59年ぶりの邦訳。

本体2200円

ハーバード同窓会殺人事件◉ティモシー・フラー

論創海外ミステリ144　和気藹々としたハーバード大学の同窓会に渦巻く疑惑。ジェイムズ・サンドーが〈大学図書館の備えるべき探偵書目〉に選んだ、ティモシー・フラーの長編第三作。

本体2000円

死への疾走◉パトリック・クェンティン

論創海外ミステリ145　二人の美女に翻弄される一人の男。マヤ文明の遺跡を舞台にした事件の謎が加速していく。《ピーター・ダルース》シリーズ最後の未訳長編！

本体2200円

青い玉の秘密◉ドロシー・B・ヒューズ

論創海外ミステリ146　誰が敵で、誰が味方か？「世界の富」を巡って繰り広げられる青い玉の争奪戦。ドロシー・B・ヒューズのデビュー作、原著刊行から76年の時を経て日本初紹介。

本体2200円

真紅の輪◉エドガー・ウォーレス

論創海外ミステリ147　ロンドン市民を恐怖のドン底に陥れる謎の犯罪集団〈クリムゾン・サークル〉に、超能力探偵イエールとロンドン警視庁のパー警部が挑む。

本体2200円

好評発売中